Berger Str. 261, D-60385 Frankfurt/Main
Internet: www.simon-schweitzer.de
e-Mail: frankdemant59@yahoo.de

Umschlagillustration: Shirin Franzmann
Lektorat: Martina Rosenberger
Russische Übersetzungen: Yana Fexon
Druck: Druckreif GmbH, Frankfurt
3. Auflage

Tod im Ebbelwei-Expreß

Dritte Sachsenhäuser Kriminalepisode
von F. Demant

Röschen-Verlag

Der Autor

Frank Demant, geboren 1959 in Frankfurt/Main, aufgewachsen im Stadtteil Fechenheim. Besuchte das Helmholtz-Gymnasium in Bornheim. Von 1984 bis 2005 Taxifahrer in Frankfurt. Seit Mai 2005 ist Demant freier Schriftsteller und schreibt außer Bücher gelegentlich Reportagen für das Frankfurter Fußballmagazin Zico. Spielte in der Jugend Fußball bei Eintracht Frankfurt, seit 1984 bis heute beim TSV Taras (TG Sachsenhausen).

Sanft hatte der Sonntag seine Schwingen ausgebreitet. Herr Schweitzer war bereits im Morgendämmer aufgestanden und hatte auf ein friedlich schlafendes Frankfurt geblickt. Nur ganz vereinzelt waren erleuchtete Rechtecke und Quadrate in den Häusern zu erkennen gewesen.

Nun war es elf Uhr, und der Himmel präsentierte sich in einem aufmunternden Blau, das nach dem wechselhaften Wetter der letzten Wochen imstande war, selbst hartnäckigste Selbstmörder in ihrem Treiben kurz innehalten zu lassen.

Herr Schweitzer steuerte den über die Grenzen Frankfurts hinaus bekannten Ebbelwei-Expreß in die Dreieichstraße, das heißt, er steuerte nicht wirklich, denn Straßenbahnen hielten sich meist penibel an die vorgegebene Streckenführung, und ein geübter Fahrer brauchte sich nur darauf zu beschränken, die Geschwindigkeit zu regulieren, und dann und wann die Türen für ein- und aussteigende Fahrgäste freizugeben.

Gleich würden sie den tagsüber verwaisten Taxistand passieren. Herr Schweitzer konnte nur noch hoffen, daß die Artusrunde um René und ihn alle möglichen Imponderabilien einkalkuliert hatte, andernfalls sein Leben in Bälde keinen Pfifferling mehr wert sei. Zum x-ten Male trocknete er seine schweißnassen Hände an seiner Schaffneruniform, die, seit er sie zuletzt getragen hatte, ganz schön eingegangen war. In Echt jedoch war das Kleidungsstück nicht ein-, sondern er, Herr Schweitzer, aufgegangen. Um ca. zehn Kilo, um der Wahrheit die Ehre zu geben. Das sind immerhin so um die zwanzig Pfund.

Habituell bestand der Ebbelwei-Expreß aus einem Zugwagen plus Anhänger. Daß sich im Zugwagen lediglich Herr Schweitzer befand, gehörte zum Plan. Der angehängte Wagen war um so voller. Die sieben Personen brachten es auf insgesamt über zwanzig Jahre Zuchthaus, und das, obwohl nur zwei davon die Dreißig schon überschritten hatten und sich mit Bertha vom Weinfaß eine unbescholtene, wenn auch mit großem Schlappmaul ausgestattete, autochthone Sachsenhäuser Bürgerin unter ihnen befand.

Die aufs Übelste beleumundete Gesellschaft war immer noch arglos, als Herr Schweitzer den Ebbelwei-Expreß das letzte Mal in Bewegung setzte, hinauf auf die Ignatz-Bubis-Brücke, die nach dem im Jahre 1999 verstorbenen, langjährigen Vorsitzenden des Zentralrats der Juden benannt worden war. Dieser Brückenumbenennung war selbstverständlich ein peinlicher Protest von

Hitler-Anhängern und ähnlichem Gesocks vorausgegangen, wie es sich für Groß-Deutschland gehört.

Noch dreißig Sekunden. Herr Schweitzer verlangsamte die Fahrt, bis man auf dem Scheitelpunkt der Brücke zum Stehen kam. Sein Herz galoppierte, als wolle es den Großen Preis von Deutschland gewinnen. Im Rückspiegel sollte jetzt eigentlich Bertha auftauchen, aber sie tat es nicht. Das war so einer jener Zeitpunkte, in denen der Mensch mutterseelenallein war. Wo blieb denn Bertha nur? Warum stieg sie denn nicht aus? Vor ihm, auf der anderen Mainseite, strahlten die Überreste der ehemaligen Stadtbibliothek im Sonnenlicht. Lieber Gott im Himmel, betete der Atheist Schweitzer, laß alles gut werden. Tagelang hatten sie auf diesen Augenblick hingearbeitet, hatten Pläne geschmiedet und wieder verworfen, hatten das Für und Wider gegeneinander abgewogen. Nur, um im letzten Augenblick kläglich zu scheitern? Auch wenn Leben Sterben bedeutete, so war es dazu doch noch zu früh, fand Herr Schweitzer und schwitzte weiter. Eine Minute. Eine geschlagene Minute, die er sein Lebtag nicht vergessen wird, sollte verstreichen, ehe die gute Bertha dem hinteren Wagen entstieg und sich auf den Weg in die Richtung machte, die sie gekommen waren.

Herr Schweitzer stieg aus. Gleich würde das Elend beginnen, da war es besser, schon mal ein paar Meter Land gewonnen zu haben. Ein ohrenbetäubender Schuß zerriß die sonntägliche Unschuld. Herrn Schweitzer sackte das Herz in die Hose. Er drehte sich um. Bertha packte ihn am Ärmel und riß ihn mit sich, bevor ein wahres Stakkato an Schüssen an ein pyrotechnisches Meisterwerk erinnerte. Er glaubte, in Berthas Gesicht so etwas wie ein spitzbübisches Lächeln zu erkennen. Niederprasselnde Glassplitter begleiteten das Schreckensszenario.

Bis zum dreiundzwanzigsten Schuß – so viele sollten später von der Spurensicherung festgestellt werden – vergingen nicht einmal fünfundzwanzig Sekunden. Dann war alles vorüber, es roch nach Pulver und Tod.

Um verstehen zu können, warum an einem lauen Frühlingsvormittag auf der Ignatz-Bubis-Brücke plötzlich so viele Menschen so mir nichts, dir nichts im Ebbelwei-Expreß aufeinander schossen, sind wir gezwungen, die metaphorischen Scheinwerfer der Geschichte auf den Februar desselben Jahres zu richten, als

Herr Schweitzer gezwungen war eine Wette einzulösen, die er gegen Weizenwetter verloren hatte und nach menschlichem Ermessen nie und nimmer hätte verlieren dürfen. Das hört sich jetzt so an, als stünde diese verlorene Wette am Anfang einer Kausalitätskette, die auf dieses Massaker hinauslief. So war es mitnichten. Jene eingelöste Wette stand lediglich am Beginn eines Tages, an dem zum ersten Mal die Typen auftauchten, die für die größte konzertierte Aktion Sachsenhäuser Bürger gegen das organisierte Verbrechen verantwortlich waren.

Kommen wir zu Weizenwetter. Weizenwetter war ein mittelgroßer, blonder Mann mittleren Alters, der, wie der Name schon sagte, für sein Leben gern wettete, vornehmlich um ebenjenes erfrischend prickelnde Weizengetränk, und der sich ebensogerne in der Kneipenszene herumtrieb und betrank. Einen richtigen Namen hatte er entweder nie gehabt oder war in Vergessenheit geraten. Für jedermann war er ganz einfach nur der Weizenwetter.

Normalerweise ließ sich Herr Schweitzer nie aufs Wetten ein. Nicht, weil er nicht verlieren konnte, sondern schlicht und ergreifend, weil er es kindisch fand.

An jenem Abend allerdings ließ ihn Weizenwetter nicht in Ruhe. Man befand sich in illustrer Runde beim Schoppepetzer, einer gemütlichen Ebbelweikneipe auf der Textorstraße, wo man, nomen est omen, Schoppen petzen konnte. Herrn Schweitzers Liebste, Maria von der Heide, deren Freundin Karin Schwarzbach, Bertha vom Weinfaß, die noch ein paar Tage Betriebsferien hatte, sowie die besagten Weizenwetter und Herr Schweitzer saßen schon eine Weile auf den hölzernen Bänken der Gaststätte, als Weizenwetter dem strategisch besser sitzenden Herrn Schweitzer bedeutete, doch noch einen 10er Bembel bei Ines zu ordern, auf daß man noch fein einen bechern könne. Doch Herr Schweitzer wußte, daß Weizenwetter heute erst das zweite Mal im Schoppepetzer war und das diesbezügliche Debut gerade erst zwei Tage her war. Und vorgestern war der Name der Bedienung tatsächlich Ines gewesen, wie Weizenwetter mehr trunken als flirtend eruiert hatte. Die vorgestrige Ines war allerdings grauhaarig, mollig und auch ansonsten kein Blickfang, derweil es sich bei der augenblicklichen Kellnerin um eine nach allen Regeln der Erotik wohlproportionierte Blondine handelte, deren Name bislang unbekannt war.

Folglich sagte Herr Schweitzer: „Das mit dem 10er Bembel geht in Ordnung, allerdings ist das nicht die Ines. Hattest wohl neulich ganz schön einen sitzen, was? Die Ines, die du meinst, hatte nämlich graue Haare." Er hätte noch hinzufügen können, daß die heutige Bedienung eine astreine Figur habe, aber welcher vernünftige Mann würde das schon sagen, wenn seine Freundin neben ihm sitzt?

Weizenwetter war leicht verunsichert. Geräuschlos stellte er sein Geripptes, so werden hierzulande die Apfelweingläser wegen ihres gerippten Rautenmusters vom Volksmund auch genannt, auf den Tisch, legte seinen Kopf schief, kniff die Augen zusammen und fixierte die blonde Bedienung, die sich derwischgleich zwischen den Bankreihen bewegte. Doch Weizenwetter hatte mehr intus als man vermuten konnte, und so fiel ihm das Fixieren doch recht schwer. Dies tat aber seiner großen Schnauze keinen Abbruch. „Hör mal, Simon, ich versteh was von Frauen und ..."

„Seit wann denn das?" mischte sich nun die Wirtin vom Weinfaß ein.

„Halt du dich da mal raus." Weizenwetter wandte sich wieder an Herrn Schweitzer. „Glaub mir, Simon, keine zwei Frauen auf der Welt ham den gleichen Arsch. Ich weiß, von was ich rede. Und die hier, das ist ganz eindeutig Ines, da ist mal alles knackig dran."

Bevor Herr Schweitzer etwas erwidern konnte, wurde er von Maria zur Rede gestellt: „Stimmt das, schaut ihr Männer uns Frauen immerzu auf den Hintern?"

„Och ... Die anderen vielleicht ... Keine Ahnung ... Glaub ich nicht." Überzeugend klang das nicht.

„Was ist jetzt? Bestellst du bei der Ines jetzt noch einen Bembel, oder doch?"

„Das ist nicht die Ines." Es klang schon leicht genervt.

Weizenwetter wurde es zu bunt: „Wollen wir um ein Weizen wetten, hä, wollen wir?"

„Erstens gibt's hier kein Weizen und zweitens wette ich nicht."

„Hast wohl Angst?"

„Paß auf, Weizenwetter, wenn diese Frau Ines heißt, gehe ich mit dir morgen auf die Eintracht, das versprech ich dir."

Alle Welt wußte, daß Herr Schweitzer noch nie im Waldstadion gewesen war, daß er von Fußball nicht die leiseste Ahnung hatte und daß an ihm selbst in seiner Jugend, in der er fast mit einer Idealfigur gesegnet gewesen war, alles andere als eine Sportskanone verlorengegangen war.

„Die Eintracht spielt erst nächste Woche wieder zu Hause."

„Aha, na dann halt nächste Woche. Und wenn ich gewinne, gehst du morgen für mich einkaufen."

Das war insofern ziemlich clever, als Herr Schweitzer die Wette zu gewinnen gedachte und morgen fürs Wochenende eingekauft werden mußte. Seit er mit Maria von der Heide zusammen war, kochte er sehr aufwendig. Mit vielen Zutaten. Und die sollte nun der Weizenwetter anschleppen. Wenn der schon so blöd ist, nicht mal zwei völlig unterschiedliche Hintern, äh ... Frauen voneinander unterscheiden zu können. Hihihi, lachte sich Herr Schweitzer schon mal vorab ins Fäustchen.

„Abgemacht", sagte Weizenwetter frohen Mutes.

Als sich zwei Minuten später die Gelegenheit bot und die blonde Bedienung am Tisch war, ergriff Herr Schweitzer die Gelegenheit beim Schopfe: „Sagen Sie mal, gute Frau, könnten Sie uns bitte sagen, wie Sie heißen? Beim Bestellen wäre das sehr hilfreich."

Es kam, wie's kommen mußte: „Ines. Kann ich Euch noch was bringen?"

Herr Schweitzer war perplex, die Kinnlade fiel herunter und auch sonst fehlten ihm die Worte. Hatte er den Verstand verloren?

Bertha sprang für Herrn Schweitzer ein: „Einen 10er Bembel und noch zwei Flaschen Wasser, bitte."

„Kommt sofort."

Herr Schweitzer schlackerte mit den Ohren, das konnte doch nicht wahr sein. Doch war er Weltmann genug, sich in sein Schicksal zu fügen. Nichtsdestotrotz forderte er Aufklärung.

Und die bekam er später auch. Wie zu vermuten war, hatte Weizenwetter tatsächlich die beiden Damen schmählich verwechselt, beziehungsweise er mußte vorgestern dermaßen betrunken gewesen sein, so daß er die Bedienung nur noch als des weiblichen Geschlechtes zugehörig in Erinnerung hatte. Bedauerlicherweise hatten sie beide denselben Vornamen. Ines. Herr Schweitzer schätzte mal grob, daß nicht eine unter tausend diesen doch eher seltenen Namen trug.

Und so hatte er also eine Wette verloren, auf die sich jeder andere auch eingelassen hätte. Bei dem Gedanken, demnächst ein Fußballspiel zu besuchen, kam er nicht umhin zu schmunzeln.

Herr Schweitzer hatte sich vorgenommen, den Tag trotz des wieder einmal blöden Wetters und des bevorstehenden albernen Spiels zu genießen. Ergo war er vorher mit Maria auf einen Handkäs mit Musik, der ebenso wie der Ebbelwei und bei manchen Leuten die Eintracht zum Frankfurter Glaubensbekenntnis gehörte, im Schoppepetzer gewesen. Ortsfremden sei erklärt, daß mit der Musik des Handkäses die Zwiebeln gemeint sind, die wiederum bei der Verdauung jene Geräusche erzeugten, die der Volksmund euphemistisch mit Musik umschreibt. Der gemeine Sachsenhäuser neigt nämlich schon seit Anbeginn seiner Siedlungsgeschichte zum eher derben Humor.

Mit seiner Liebsten war er dann mit der 14 bis zur Louisa gefahren, was nostalgische Gefühle in ihm wachrief, schließlich hatte er diese Linie bis zu seinem vorzeitigen Ausscheiden aus dem Berufsleben gesteuert. Dort angekommen hatte man sich mit einem zärtlichen Küßchen voneinander verabschiedet, wobei Maria ihm noch dringend geraten hatte, auf sich aufzupassen, denn es ging ja nicht zum Kaffeekränzchen, sondern zum Fußball. Und in diesem Zusammenhang war ihr der Begriff Hooligan durchaus geläufig. Zwar war nicht damit zu rechnen, erschossen zu werden, so wie es nach der Weltmeisterschaft 1994 einem gewissen Andres Escobar bei der Rückkehr in sein Heimatland Kolumbien erging, bloß weil er in einem Spiel ein Eigentor geschossen hatte. Alleine hätte sich Herr Schweitzer aber nie auf ein solches Wagnis eingelassen, doch Weizenwetter war ein erfahrener Stadionbesucher und würde sich schon durchboxen.

Als gewissenhafter Mensch hatte sich Herr Schweitzer natürlich auf dieses Spiel vorbereitet und sich bei Maria oben im Lerchesbergring fast jeden Nachmittag im Sportfernsehen eins bis zwei Partien angesehen, um nicht vollends durch unqualifizierte Äußerungen Verdacht zu erregen. Von der Idee, sich zur Tarnung eine Eintracht-Mütze zuzulegen, war er allerdings wieder abgerückt. Und zur Abseitsregelung würde er hartnäckig schweigen, zu komplex, zu kompliziert war sie.

Von der Louisa war er die Mörfelder Landstraße entlanggelaufen, um sich ein wenig Bewegung zu verschaffen, auch hatte er noch eine halbe Stunde Zeit bis zum Treffpunkt. In den vorbeifahrenden Bussen waren die Eintracht-Fans wie die Ölsardinen zusammengepfercht. Eine Frechheit, daß man nicht die Gelenkbusse einsetzte, die fast doppelt so groß waren, aber mit den postmodernen Plebejern konnte man es ja machen.

Ein beklemmendes Gefühl hatte Herrn Schweitzer wieder einmal beschlichen, als er am Haus einer Bankiersfamilie vorbeigegangen war, deren kleiner Sohn Opfer eines der abscheulichsten und zugleich unverständlichsten Verbrechen der Nachkriegszeit geworden war. Bis vor kurzem war die Hofeinfahrt noch mit Blumen, Sturmlichtern und Plüschtieren, die von Klassenkameraden, Spielfreunden und der Anteil nehmenden Bevölkerung dort hingestellt worden waren, gesäumt gewesen. Ein bißchen schämte er sich, weil er froh war, als diese Örtlichkeit hinter ihm lag. Der Mensch verdrängt halt gerne.

„Ich dachte schon, du würdest kneifen", empfing ihn Weizenwetter am Stadion.

„Da hast du dich aber geschnitten. Hier bin ich. Laß uns reingehen."

„Moment, Moment, nicht so eilig, wir sind hier nicht auf der Flucht. Traditionell gibt's hier nämlich erst mal eine Bratwurst." Weizenwetter deutete mit dem Daumen nach hinten und entschwand, bevor Herr Schweitzer etwas erwidern konnte.

Drei Minuten später war er wieder da und überreichte dem Stadiondebütanten mit der Grazie eines französischen Weinkellners eine mit Brötchen ummantelte Bratwurst. Den Senf dazu gab's aus Tuben, die wie Euter aussahen und an einem Metallgestell hingen. Weizenwetter erklärte ihm, den Bratwurst-Walter gäb's schon seit vielen Jahrzehnten an dieser Stelle, er sei eine nicht wegzudenkende Institution und mithin der einzige Stand in und ums Stadion, der ein annähernd gerechtes Preis-Leistungsverhältnis biete. Herrn Schweitzer schmeckte es und der Senf tropfte unbemerkt auf seinen Trenchcoat.

Die blauweißen Fans waren bestimmt die Rostocker, dachte er, als man in einer Menschentraube vor dem Eingang stand. Wie er vermutete wurden die Besucher nach Messern, Morgensternen und Maschinengewehren abgetastet. Das war beruhigend und beunruhigend zugleich, doch schienen alle daran gewöhnt zu sein und hoben schon mal die Arme, obwohl sie noch gar nicht dran waren. Ob die zwei stiernackigen Gestalten in der Nebenreihe wohl Neonazis waren, von denen man gehört hatte, daß sie die

Stadien für ihre Zwecke mißbrauchten? Herr Schweitzer nahm es mal an und wünschte sich, um etwas anderes gewettet zu haben. Hinter den Toren erklärte ein Schild einen Baum zur Tilly-Fleischer-Eiche. Baum war vielleicht übertrieben, ein zarter Trieb käme dem schon näher.

„Wer ist denn das?" Herr Schweitzer deutete auf die in Startposition für einen Sprint befindliche Bronzefigur.

„Tilly Fleischer."

„Aha." Er durchkämmte sein Gedächtnis nach Verwertbarem, aber da war nichts. „Und wer ist das?"

„Hat bei den Olympischen Spielen 1936 in Berlin eine Rolle gespielt. Goldmedaille im Speerwurf, startete für die Eintracht."

Solchermaßen fortgebildet bog man auf die Gerade ein, die zur Haupttribüne führte und die an ihrem Ende von gut zwei Dutzend Polizeiwagen flankiert war. Soso, dachte Herr Schweitzer, rechnete man also fürwahr mit Krawallen. Das kann ja heiter werden. Unbewußt schloß er zu Weizenwetter auf.

Keine zehn Minuten darauf saßen sie auf ihren Sitzplätzen auf der Gegentribüne, die so hieß, weil sie sich gegenüber der Haupttribüne befand, das heißt, befinden sollte, denn die Haupttribüne war noch eine Baustelle im Anfangsstadium, so daß man dahinter noch sehr schön die Frankfurter Skyline zwischen den Baumwipfeln sehen konnte, wenn auch nur unscharf, denn, wie gesagt, es handelte sich um einen sehr grauen Tag. So war die künftige Gegentribüne, die vorab schon mal so genannt wurde, die gegenwärtige Haupttribüne, was die Sitzplatzinhaber insofern aufwertete, als daß es dem Image doch sehr zuträglich war, auf der Haupt- statt lediglich auf der Gegentribüne zu sitzen. Solche Feinheiten waren dem Schweitzer-Simon natürlich verschlossen, der fasziniert den Akteuren beim Aufwärmen zuschaute und sich in seiner Einfalt fragte, warum die sich so ins Zeug legten. War das vielleicht so eine Art Vorentscheidung, wer letztlich spielen durfte? Mehr als elf durften nämlich nicht ran, das war ihm bekannt. Er, Herr Schweitzer, jedenfalls wäre nach diesem Aufwärmpensum schon ganz schön kaputt und zu nichts mehr zu gebrauchen gewesen. Auch fiel sein Blick auf die beiden Fanblocks hinter den Toren, die mit Spruchbändern darauf aufmerksam machten, anwesend zu sein. Rhönadler, Höchster Bomber, Adlerhorst, Klippenadler und Bembelraver nannten sich die verschiedenen Fangruppen auf Eintracht-Seite. Rostock wurde von den Ultras supported, wie das auf Fachchinesisch heutzutage heißt. Herr Schweitzer überlegte, ob er auch ein Transparent hätte mitbringen sollen. Simon-Power wäre doch ein hübscher Name gewesen.

Dann fing die Partie an. Die Eintracht spielte traditionell in Schwarz-Rot und Rostock abweichend von den Vereinsfarben in gelben Trikots. Das fand er komisch, verkniff es sich aber, Weizenwetter danach zu fragen, der gebannt das Geschehen auf dem Rasengeviert verfolgte. Herr Schweitzer hatte sich ganz, ganz feste vorgenommen, keine dummen Fragen zu stellen.

Hansa Rostock legte los wie die Feuerwehr, vornehmlich ein Neger, Herr Schweitzer korrigierte sich, ein Schwarzer uneuropäischer Provenienz namens Razundara Tjikutzu, fiel durch Spielwitz, Torgefährlichkeit und technisch saubere Ballbehandlung auf.

Das genügte schon, Herrn Schweitzers Gedanken in Richtung Fremdenfeindlichkeit in Ostdeutschland zu lenken. Ja, hat der denn keine Angst, drüben zu kicken? Man hört ja so allerhand. In Italien hatte sogar neulich ein Vereinspräsident öffentlich der Presse erklärt, aus Rücksicht auf die Fangemeinde keine dunkelhäutigen Spieler mehr zu verpflichten. Aber auf der anderen Seite leistete dieser dunkelhäutige Akteur, der da die Frankfurter Abwehrreihe gehörig durcheinanderwirbelte, wohl einen effektiveren Beitrag zur Völkerverständigung als so mancher Botschafter, dachte Herr Schweitzer.

Nach und nach fand die Eintracht besser ins Spiel und ging durch den Brasilianer Chris in der achtunddreißigsten Minute in Führung, wenn auch etwas unverdient, wie Herr Schweitzer treffsicher analysierte. Das sagte er natürlich nicht laut, schließlich hatte er keine Lust auf böse Blicke. Schon einmal in der Geschichte war mit Thales von Milet ein großer Philosoph in einem Stadion zu Tode gekommen. Darauf hatte er keinen Bock, drum schwieg er. Aber auch das zeichnet bekanntlich Philosophen aus.

Ein weiteres Augenmerk seitens Herrn Schweitzer galt einem zwei Reihen vor ihm sitzenden Männlein mit Eintracht-Schirmmütze, so um die achtzig Jahre alt, welches in einem fort zeterte und kein gutes Haar an den Spielern ließ. Allesamt seien sie Flaschen, lahm wie Ackergäule, Weicheier und sollten überhaupt mal ihren Arsch in Bewegung setzen, lautete die nicht immer ganz fundierte Kritik jenes Herren, dessen Gesicht ob seiner hektischen

Unmutsäußerungen schon ganz rotfleckig war.

Dann kam die Pause und Weizenwetter erbot sich, Getränke zu holen. Der Stadionsprecher bedankte sich bei 21.000 Zuschauern. Herr Schweitzer stand auf, um sich ein wenig die Beine zu vertreten, auf Dauer war es doch empfindlich kalt. Zum Glück regnete es nicht. Er schaute sich um und glaubte, auf den Gesichtern so etwas wie Hoffnung zu lesen, was er sehr begrüßte, war doch der Eintracht-Fan in der Vergangenheit nachgerade zum Erfolgsabstinenzler mutiert. Sein ganz persönliches Resümee der ersten Halbzeit lautete, daß es sich entgegen seinen Befürchtungen um ein doch recht munteres Spielchen gehandelt hatte und daß er fast kaum noch an mögliche, gesundheitsgefährdende Ausschreitungen dachte. Pünktlich zum Anstoß war auch Weizenwetter mit dem Bier wieder da, das natürlich nicht bis zum Eichstrich gefüllt war. Betrüger. Nach der Melodie des alten deutschen Kinderliedes Meister Jakob skandierten die Hansafans: „Eintracht Frankfurt, wißt ihr noch, wißt ihr noch, damals '92, damals '92, zwei zu eins, zwei zu eins."

Der sensible Herr Schweitzer merkte, daß gerade dieser Text bei Weizenwetter nicht so gut ankam. Also fragte er: „Was meinen die damit?"

„Ach nichts, ist schon lange her", kauderte Weizenwetter.

Natürlich hätte Herr Schweitzer jetzt einen besseren Zeitpunkt abpassen können, aber eine innere Stimme sagte ihm völlig zu Recht, daß dieses Ereignis, auf das die Hansa-Fangemeinde so hinterhältig anspielte, bei Eintrachtlern für immerdar tiefe Narben hinterlassen hatte. So bohrte er weiter: „Jetzt hab dich mal nicht so, sag schon, was war '92?"

„Meisterschaft verspielt", kam es so knapp als irgend möglich von links.

„Aha. Wenn ich dich richtig verstehe, hat die Eintacht damals 1992 mit einer 1:2-Niederlage gegen Hansa Rostock die Deutsche Fußballmeisterschaft verspielt. Kann man das so stehen lassen?"

„Nö."

„Nein?"

„Nö."

„Wieso nein?"

„Verpfiffen."

Oh, oh, oh, scheint wohl ein ausgewachsenes Trauma zu sein, dieses 2:1. Und schuld soll natürlich mal wieder der Schiedsrichter gewesen sein. Aber wie auch immer, besonders nett war das natürlich nicht von den Hansa-Fans, nach zwölf Jahren weiterhin Salz in die Wunden zu streuen.

Herr Schweitzer war's noch nicht zufrieden: „Und Rostock ist dann Deutscher Meister geworden, 1992?"

Weizenwetters Blick signalisierte ihm, eine unter Fußballenthusiasten doch ziemlich dämliche Frage gestellt zu haben. Auch hatte sich schon der ein und andere vor ihnen mißbilligend umgedreht. „Abgestiegen sind die Arschlöcher. Aber uns haben sie die Meisterschaft versaut. Deppen. Und jetzt konzentrier dich verdammt noch mal aufs Spiel."

Herr Schweizer tat, wie ihm geheißen.

Die Eintracht vergab kurz hintereinander zwei Großchancen, wofür er von Weizenwetter im Eifer des Gefechts hart aber herzlich ein paar Rippenstöße verabreicht bekam. Allgemein war man nun um ihn herum sehr intensiv bei der Sache. Ohs und Ahs entfuhren in unterschiedlichen Lautstärken der Zuschauer Münder. Obwohl Herr Schweitzer sich dagegen wehrte, war die Spannung auch auf ihn übergegangen. Schließlich ging es auf dem Rasen um den Abstieg, die nackte Existenz also.

Und da dem so war, schien es nur logisch, daß die Eintracht-Fans in sich zusammensanken, als Rostock neun Minuten vor Schluß der nicht unverdiente Ausgleich gelang. Köpfe wurden in Hände vergraben, ein vielstimmiges Klagen und Jammern erfüllte das Stadionrund. Nur die kleine Schar Gästefans war aus dem Häuschen, schwenkte weißblaue Winkelemente und verlangte vehement nach einem „Auswärtssieg, Auswärtssieg."

Dann wurde die Partie abgepfiffen, man strömte den Ausgängen zu. Der Hansa-Block war von der Polizei abgeriegelt worden, damit es nicht unmittelbar nach Spielende zu einem Aufeinandertreffen der Fangruppen kam.

Abermals wurde beim Bratwurst-Walter eine Zwischenstation eingelegt, diesmal wegen der vorzüglich mundenden Fischbrötchen, wie Weizenwetter sich etwas pathetisch ausdrückte.

Da Herr Schweitzer sich hernach hartnäckig weigerte, seinen doch etwas übergewichtigen Körper in den überfüllten 61er Bus zu wuchten, nahmen sie die Straßenbahn, was den Nachteil hatte, an der Stresemannallee umsteigen zu müssen. Für den späteren Abend verabredeten sie sich im Weinfaß, was insofern überflüssig war, als dort sowieso fast jeder Samstagabend seinen Ausklang fand. Und andere Abende auch. Es war quasi das Wohnzimmer um die Clique von Maria und Simon geworden.

„Hallöchen, Maria", rief Herr Schweitzer frohgelaunt, als er ihr Heim auf dem Lerchesberg betrat.

Eilig kam sie herbei und empfing ihn mit einem saftigen Kuß. „Gott sei Dank ist dir nichts passiert."

Natürlich hatte Herr Schweitzer zu diesem Zeitpunkt bereits seine eigenen Bedenken betreffs des Stadionbesuches vergessen. „Was soll mir denn passiert sein? War absolut locker, die Chose. Echt easy."

Maria runzelte die Stirn, ging einen Schritt zurück, musterte ihren Freund argwöhnisch und fragte: „Und wie haben sie gespielt?"

„Gut, war okay, soweit."

„Ich meine das Ergebnis."

„Ach so." Herr Schweitzer hatte alles erwartet, aber nicht, daß Maria sich dafür interessieren könnte, wie die Eintracht gespielt hatte. Er brannte darauf, ihr die Dinge zu berichten, die sich in einem erweiterten Zusammenhang damit befanden, aber mit dem Eregebnis im speziellen war er auf die Schnelle überfragt. Also schob er eine Kunstpause ein, in der er sich über die Haare strich, die wild nach allen Seiten abstanden. „Das Ergebnis also, unentschieden würde ich sagen, eins zu eins, vielleicht, nein, nein, ganz bestimmt sogar, eins zu eins. Ganz sicher. Ein Schwarzer hat auch mitgespielt."

„Hat der Herr sich wohl zu sehr auf die Cheerleader konzentriert."

Cheerleader? Hatte er da was verpaßt? Waren sie vielleicht zu spät gekommen? Er nahm sich vor, bei Gelegenheit Weizenwetter danach zu fragen. Er ging in die Küche. Heute abend gab's noch mal feurigen Goulasch mit Klößen, den er gestern abend schon zubereitet hatte. Am zweiten Tag schmeckt dieses Gericht aber besser, da ist das Fleisch schön faserig.

Maria und Herr Schweitzer waren an diesem Abend erst zu vorgerückter Stunde im Weinfaß erschienen. Ein neues, fatal ausgeschnittenes Oberteil Marias hatte noch ein paar sündige Sexualpraktiken zur Folge gehabt.

Das Taxi fuhr durch den Graupelschauer. Die Regentropfen tanzten im Scheinwerferlicht. Es war eine unangenehme Kälte, die feucht durch die Kleidung drang. Am Ziegelhüttenplatz endete die Fahrt.

Im Weinfaß ging's hoch her. Herr Schweitzer erblickte am Tresen Karin Schwarzbach und Weizenwetter. An einem als Tisch dienenden umgedrehten Holzfaß standen ein paar anämische Walpurgisnachtbräute, die es ganz offensichtlich darauf angelegt hatten, sich mächtig zu betrinken.

„Hallo Maria, hallo Simon. Wie geht's euch denn? Ihr seid aber spät heute." Karin sah entzückend aus in ihrem figurumschmeichelnden Glencheck-Kostüm mit Reverskragen.

Maria zwinkerte ihrer Freundin zu, gab damit zu verstehen, daß der Verspätungsgrund im Intimbereich lag und daß es sich gelohnt habe.

Herr Schweitzer spürte Karins prüfenden Blick. Geradenwegs so, als wäre ihm mitreißender Sex nicht zuzutrauen. Dann wandte sie sich wieder an Maria: „Sag mal, wann ist das Buch denn jetzt fertig?"

„Was für ein Buch?" fragte Weizenwetter.

Maria wollte abwiegeln, hatte die entsprechenden Gesten schon eingeleitet, doch Karin kam ihr zuvor: „Sag bloß, das weißt du noch nicht? Maria schreibt doch über das Geiseldrama, in das Simon letztes Jahr verwickelt war."

„Oh, das ist aber stark. Kann man das auch mal lesen?"

„Später. Ich soll erst mal die Rechtschreibung überprüfen."

„Du?"

Das war jetzt aber nicht sehr nett vom Weizenwetter.

„Na hör mal, ich hatte früher eine glatte Eins in Deutsch."

Jetzt war Weizenwetter doch beeindruckt.

In der Tat wurde Herr Schweitzer seit einigen Monaten von Maria sehr oft in Beschlag genommen, um ihr immer wieder haarklein zu berichten, was und wie sich damals am Schweizer Platz alles zugetragen hatte. Geboren wurde die Idee zwei Tage nach dem Ende des Verbrechens, das hiernieden in Sachsenhausen für immenses Aufsehen gesorgt hatte. Eigentlich hatten Maria, Karin und Bertha ja Herrn Schweitzer gedrängt, das Abenteuer prosaisch zu verarbeiten, doch dieser hatte sich damit herausgeredet, diesbezüglich überhaupt kein Talent zu besitzen. So hatte sich Maria nach etlichen Gläsern Bordeaux unter den Voraussetzungen dazu bereit erklärt, daß erstens Simon mitarbeitete, und zweitens Karin die Rechtschreibung, speziell die Interpunktion, korrigierte.

„Und wie soll das Buch heißen?" wollte Weizenwetter wissen.

„Geiseldrama in Dribbdebach."

Es ging schon scharf auf halb eins zu, man plauderte leichthin über das Leben, was bei der Schwere desselben einen fortgeschrittenen Alkoholkonsum voraussetzte, als vier Gestalten das Weinfaß betraten, die dem Augenschein nach Tagediebe, Gammler oder Ähnliches verkörperten. Zwei von ihnen, deren Alter auf keinen Fall über dreißig war, trugen speckige Trainingsanzüge. Daß sie zu viert lediglich zwei kleine Wasser bestellten, wurde damals dahingehend interpretiert, daß die armen Kerle sich vielleicht nur aufwärmen wollten. Das war im Gaststättengewerbe nichts Außergewöhnliches. Und die Wirtin Bertha nahm es auch eher heiter zur Kenntnis, denn an diesem Abend stimmte die Kasse bereits. Die jungen Leute osteuropäischen Einschlags blieben bis Betriebsschluß und Bertha tat es fast schon im Herzen weh, als sie die Vier dann vor die Tür setzen mußte.

Die Frage nach den Cheerleadern, die Herr Schweitzer heute nachmittag verpaßt zu haben glaubte, wurde von Weizenwetter mit der Frage gekontert, ob bei ihm vielleicht ein paar Schrauben locker seien. Hatte er's doch gewußt, der Herr Schweitzer, Maria hatte eben keinen blassen Schimmer von der Eintracht. Cheerleader. Beim Fußball. So ein Quatsch.

Am Montagmorgen kaufte sich Herr Schweitzer zusätzlich zur Tageszeitung erstmals in seinem Leben den Kicker, um zu überprüfen, ob seine Sicht des Geschehens in irgendeiner Form mit denen der professionellen Berichterstattung korrespondierte. Außerdem interessierte ihn der Tabellenstand der Eintracht, was sich nicht wirklich mit soziologischen Untersuchungen begründen ließ.

Am Sonntag, den 7. März war Herr Schweitzer mit seiner Liebsten Maria in Sachen Kultur unterwegs. Hubert von Goisern spielte in der Alten Oper, in Hibbdebach also, und war eine ernste Herausforderung für jeden, der glaubte, Österreich gehöre zum deutschen Sprachraum. Hernach war man nicht, wie geneigte Zeitgenossen glauben mochten, im Weinfaß eingekehrt, sondern schnurstracks zu Maria von der Heide gegangen, die nach dem Konzert einen wohl von der Musik inspirierten, unglaublichen Kreativschub verspürte, den sie sofort bildhauerisch umzusetzen gedachte. Herr Schweitzer hatte dafür, obwohl selbst künstlerisch eine ausgemachte Niete, volles Verständnis, zumal Maria mit ihren Skulpturen Höchstpreise erzielte, und manch teuren Abend wie den heutigen erst ermöglichte.

Es trug sich am darauffolgenden Donnerstag zu, als Maria und Karin im Weinfaß verabredet waren. Voller Stolz trug sie einen braunen Umschlag, in dem etwa hundertsiebzig Seiten Roman steckten, in einem Jutebeutel mit sich herum, um ihn Karin zur Korrektur zu übergeben. Herr Schweitzer, der das im Werden begriffene Buch natürlich schon gelesen hatte, fand, daß seine Liebste auch hierfür mit reichlich Talent ausgestattet war. Mit viel Freude am Detail hatte sie die infernalischen Ereignisse niedergeschrieben, so daß Herr Schweitzer manchmal sogar etwas gereizt reagiert hatte, was seinem ureigensten Wesen widersprach, wenn Maria mal wieder in einer der unzähligen Sitzungen von ihm Sachen wissen wollte, an die er sich partout nicht erinnern konnte und die ihm so nebensächlich erschienen, daß sie ihm vermutlich nicht einmal in dem Moment selbst aufgefallen waren. Wie dem auch sei, das Buch war fertig und Herr Schweitzer war stolz auf seine Maria.

Karin war noch nicht da, als sie das spärlich beleuchtete Lokal betraten. Herr Schweitzer grüßte ein paar Stammgäste mit Kopfnicken. Am Tresen hielt sich Weizenwetter fest. Im wahrsten Sinne des Wortes. Er schwankte beträchtlich. Offenbar hatte ein Teil des Weizenbieres nicht den Weg in die Speiseröhre gefunden, sondern sein weißes Button-Down-Kragen-Hemd befleckt. Eine Dame mit kreischend roter, vogelnestartiger Haarpracht zierte Weizenwetters rechte Seite. Wo er die wohl wieder aufgegabelt hatte?

„Uschi. Maria, das iss Uschi. Maria. Uschi, das iss Maria."

„Angenehm."

„Hallöchen."

„Uschi, das iss Herr Schweitzer. Herr Schweitzer, das iss Uschi."

„Freut mich", sagte Herr Schweitzer.

Uschi guckte etwas irritiert, wußte nicht recht, wie das Herr bei Herrn Schweitzer zu bewerten sei.

Doch Herr Schweitzer erlöste sie: „So ein Quatsch, ich bin der Simon."

„Freut mich auch, Simon."
Aus dem Off war Bertha zu vernehmen: „Dasselbe wie immer, ihr zwei Hübschen?"
Zwei Gläser kalifornischen Rotweins wurden gereicht. Dann unterhielt man sich übers Wetter. Der von allen sehnlichst erwartete Frühling ließ sich feiern, war man sich einig. Schlimmer noch, zwei Tage zuvor war auf Deutschlands Straßen ein Schneechaos ausgebrochen.
Irgendwann mußte Maria auf die Toilette. Geschickt wurde dieser Umstand von Weizenwetter zur Offensive genutzt. Er überreichte Herrn Schweitzer eine Eintrittskarte für das kommende Heimspiel der Eintracht gegen Schalke.
„Was ist das?"
„Eintrittskarte gegen Schalke. Du kommst mit."
Gut. Okay. Zwar hatte er seit dem Spiel gegen Rostock interessiert das Auf und Ab der Eintracht im Abstiegskampf verfolgt, aber wie kam Weizenwetter auf die aberwitzige Idee, daß er bereits zum passionierten Stadiongänger avanciert sei?
„Nö."
„Doch. Du kommst mit."
„Nö."
So ging das noch eine Weile hin und her.
Die Stunde der Wahrheit war gekommen, als Maria wiederkam. Blitzschnell verschwand das Ticket zum Gipfel männlicher Glückseligkeit in Herrn Schweitzers Jackentasche.
Maria hatte nichts bemerkt.
Dann kam Karin Schwarzbach. Seit dem Tod ihres widerlichen Gatten und Frankfurter Stadtverordneten vor zwei Jahren war sie regelrecht aufgeblüht. Heute trug sie unter einer gefütterten Jeansjacke, wie sie wieder in Mode waren, ein gebatiktes orange-lilafarbenes T-Shirt, das ihre Figur betonte und Männerblicke absorbierte. Ihr Liebesleben soll, wie man hörte, abwechslungsreich bis hin zum Hedonismus geworden sein.
„Hallihallo. Sorry. Hab mich verspätet." Küßchen hier. Küßchen da.
Maria überreichte ihr feierlich das Manuskript und die Unterhaltung drehte sich fortan um die Schriftstellerei.
Später, als sämtliche Konversationsthemen erschöpft waren, Maria ein Gähnen unterdrückte, und man Weizenwetter für heute gänzlich abschreiben konnte, beendete Semmler im Schoppepet-

zer die Abrechnung mit seinem Chef Günther.

Semmler, bestehend aus vier Kugeln – Kopf, Bauch, zwei Pobacken –, war in den letzten Jahren beharrlich von einer quasi Küchenschabe zum verantwortungsvollen Apfelweinausschenker emporgestiegen, und als solcher hatte man gegen Mitternacht Feierabend. Das, fand Semmler, waren die Dinge, die das Leben lebenswert machen, und so lenkte er seine Schritte des Pläsirs wegen noch ins Weinfaß. Das war ein eher unüblicher Vorgang, da er ansonsten doch den Frühzecher bevorzugte, der zudem auch noch viel näher lag. Aber in letzter Zeit war ihm dort eine Laberbacke auf die Pelle gerückt, die ihm das Ohr abquatschte und sich auch nicht von Semmlers abweisender Haltung abschrecken ließ. Ein paar klärende Worte seinerseits hätten das Problem sicherlich lösen können, doch war er ein sehr harmoniebedürftiger Mensch, der nur äußerst ungern andere Menschen in ihre Schranken verwies. Und das Weinfaß war immer eine Reise wert, zumal er längere Zeit nicht dort gewesen war.

So wurde die ohnehin schon heitere Harmonie des Abends um den Auftritt Semmlers bereichert.

„Ach, Schau daah naah", schwäbelte Semmler spaßeshalber, als er hereinkam, „Maria und Simon auch mal wieder hier."

Das war natürlich eine ausgemachte Platitüde, waren die beiden doch Stammgäste und Semmler derjenige, welcher hier nur selten vorbeischaute. „Und der Weizenwetter. Geht's uns wieder gut?"

Weizenwetter verstand es zwar akustisch, nicht aber inhaltlich. Von gestern hatte er einen kleinen Filmriß und das ließ schlimmste Befürchtungen aufkeimen. „Hä?"

An dieser Stelle müssen wir uns die Zeit nehmen und den Auswärtigen erklären, daß dieses Hä? eine typisch Frankfurter Aufforderung ist, Gesagtes zu wiederholen und doch bitteschön eingehender zu erklären. Und auch in der Kürze der Frage liegt keine Unhöflichkeit, das sollte man unbedingt wissen.

Und Semmler als geborener Frankfurter kam dem auch umgehend nach: „Gestern, beziehungsweise heute früh, bist du doch im Frühzecher vom Hocker gefallen. Hast du dir dabei nichts weh getan?"

„Ich soll gestern noch im Frühzecher gewesen sein?"

Uschi: „Da war mein Schatz wohl dibbedabbezu, was?"

Weizenwetter klang einsilbig: „Aha."

„Das macht doch nichts, ich hab dich trotzdem lieb", säuselte Uschi.

Fehlt nur noch, dachte Herr Schweitzer, daß sie Weizenwetter Mein lieber kleiner Schnucki nennt.

Aber auch so kam es faustdick von Uschi: „Wenn mein Mausespeckchen nicht immer so viel trinken würde ..."

Herr Schweitzer blickte in Semmlers Augen und sah darin die Frage aufblitzen, wo um alles in der Welt Weizenwetter dieses abartige Dummchen aufgegabelt hatte. So was gehört doch in die Hoppla. Und Weizenwetters Stil entsprach sie auch nicht.

Herr Schweitzer grinste.

Semmler grinste zurück.

Maria und Karin, zwischen denen sich eine ähnlich nonverbale Kommunikation abgespielt hatte, grinsten ebenfalls.

Nur Weizenwetter in seiner alkoholbedingten Einfalt wirkte, als wäre Uschis Verhalten sozialverträglich.

Bertha brachte Semmlers Bier und malte ein Kreuz auf den Filz.

Zwanzig Minuten später hatte Weizenwetter Schluckauf und zwei junge Leute das Weinfaß betreten, die Herr Schweitzer schon mal gesehen zu haben glaubte.

Aber es war Semmler, der bemerkte: „Die kenne ich doch." Nach einer kurzen Pause fügte er hinzu: „Paßt auf, die bestellen gleich ein Glas Wasser."

Herr Schweitzer erinnerte sich, es waren zwei der vier, die hier vor geraumer Zeit schon mal waren.

Natürlich gab man sich Mühe, nicht allzu aufdringlich auf die Neuankömmlinge zu starren. Allerdings verhinderte die Spannung, die Semmlers Vermutung verursacht hatte, auch eine Wiederaufnahme des Gesprächsfadens.

Und tatsächlich brachte Bertha den beiden kurz darauf ein kleines Glas Wasser.

„Seht Ihr", sagte Semmler und strich sich gedankenverloren über die Glatze.

Obwohl es scheinbar nur eine Lapalie war, wollte Herr Schweitzer Näheres wissen: „Und woher kennst du die?"

„Die waren schon öfter im Schoppepetzer. Manchmal waren sie auch zu mehreren. Und immer nur ein oder zwei Wasser für alle. An und für sich ist mir das ja scheißegal, wieviel jemand verzehrt, nur hin und wieder ist's auch ärgerlich. Wenn der Laden brummt, zum Beispiel. Aber so lange mein Chef nichts sagt, soll's mir auch egal sein." Sprach's und nahm einen tüchtigen Schluck. „Nichts schmeckt besser als der Feierabendschoppe."

„Wem sagst du das", pflichtete ihm der ewig Feierabend habende Herr Schweitzer bei und bestellte ein weiteres Glas Rotwein.

Uschi und Weizenwetter gingen früher, er hatte den Kanal nämlich gestrichen voll.

Später, als Maria und Herr Schweitzer das Weinfaß verließen, kamen sie nur ein paar Schritte weit, denn vom Bordstein mußten sie noch Weizenwetter aufklauben.

„Wo ist denn Uschi?" fragte Maria einfühlsam.

„Allein nach Hause."

„Und du?"

„Ich?"

„Ja, du. Willst du hier etwa übernachten?"

„Nö." Weizenwetter unternahm einen vergeblichen Versuch aufzustehen. Etwa fünf Zentimeter hatte der Abstand zwischen Hosenboden und Gehweg schon betragen, als die Erdanziehungskraft den ungleichen Wettkampf für sich entschied.

„Du solltest vielleicht nicht immer so viel trinken", belehrte Herr Schweitzer Weizenwetter, was letzterer überhaupt nicht abkonnte.

„Ich bin doch überhaupt nisch besoffen."

Nun waren es nur zwei Zentimeter, ehe die Schwerkraft erneut und erbarmungslos zuschlug.

Herr Schweitzer griff Weizenwetter unter die Arme und mit Marias Hilfe gelang es ihm, den Trunkenbold zum Taxiplatz an der Feuerwache zu schleifen.

Bevor der Taxifahrer seinen Unmut über den üblen Zustand seines Fahrgastes in spe äußern konnte, steckt ihm Herr Schweitzer einen Zwanziger zu. „Und bringen Sie den Herrn gut nach Hause."

Noch war sie heil, die kleine Welt Sachsenhausens.

Am Samstag ging Herr Schweitzer zum zweiten Mal binnen eines Monats auf die Eintracht. Gegen Schalke 04. Nicht Schalke 05, wie 1973 im Aktuellen Sportstudio Carmen Thomas legendär verkündet und ihrer Karriere damit selbst ein abruptes Ende gesetzt hatte. Das Spiel selbst war eine glasklare Angelegenheit für die Eintracht, 3:0, Schalke 04 nicht mehr als ein Aufbaugegner. Und Eintrachtstürmer Ioannis Amanatidis war der mit dem Ball tanzt, wie Weizenwetter ungewohnt lyrisch einfließen ließ.

Eine Woche später gab's endlich Sonne satt und die lang ersehnten frühlingshaften Temperaturen in Hessen. Herr Schweitzer hatte zu Hause im Mittleren Hasenpfad geschlafen und war, da er am Vorabend nichts getrunken hatte, recht früh auf den Beinen. Trotz der für ihn ungewohnten Stunde hätte er seine Mitbewohnerin oder, wenn man so wollte Untermieterin Laura Roth, nicht mehr antreffen sollen. So reagierte er verdutzt, als er die Küche betrat und sie am Frühstückstisch vor einem dampfenden Pott Kaffee sitzen sah. „Was machst du denn noch hier?"

„Arbeit ist nicht alles."

Das stimmte schon, auch wenn in der heutigen Gesellschaft viele arme Schweine danach lebten. Die meisten davon aus Angst um ihren Arbeitsplatz. Und obwohl sich Herr Schweitzer mittlerweile an Lauras fast schon stündlich wechselnde Gemütsverfassungen gewöhnt hatte, so schien sie heute endgültig den Gipfel irdischen Glücks erreicht zu haben.

„Hast du frei?"

„Nein, ich komme einfach nur später."

Herr Schweitzer hatte eine Idee: „Wie heißt er denn?"

„Sven", seufzte Laura melodramatisch und ihr Blick glitt oder besser: entglitt in die Unendlichkeit der Küche.

Herr Schweitzer konnte es sich nicht verkneifen: „Und er ist auch sicher nicht schwul?" Es war die Erfahrung, die aus ihm sprach, denn schließlich hatte er mit Lauras Männergeschichten schon so einiges durchgemacht.

„Wie kommst du denn auf sowas?"

„Ach, nur so. War bloß ein Spruch. Bin wohl noch nicht ausgeschlafen."

„Und Augen hat er ...", fuhr Laura unaufgefordert fort.

Wäre auch komisch, wenn er keine hätte, dachte Herr Schweitzer insgeheim, sagte es aber nicht, er war ja nicht doof.

„Und was macht er so?"

„Arbeitet drüben im Living."

Drüben war auf der anderen Seite des Mains und das Living eine momentan mächtig angesagte Szenekneipe, in der sich viel

Jungvolk und Lifestyle tummelten.

„Dann wünsch ich dir viel Glück mit deinem Sven."

Laura, voller Pathos: „Danke, Simon. Du bist echt süß."

Den Tag nutzte Herr Schweitzer zu einem ausgedehnten Spaziergang, der ihn auf die neu eröffnete Uferpromenade am Universitäts-Klinikum und ins neue Wohngebiet im Westhafen führte. Massen von Gleichgesinnten bevölkerten das Mainufer, man sah wieder strahlende Gesichter. Auch Herr Schweitzer mochte die Wintermonate immer weniger. Vielleicht hing das ja mit dem Alter zusammen, achtundvierzig Jahre waren schließlich kein Pappenstiel.

Abends holte er seine Liebste vom Bahnhof ab, die in einem Kaff bei Düsseldorf ein Verkaufsgespräch betreffs einer ihrer Skulpturen geführt hatte, die künftig die Eingangshalle eines in Kürze eröffnenden, hypermodernen Einkaufszentrums schmükken sollte. Herr Schweitzer bewunderte Maria dafür, daß sie ohne Agenten auskam. Für ihre Kunstwerke forderte sie Höchstpreise, die sie selbst in diesen wirtschaftlich katastrophalen Zeiten auch bekam. Der ICE war pünktlich, man bemerke.

Der Deal in der Nähe von Düsseldorf hatte geklappt und zur Feier des Tages führte sie Herrn Schweitzer zu einem Nobel-Italiener in der Nähe des Römerberges. Seine Einwände, nicht adäquat gekleidet zu sein, wurden von Maria nicht akzeptiert. Aber auch in schmuddeliger Jeans mundeten die Zuppa di pomodoro, die Sogliola vom Grill sowie das Tiramisu als Nachspeise.

Maria von der Heide hatte mal wieder die Spendierhosen an und so ließ man sich mit dem Taxi noch zum Schoppepetzer chauffieren, um den Abend mal woanders als im Weinfaß ausklingen zu lassen.

In der Apfelweingaststätte hatten sich die Reihen schon gelichtet und es war niemand unter den Gästen, den er kannte, was auch selten vorkam, denn Herr Schweitzer gehörte quasi zum Sachsenhäuser Inventar. Allerdings gesellte sich Semmler noch vor Feierabend zu ihnen, um ein wenig zu tratschen, was in Sachsenhausen seit jeher auch beim männlichen Bevölkerungsanteil ein beliebter Zeitvertreib ist.

„Habt Ihr das schon vom Frühzecher gehört?" fragte Semmler im Flüsterton.

„Nein, was denn?" hauchte Maria konspirativ zurück.

„René hat gestern die Wassertrinker aus seiner Kneipe geworfen."

René war Inhaber des Frühzechers, einst Mitglied der Hells Angels und auch ansonsten ein famoser Bursche. Schwarze Kleidung war sein Markenzeichen.

Maria: „Nein."

Semmler: „Doch."

Herr Schweitzer: „Darf der das denn?"

„Seit wann hält sich René ans Gesetz?"

Semmler ignorierte Herrn Schweitzers Einwurf: „Und das Tollste kommt noch." Um der Dramaturgie willen legte er eine Pause ein.

Pflichtschuldigst ließ sich Maria vernehmen: „Nun erzähl schon. Was ist noch passiert?"

Semmler lugte nach links, Semmler lugte nach rechts, dann begann er hinter vorgehaltener Hand so leise zu sprechen, daß Maria und Herr Schweitzer gezwungen waren, die Köpfe ganz nah zusammenzustecken.

„Und heute morgen dann, waren die Rolläden vom Frühzecher mit Farbe besprüht."

„Ist das alles?" erkundigte sich Maria.

„Na, hör mal, die haben ihm ungelogen vier Mal das Wort Bombe draufgesprayt."

„Bombe?" vergewisserte sich Herr Schweitzer, was Semmler bestätigte: „Bombe."

Da der Schoppepetzer-Apfelweinausschenker nicht für einen nachlässigen Umgang mit der Wahrheit bekannt war, glaubte Herr Schweitzer ihm.

„Und meinst du, da besteht ein Zusammenhang? Ich meine, es ist doch durchaus denkbar, daß das eine mit dem anderen nichts zu tun hat."

„Tja, wer weiß das schon so genau. Man kann in Zeiten wie diesen nicht vorsichtig genug sein."

„Vielleicht hast du recht", sagte Herr Schweitzer.

„So." Semmler stand auf. „Ich habe noch ein wenig zu tun."

Als er weit genug entfernt war, fragte Maria: „Glaubst du, hinter der Geschichte steckt was?"

Herr Schweitzer zuckte mit den Schultern. „Wer weiß das schon. Ich denke, wir sollten nicht soviel Aufhebens darum machen. Beschmierte Wände gibt's doch zuhauf."

„Das denke ich auch."

Trotzdem machten sie auf dem Weg zum Taxistand noch einen Schlenker, nur um zu sehen, daß beim Frühzecher die Rolläden heruntergezogen waren. Ein Frisch-gestrichen-Schild riet vom Anfassen ab. Durch die geöffnete Tür drangen die üblichen Kneipengeräusche auf die Straße. Es hätte auch nicht zu René gepaßt, den Laden wegen so einer Lapalie geschlossen zu halten.

Maria und Herr Schweitzer gingen nicht hinein, es reichte für heute.

An der Ecke zur Darmstädter Landstraße hielt an einer roten Ampel ein roter Ford Fiesta, aus dem monotone Bumm-Bumm-Musik durch die heruntergekurbelten Fenster dröhnte.

„So Arschlöchern sollte man den Führerschein entziehen. Unsere Gesellschaft wird auch immer egoistischer", meinte Maria.

Herr Schweitzer drückte ihre Hand als Zeichen, daß er mit ihr einer Meinung war. Offenbar fanden auch andere Mitmenschen, daß es sich bei den Insassen des Ford um Arschlöcher handelte, denn von oben kam ein Blumentopf geflogen, landete auf dem Autodach und hinterließ eine kleine Delle, Blumenerde und Schnittlauch. Blitzschnell und im Stile eines jungen Burschen zog Herr Schweitzer seine Herzensdame in den nächsten Hausflur und begann zu knutschen. Das war fast wie aus dem Lehrbuch für unauffälliges Verhalten. Erwartungsgemäß stieg nämlich der Fahrer aus, suchte die beiden Häuserfronten nach einem erleuchteten Fenster ab und wurde dann, als er sich vergegenwärtigen mußte, daß der Übeltäter unauffindbar bleiben würde, richtig ordinär: „Zeig dich, du Feigling, du Pisser, du Trottel."

Maria: „Das hast du schon lange nicht mehr gemacht. Vielleicht sollten öfter Blumentöpfe vom Himmel fallen, du küßt nämlich nach wie vor ganz ausgezeichnet."

Am Lokalbahnhof ging ihn seine ehemalige, mittlerweile auf den Hund gekommene Klassenkameradin, die in Fachkreisen nur die dicke Gertrud genannt wurde, lautstark um einen Euro an. Die meiste Zeit verbrachte sie mit ihren Kumpels bei Wind und Wetter saufend an der Bushaltestelle. Und das, obwohl sie eine vom Sozialamt finanzierte Wohnung hatte. Der Lebenswandel hatte ihr Gesicht mittlerweile mehr als hauchzart lila gefärbt.

Herr Schweitzer zahlte. Wie immer.

Es war Montag, als Herr Schweitzer auf dem Weg zum Einkaufen Semmler traf, der seinen freien Tag nutzte, indem er sich als Gast beim Apfelwein bewirten ließ. Semmler war ebenso wie Herr Schweitzer ein Gemütsmensch und wurde schon als der kommende Buddha Sachsenhausens gehandelt, weil er sich erstens durch rein gar nichts weder aus der Ruhe noch aus der Fassung bringen ließ und zweitens eine beachtliche Wampe wie ebenjener asiatische Heilige vor sich herschob. Außerdem war er genauso gerne Gast wie Kellner, Hauptsache, es sprang ein Schwätzchen dabei heraus. Das wußte natürlich auch Herr Schweitzer, daß man an Semmler nicht mit einem kurzen Gruße oder einem flüchtigen Kopfnicken des Erkennens vorbeikam. Also setzte er seinen Bastkorb mit den leeren Pfandflaschen ab und erkundigte sich nach dem werten Befinden.

Das sei soweit ganz in Ordnung, erklärte Semmler, der Winter wäre nun ja bald endgültig vorüber und von daher ginge es ja ganz allgemein schon wieder aufwärts. Das merke man als Gaststättenbediensteter doch sehr verstärkt, die Gemütslage der Gäste hänge doch mehr als man denkt davon ab, wie lange die Sonne täglich scheine.

Na klar, sagte nun seinerseits Herr Schweitzer, das sei ihm auch schon aufgefallen, obwohl er noch vor zwei, drei Jahren der felsenfesten Überzeugung gewesen war, sein Gefühlsleben sei vollkommen wetterunabhängig. Und ob er, Semmler, auch den Ausraster des Eintracht-Trainers Willi Reimann beim verlorenen Auswärtsspiel in Dortmund mitbekommen habe und was er darüber denke.

Das sei ganz und gar nicht gut – Semmler schüttelte zur Bekräftigung den Kopf –, aber er hoffe, daß der DFB strafmildernd berücksichtige, daß unser Trainer – ist man Trainer der Eintracht, ist man Trainer von ganz Frankfurt, deswegen „unser" – ja eigentlich ein ganz besonnener und überhaupt ein Kreuzbraver sei. Natürlich, Strafe muß sein, Schiedsrichter dürfe man nicht stumpen, aber man müsse da doch sehr abwägen. Viel Fingerspitzengefühl sei hier vonnöten.

„Und was macht die Arbeit?" fragte Herr Schweitzer abschließend, denn allzu viel Zeit blieb nicht mehr, dann würde der Edel-Metzger Pomp schließen, bei dem er noch die Grüne Soße besorgen mußte.

Grüne Soße gehört ebenso wie der Handkäs mit oder ohne Musik zur Frankfurter Nationalküche, doch im Gegensatz zum

Handkäs erfreut sich die Grüne Soße auch bei Touristen von weither und mit vollkommen anderen Geschmacksnerven als den hiesigen allergrößter Beliebtheit. Ja, man kann bei der Grünen Soße schon fast von einer würdigen Frankfurt-Repräsentantin sprechen. Serviert wird sie übrigens mit Kartoffeln und hartgekochten Eiern, manchmal auch zuzüglich gekochten Rindfleischs. Über das Rezept wird seit Generationen debattiert, mitunter gar heftigst gestritten. Fest steht nur, daß es sieben verschiedene Kräuter sein müssen, die zerkleinert der Joghurtsauce beigegeben werden und für die charakteristische Grünfärbung verantwortlich sind.

Im Prinzip hatte Herr Schweitzer auf die Frage nach Semmlers Arbeit eine knappe Antwort erwartet. Er war sogar schon im Begriff, sich nach dem Bastkorb zu bücken.

Doch Semmlers Antwort verhinderte dies fürs erste. „Ich weiß nicht genau, aber irgendwas ist hier im Busch. Ich spüre das. Mein Chef macht seit Samstag einen ziemlich niedergeschlagenen Eindruck. Und wenn du mich fragst, stecken die Wassertrinker dahinter. Man soll zwar nicht die Pferde scheu machen, aber das riecht verdammt nach Mafia."

Herr Schweitzer tat entrüstet: „Mafia?"

„Na ja, das sind zumindest deren Methoden. Erst schicken sie so ein paar Handlanger vor, die sich stundenlang an einem Glas Wasser festhalten, und dann plötzlich werden Schutzgelder erpreßt."

„Hier, bei uns? Mitten in Sachsenhausen?"

„Was unterscheidet Sachsenhausen von den anderen Gegenden, wo solche Schweinereien an der Tagesordnung sind?"

Gute Frage. Herr Schweitzer wußte keine Antwort.

„Aber vielleicht irre ich mich ja", fuhr Semmler fort, „und wenn ich ehrlich bin, kann ich's mir selber auch kaum vorstellen." Rituell strich er sich über die kahle Kopfhaut.

Herr Schweitzer nahm den Korb auf. „Jetzt muß ich aber los, sonst bekomme ich keine Grüne Soße mehr."

„Grüne Soße, hmm lecker. Das bringt mich auf eine Idee. Tschö."

„Tschüß."

Nun mußte sich Herr Schweitzer aber sputen, schließlich wollten Maria und er sich einen schönen Abend in trauter Zweisamkeit machen.

Später gingen die beiden noch auf einen Verdauungsspaziergang um die vier Ecken. Die Grüne Soße war erstklassig gewesen. Obwohl Herr Schweitzer seiner Freundin sonst alles erzählte, was ihn bewegte, verschwieg er ihr Semmlers Mafia-These. Er hielt sie für zu unausgegoren.

Die Nacht war lang gewesen, der Zweisamkeit hatte man ausgiebig gefrönt. Erst in den frühen Morgenstunden war man in einen tiefen, traumlosen Schlaf gefallen.

Herr Schweitzer hatte das Gefühl, erst ein paar Sekunden geschlafen zu haben, als vertraute Klingeltöne Einlaß in sein Unterbewußtsein fanden, um dann langsam aber stetig in jenen Bereich überzuwechseln, der das Handeln im Wachzustand steuert.

Maria hatte einen festen Schlaf, also war es an ihm, die heimelige Bettstatt zu verlassen, sich einen Bademantel überzuwerfen und in flauschigen Pantoffeln den Gang zur Haustür anzutreten. Es hätte ja auch was Wichtiges sein können. Trotzdem vermaledeite es den Tag schon, bevor er so richtig begonnen hatte.

Zwei sieche, zwergwüchsige Frauchen so um die hundertzehn blickten ihn dämlich von unten an. In der Hand hielten beide je eine Zeitschrift. In ihrer einander ähnlichen Körperhaltung wirkten sie wie Zwillinge und Herr Schweitzer hatte das Gefühl, daß sie mannigfaltige Schicksalsschläge auf ihrem Leidensweg, der bei anderen Leben hieß, hatten einstecken müssen. Dann fing die eine unvermittelt zu grinsen an, während die andere in einem monotonen Singsang irgendwen lobpreiste.

Der noch schläfrige Herr Schweitzer konnte sich keinen rechten Reim darauf machen und schaute auf die Zeitschriften, die beide wie einen Heilsbringer oder einen Schild, der alles Böse abwehrte, vor der Brust trugen.

Der Wachtturm.

Die Zeugen Jehovas – das sind die, die in der Regel nur stumm herumstehen und immer so verkniffen aus der Wäsche schauen, als müßten sie dringend auf Toilette.

Herr Schweitzer hatte verstanden.

Die Redselige faselte etwas von Erlösung und Glauben, daß man ohne Glauben den rechten Weg nicht fände.

Herr Schweitzer hatte es nicht so mit dem Glauben, ergo erwiderte er: „Kommen Sie bitte wieder, wenn sich Ihr Glauben in

Wissen verwandelt hat."

Leise schloß er die Tür und kroch wieder zu Maria ins Bett.

„Schatz, was war los?"

„Nichts, schlaf weiter. Nichts."

Daß nichts los sei, konnte man einige Tage später nicht mehr behaupten. Zumindest nicht Samstag früh. Denn um exakt 3.32 Uhr klingelte bei Maria das Telefon. Weizenwetter wollte dringend Herrn Schweitzer sprechen.

Dies an sich stellte kein größeres Problem dar, hatte man doch erst vor wenigen Minuten die Haustür aufgeschlossen und es sich auf dem Sofa, umgeben von Marias auf Podesten unterschiedlicher Höhe und Materialien thronenden Skulpturen, gemütlich gemacht, um noch in aller Ruhe ein kleines Wasserpfeifchen, welches sich Herr Schweitzer eigens aus Ägypten hatte mitbringen lassen, zu genießen.

Am Anfang ihrer nun fast zweijährigen Beziehung hatte Maria eher selten dem Tetrahydrocannabinol zugesprochen, doch nur Rotwein war auf die Dauer auch langweilig, zumal man als Künstlerin der Bewußtseinserweiterung doch eher wohlwollend gegenüberstand.

Herr Schweitzer nahm den Hörer entgegen und hatte größte Mühe, Weizenwetters Genuschel zu dechiffrieren. Man braucht wohl nicht extra zu erwähnen, daß Weizenwetter wieder einmal ganz schön knülle war, als Maria und Herr Schweitzer das Weinfaß vor etwa einer Stunde verlassen hatten.

Unter Aufbietung seiner kompletten Phantasie und nach mehrmaligem Nachfragen hatte er den Sachverhalt soweit geklärt, daß zumindest das grobe Geschehen als gesichert gelten konnte. Bertha sei auf dem Heimweg überfallen worden und werde gerade im Sachsenhäuser Krankenhaus wegen eines ernsten Schädelbasisbruches behandelt. Außerdem sei die Polizei im Anmarsch und er, Weizenwetter, habe keine Ahnung, was die von ihm wollen könnten, er habe doch gar nichts gesehen. Weizenwetter gehörte zu der Spezies Mensch, die trunken große Reden schwangen, doch in Situationen, die sie forderten, zuweilen versagten.

Herr Schweitzer versprach vorbeizukommen, glaubte aber nicht, Licht in die doch gar arg verwickelte Angelegenheit bringen zu können. Da weder er noch Maria einen Führerschein besaßen, ein Auto also für beide keinen zentralen Wert menschlichen Seins darstellte, wurde ein Taxi gerufen. Auf der Zentrale waren sie als Stammkunden bekannt. Maria erbot sich, ihn zu begleiten, doch Herr Schweitzer erklärte, Weizenwetter habe mit Sicherheit übertrieben, das kenne man ja.

Eine Viertelstunde später begrüßte ihn Weizenwetter am Empfang. Zwei Polizisten standen herum und zu seiner Überraschung erblickte er Bertha, deren Kopf ein riesiger weißer Turban zierte. Der Schädelbasisbruch hatte sich als kleine, wenn auch schmerzhafte Platzwunde entpuppt, die mit ein paar Stichen hatte genäht werden können.

Offenbar hatten die beiden Polizisten ihre Arbeit schon verrichtet, denn sie verabschiedeten sich höflich mit dem Hinweis, Bertha möge nachher ja nicht vergessen, auf dem Revier vorbeizuschauen.

Eine teiggesichtige Dame, wohl die Oberschwester, forderte Bertha auf, sich unverzüglich ins Bett zu begeben. Doch da kannte sie Bertha schlecht. Obwohl schon älteren Semesters, war sie doch noch eine sehr resolute Frau, die sich von niemanden befehligen, geschweige denn ins Bett schicken ließ. Ganz im Gegenteil, sie würde jetzt sogar gehen. Kaum hatte Bertha dies ausgesprochen, war sie auch schon durch die Tür. Herr Schweitzer hatte Mühe, Weizenwetter sowieso, ihr nach draußen zu folgen.

Doch kaum war sie auf der untersten Stufe der Freitreppe angekommen, mußte sie sich setzen. „Oh, mir ist schwindelig."

„Vielleicht ist es besser ..." Herr Schweitzer brach ab, denn Bertha damit zu kommen, daß es vielleicht gar nicht so dumm sei, die Nacht über noch zur Beobachtung im Krankenhaus zu bleiben, war, als versuche man, deutschen Spitzenmanagern klar zu machen, was für Pfeifen sie tatsächlich seien. Ein also schon im Vorfeld zum Scheitern verurteiltes Unterfangen. Also ließ er es bleiben, wozu sich den Mund fusselig reden?

„Und jetzt erzähl doch mal, was eigentlich passiert ist." Herr Schweitzer setzte sich neben sie. Vom gegenüberliegenen Haus drangen Geräusche eines handfesten Streits auf die Straße. Ein dunkler Schatten huschte unter ein geparktes Auto. Wahrscheinlich eine Maus oder eine kleine Ratte. Herr Schweitzer hatte mal irgendwo gelesen, Frankfurt habe mehr Ratten als Einwohner. Solange diese im Verborgenenen operierten, hatte er nichts dagegen.

„Ich hab eins auf'n Deckel bekommen."

„Das habe ich mir schon fast gedacht."
„Weizenwetter war auch dabei."
Weizenwetter: „Ja, aber ich war in dem Moment strullen."
„Pinkeln?"
„Genau. Rappelche mache."
„Komm Bertha, jetzt laß dir doch nicht alles aus der Nase ziehen. Hast du sie gesehen? Wieviel Geld war in der Kasse?"
„Geld? Ach, du meinst, die hatten es auf meine Tageseinnahmen abgesehen?"
Genau das sagte ihm sein strategisches Denkvermögen. Herr Schweitzer nickte.
„Hihi, dann war das wohl ein Schuß in den Ofen. In meinem Portemonnaie waren gerade mal zehn Euro. Damit kommen die aber nicht sehr weit."
Das warf die Frage auf, wo die Tageseinnahmen vom Weinfaß waren. „Ja, aber wo sind sind denn dann ..."
„... das Geld ist sicher im Weinfaß versteckt. Das findest du nie."
Herr Schweitzer hatte das Gefühl, Berthas Blick fürs Wesentliche hatte unter dem Schlag doch sehr gelitten. Ansonsten war sie nämlich sehr scharfsinnig. Herr Schweitzer hegte eine gewisse Abneigung gegen Leute, die permanent um den heißen Brei herumredeten. Da wurde seine Geduld mitunter auf eine harte Probe gestellt. „Ich will das Geld auch gar nicht finden. Waren es die Wassertrinker?" Er war einer Intuition gefolgt.
„Woher soll ich das denn wissen? Ich war ja gleich ohnmächtig. Das heißt, einen habe ich wohl gesehen, aber der hatte so eine blöde Mütze auf, wie sie die jungen Leute heutzutage tragen. Ohne Bommel."
„Ohne Bommel?" rutschte es Herrn Schweitzer heraus, denn mit derart schwachsinnigen Fragen leistete er Berthas merkwürdigen Ausführungen nur Vorschub.
„Natürlich ohne Bommel. Wann hast du denn das letzte Mal jemanden mit Bommel gesehen? Muß doch zwanzig Jahre oder noch mehr her sein."
Und tatsächlich, Herr Schweitzer dachte über Bommelmützen nach.
„Außerdem war's dunkel, so wie jetzt", unterbrach die Wirtin Herrn Schweitzers theoretische Untersuchungen darüber, wann wohl die Bommel von der Mütze getrennt worden war.

„Dann setz ich mich jetzt auch mal hin", erklärte Weizenwetter, „das kann ja hier noch länger dauern." Darüber war er keineswegs betrübt, denn er war für sein Leben gern in Gesellschaft. Ohne würde er zugrunde gehen.

„Aber", fuhr Bertha fort, „jung waren sie."

„Sie? Es waren also mehrere?" forschte Herr Schweitzer, denn nun kam man der Sache schon näher.

„Genau. Zwei habe ich weglaufen sehen", dozierte Weizenwetter gewichtig.

„Du? Ich denke, du warst pinkeln."

„Da war ich schon fertig. War gerade am Abschütteln."

„Am Ab..." Herr Schweitzer unterbrach sich, manche Details waren dann doch eher unwichtig.

Nun war die Reihe wieder an Bertha: „Wie kommst du drauf, daß es die Wassertrinker waren?"

„Semmler meint, die könnten von der Mafia sein." Nun war die Katze aus dem Sack. Herr Schweitzer hatte ein ungutes Gefühl, als er das Wort Mafia benutzte. Nicht, weil er etwa Angst gehabt hätte, sondern weil es so schwer war, diese Organisation in einen logischen Zusammenhang mit Sachsenhausen zu bringen.

En passant erwiderte daraufhin Bertha, geradeso, als gäbe es nichts Natürlicheres auf dem Erdenrund: „Logo war's die Mafia. Wollten vorgestern von mir Schutzgeld erpressen. Aber eins kann ich dir flüstern: Denen hab ich aber ganz schön den Marsch geblasen."

Hätte Herr Schweitzer in dem Moment ein, sagen wir mal Bierglas, in den Händen gehalten, er hätte es mit Sicherheit fallen lassen. So blieb ihm als Ausdruck der Fassungslosigkeit nur die Sprachlosigkeit. Aber derer bediente er sich ausgiebig. Mehr als eine Minute verstrich, dann hatte er die Tragweite in ihrem gesamten Ausmaß erfaßt.

Offenbar hatte auch Weizenwetter aufgepaßt. „Die Mafia?" fragte er mit brüchiger Stimme. Hilflos blickte er sich um, als gäbe es die Möglichkeit, daß irgendwo ein Weizenbier herrenlos herumsteht. Das war natürlich nicht der Fall.

„Ich nehme an, daß es die Mafia war. Wer erpreßt denn sonst noch Schutzgelder? Das sollen sie gefälligst bei ihren Landsleuten machen, die sind wenigstens vertraut mit dieser Tradition. Und wenn die mir noch mal blöd kommen, dann setzt's richtig was, darauf kannst du einen lassen."

„Genau Bertha. Ich bin auf deiner Seite", erklärte Weizenwetter feierlich, der, wenn er betrunken war, eine innige Affinität zu allem, was auch nur entfernt mit Pathos zu tun hatte, verspürte.

„Und wie sahen die Typen aus?" Herrn Schweitzers detektivischer Spürsinn war geweckt.

„Das war nur einer. Und der sah genau so aus wie in den Filmen. Man kann sie gar nicht voneinander unterscheiden. Klein, Anzug, Schnautzer, schwarze Haare mit viel, viel Haargel."

„Und der ist einfach so bei dir in den Laden geschneit, hat sich vorgestellt und gesagt, wieviel Geld er im Monat von dir will, damit er aus dem Weinfaß so Leute wie die Wassertrinker, die kaum was verzehren, fernhält."

„Bist du auch von der Mafia? Hätte ich jetzt nicht gedacht. Für mich warst du immer so eine Art Hippie."

Herr Schweitzer war nahe, ganz nahe am Verzweifeln. Ein Nervenzusammenbruch kam wegen seiner robusten, durch viele Spaziergänge gestählten Gesundheit nicht in Frage. Außerdem lagen ihm diese doch eher femininen Krankheitsgeschichten nicht. Nichtsdestotrotz hatte ihn Bertha gehörig durcheinandergebracht.

„Ein Hippie? Ich?" Herr Schweitzer sah an sich herunter, ob er irgendwo ein verborgenes Peace-Zeichen übersehen hatte. Aber da war nichts. Nicht einmal eine Martin-Luther-Gedächtnis-Nadel zierte sein Revers. In dem Fall wäre es auch egal gewesen, welcher Martin Luther gemeint war. Der eine wie der King standen für einschneidende Gesellschaftsverbesserungen. So wie der Hippie eben auch. Nicht auszudenken, wo wir ohne die 68er Freaks heute wären. Wahrscheinlich immer noch bei der bedingungslosen, deutschtypischen Obrigkeitsverehrung.

„Natürlich du. Wer sonst? Arbeitest nur das Nötigste. Magst die schönen Dinge des Lebens. Und ...", hier zwinkerte sie ihm zu, „bei dir gibt's immer was zu rauchen, wie man hört."

„Wer sagt das?"

„Alle."

„Wer ist alle?"

„Jeder, mein Gott, warum interessiert dich das?"

Ja, warum eigentlich. Die Frage war berechtigt. Sollten die Leute doch reden. Wen interessiert's? Ihn doch nicht.

„Ich habe Durst. Wollen wir noch zum Frühzecher?" ließ sich

Weizenwetter mal wieder vernehmen.

Bertha sah auf ihre kleine Armbanduhr: „Zu spät. Hat schon zu."

Doch Weizenwetter wäre nicht Weizenwetter, gäbe er hier auf: „Dann halt noch zur Tanke auf der Mörfelder. Ich wette, die hat noch auf." Niemand ging auf die Wette ein.

Angesichts der Tatsache, daß heiter schon der Morgen anbrach, die Mafia versuchte, im Sachsenhäuser Idyll Fuß zu fassen und er ein Hippie sein sollte, gefiel Herrn Schweitzer dieser doch eher unprätentiöse Gedanke Weizenwetters. Er schaute zu Bertha. „Wie sieht's aus? Meinst du, du schaffst das?"

Bertha griff sich an den Turban. „Wenn wir nicht rennen."

Vollkommen bewegungslos stand Herr Schweitzer vor der großen Glasscheibe und blickte kontemplativ in Marias Garten. Er dachte über sich nach. Das machte er nicht oft, eigentlich wußte er ja eine ganze Menge über sich, was man vom Menschen ganz allgemein nicht behaupten konnte. Beim Frühstück, das schon beinahe ein Spätstück war, hatte er Maria gefragt, ob sie ihn für einen Hippie halte, und als Antwort bekommen, im Prinzip schon, nur arbeite ein Hippie hin und wieder ein bißchen. Zugegeben, seit er vor Jahren den horrenden Aktiengewinn eingefahren und seinen Job als städtischer Straßenbahnfahrer mit Pensionsanspruch gekündigt hatte, lebte er prima, ohne einen Finger krumm zu machen. Und seit er seinem Schwager Hans von der Detektei Hagedorn vor einigen Monaten erklärt hatte, er werde fürderhin keine Ehebrecher mehr beschatten, das sei moralisch nicht okay, war es selbst mit dem Erwerbsleben als Aushilfe so gut wie vorbei. Und wenn die Leute ihn deswegen für einen Hippie hielten, bitteschön, obwohl er äußerlich mehr einem Bausparer glich. Doch Bausparen, Häusle bauen, liquiditätsbedingte Häusleversteigerung mit daraus resultierendem Selbstmord waren Herrn Schweitzers Sache nicht. Mag der Rest der Bevölkerung auch machen, was er wollte.

Aber das war mitnichten alles, was ihn beschäftigte. Zu präsent waren die Ereignisse um Bertha und die vermeintliche Mafia. Noch immer hatte er Maria nichts davon erzählt. Das fiel ihm schwer. Er drehte sich um. Maria saß am Couchtisch und steckte Exposés ihres Buches Geiseldrama in Dribbdebach in Briefumschläge, die an annähernd dreißig Verlage verschickt werden sollten. Sie lächelte. Herr Schweitzer wußte um Marias zur Zeit ausgezeichnete Gemütsverfassung und beschloß, die Mafia noch für ein Weilchen außen vor zu lassen. Stattdessen wollte er dringend mit Semmler, dem Apfelweinkellner vom Schoppepetzer, reden. Vielleicht wußte der ja mehr.

„Schatzi."

Maria sah von ihrer Arbeit hoch. „Ja?"

„Wollen wir heute abend in den Schoppepetzer gehen?"

„Natürlich, Simon, wenn du magst. Ich hab dich lieb."

Sie gingen zu Fuß und nahmen den Weg über die Hedderichstraße, damit Maria beim S. Fischer Verlag noch ihren Umschlag einwerfen konnte. Herr Schweitzer versuchte, sich nichts anmerken zu lassen, denn der Gedanke an die Mafia beherrschte ihn mehr als ihm lieb war und verursachte außerdem ein unangenehmes Ziehen in der Magengrube.

Zum Glück stand Semmler hinter dem Tresen und waltete seines Amtes, wie immer mit einem einnehmenden Grinsen für jeden, der ihn ansprach oder ihm nur einen Blick schenkte. Der Schoppepetzer, der vor zwei Jahren sein hundertjähriges Bestehen mit einem großen Fest gefeiert hatte, war, wie stets samstags, rammelvoll, das heißt, selbst zum Rammeln zu voll. Vergebens suchte Herr Schweitzer nach bekannten Gesichtern. Weizenwetter war mit Sicherheit noch Sportschau gucken. Man nahm direkt an der Eingangstür an einem Tischende Platz. Jedesmal, wenn jemand die Tür öffnete, wehte ein unangenehm kalter Wind herein.

Ob man will oder nicht, automatisch hört der Mensch mit halbem Ohr der Tischnachbarn Gespräche mit. Und da hatten Maria und Herr Schweitzer heute eine ausgemachte Niete gezogen. Ein Maler in Arbeitsmontur erzählte seinen jüngeren Kollegen großspurig darüber, wie er, der Held, es dem Meister letztens aber mal so richtig gezeigt habe. Wollte der ihm doch in der Osterwoche den gewünschten Urlaub verweigern. Da habe er, der Held, aber ganz schön starke Geschütze auffahren müssen. Er habe dem Meister, Müller wohl mit Namen, mal ernsthaft verklickern müssen, wer den Laden eigentlich in dessen Abwesenheit schmeiße. Das sei nämlich nicht sein Partner, nein, dieser habe überhaupt keine Ahnung, wie der Hase läuft. Stimmt's? Hab ich nicht recht? Und wenn er, der Held, nicht wäre, hätte die Firma überhaupt schon längst pleite gemacht. Stimmt doch, oder? Natürlich bekam er von den anderen die Bestätigung, die er haben wollte, standen sie in der Firmenhierachie doch unter ihm. Sie taten Herrn Schweitzer leid.

Maria schaute sich um, ob nicht irgendwo anders noch zwei Plätze frei waren, doch ebenso wie Herr Schweitzer zuvor, wurde sie nicht fündig. So ergab man sich seinem Schicksal und versuchte trotz der lächerlichen Selbstdarstellung von nebenan das Essen und den Apfelwein zu genießen.

Sie hatten noch nicht zu Ende gespeist, da wendete sich das Blatt zu ihren Gunsten. Der Maler, ohne den nichts lief auf der Welt, bezahlte und ging. Dessen Kollegen blieben und unterhielten sich fortan wie befreit. Maria lächelte ihren Traummann an. Sie waren ein Herz und eine Seele.

Maria war heute abend wie aufgedreht. Erst jetzt, da die Verlage angeschrieben waren, begann für sie das Abenteuer Literatur. Und Herr Schweitzer, den die Muse noch nie geküßt hatte, nahm daran teil, wie er nur konnte. Manchmal etwas ungelenk wie Männer halt so sind, aber das machte ihn in Marias Augen nur umso liebenswerter.

Einige Zeit später, als das Gros der Gäste gesättigt sich der Geselligkeit und dem Apfelwein überließ, kam unerwartet Semmler an den Tisch, nun, da auch die übrigen Maler das Feld geräumt hatten. Er redete auch sofort los, ohne daß Herr Schweitzer die Chance gehabt hätte, um Marias willen vom Thema abzulenken. „Schön, daß ihr hier seid. Ich bin mittlerweile ziemlich sicher, daß es die Mafia ist."

Besorgt warf Herr Schweitzer einen Seitenblick auf seine Liebste, doch der Ausdruck ihrer Gesichtszüge verriet allenfalls mäßiges Interesse. Das wiederum verwunderte Herrn Schweitzer, hatte man doch nicht alle Tage Schurken dieses Kalibers am Hals. Höflich aber bestimmt ignorierte er Marias Ignoranz und sagte: „Ich auch. Bei Bertha wollten sie auch schon abkassieren."

Spätestens jetzt hätte Herr Schweitzer einen Rüffel dahingehend erwartet, warum er sie denn nicht eingeweiht habe. Doch Maria sagte bloß: „Das ist fein, da habe ich ja gleich Stoff für meinen nächsten Krimi."

Nun machte Semmler große, staunende Augen. „Du schreibst?"

Sie schwankte zwischen Stolz und unangenehm berührt. „So

ein bißchen."

Semmler war unsicher, welches Thema er jetzt weiter verfolgen sollte.

Herr Schweitzer erlöste ihn: „Was hast du inzwischen rausbekommen?"

„Allerhand, sag ich euch, allerhand." Semmler sah sich besorgt um, dann fuhr er flüsternd fort: „Ich bin mir fast sicher, Günther zahlt. Zufällig habe ich ihn gestern beobachten können, wie er so einem schmierigen Typen verstohlen einen Briefumschlag übergab und außerdem zittern seine Hände in letzter Zeit mehr als gesund sein kann. Seitdem waren die Wassertrinker auch nicht mehr da. Und übrigens kursieren momentan Gerüchte, daß der Wirt von der Kladde auch zahlt. Okay, es wird zwar viel geredet in Sachsenhausen, aber wenn du mich fragst, spitzt sich die Lage zu."

Maria konnte sich kaum einkriegen: „Das klingt ja ungeheuer spannend. Die Mafia in Sachsenhausen. Weiß man denn schon, wer genau dahinter steckt?"

„Wie? Wer genau?" fragte Semmler.

„Na ja, da gibt es zum Beispiel die Cosa Nostra, die Camorra, die Russenmafia undsoweiter."

„Das schon, aber ..." Semmler wußte nicht weiter. Als Übersprungshandlung streichelte er seine Glatze.

Herrn Schweitzer fiel der Leitsatz des in Frankfurt geborenen Philosophen Theodor Wiesengrund Adorno ein, der besagte, daß der Mensch nicht aus dem Kreislauf von Gewalt und Unterdrückung herauskönne, und er mußte sich unwillkürlich fragen, wie lange wohl ihr aller Leben noch in geordneten Bahnen verlaufen würde.

Wieder war es Maria, die praktisch dachte: „Sollten wir nicht besser die Polizei einschalten?"

Herr Schweitzer, eine vage Handbewegung machend: „Das ist so eine Sache."

Semmler klopfte sich zur Abwechslung mal auf den Bauch: „Ich weiß nicht, ob das eine so tolle Idee ist."

Maria: „Ach so, ich verstehe schon, die Herren wollen die Mafia, bevor sie hier zur Landplage wird, so quasi im Alleingang besiegen. Da komme ich euch wohl gerade recht, ich kann nämlich prima schießen."

Herr Schweitzer, Semmler, unisono, außerdem eine Spur entrüstet: „Du kannst schießen?"

„Natürlich, hab ich dir das nicht erzählt, Simon, ich war früher bei der RAF, da wurde man zur Ausbildung zum Gaddhafi nach Libyen geschickt. Komisch, ich dachte, du wüßtest das."

Den letzten Satz ließ sie zehn Sekunden im Raum stehen, dann griff sie Herrn Schweitzers Arm und schüttelte ihn. „Mensch, Simon."

„Und ich dachte schon ..."

„Natürlich nicht. Ich habe noch nie im Leben eine Waffe in den Händen gehalten. Ich bin Malerin."

„Der Pinsel kann auch eine Waffe sein. Guernica", erklärte Herr Schweitzer.

„Aber das waren andere Zeiten damals."

„Ich würde vorschlagen, wir warten erst mal ab. Ich versuche inzwischen, mehr zu erfahren. Und du, Simon, du kannst doch gut mit den Bullen, die immer im Frühzecher verkehren."

„Du meinst, ich soll sie einweihen?"

„Nein, nein, auf gar keinen Fall. Aber vielleicht kannst du ja in Erfahrung bringen, ob's da schon was zu dem Thema gibt. Du bist genau der richtige Mann dafür."

Maria: „Stimmt. Bei deiner unauffälligen Art schöpfen die nie und nimmer Verdacht."

Herr Schweitzer war sich ganz und gar nicht sicher, wie Maria das jetzt meinte, daher überging er elegant diese mögliche Spitze. Oder das Kompliment. „Am liebsten würde ich jetzt sofort in den Frühzecher gehen."

„Auf was warten wir dann noch?" Demonstrativ nahm Maria ihre Handtasche vom Tisch. „Je eher wir die Mafia vom Hals haben, desto besser."

Herr Schweitzer erkannte seine Freundin nicht wieder.

Semmler: „Und ich geh nachher mal in die Kladde, ob da Näheres zu erfahren ist. Immer horche, immer gugge, sag ich da nur."

Später, im Frühzecher, tanzte zwar der Bär, aber von den Polizisten des nahen Reviers war niemand da. Also tranken sie jeweils nur ein Glas Sauergespritzten und gingen dann nach Hause, wobei Herr Schweitzer ganz gewieft die dicke Gertrud vom Lokalbahnhof umging, die bestimmt schon wieder auf ihn lauerte, um nicht schon wieder einen Euro opfern zu müssen.

Fast drei Wochen lang passierte nichts von Belang. Die Eintracht spielte weiterhin um den Klassenerhalt, Herr Schweitzer hatte vorerst genug vom Fußball, bei Maria von der Heide waren die ersten Absagen von Verlagen im Briefkasten gelandet und Herr Schweitzer hatte die beiden befreundeten Polizisten Frederik Funkal und Odilo Sanchez getroffen, aber trotz subtilster Vorgehensweise nichts über ein mafiöses Engagement in Sachsenhausen in Erfahrung bringen können. Zwar wurde vorige Woche am Monte Scherbelino eine verkohle männliche Leiche in einem ebenso verrußten Autowrack gefunden, doch selbst die Spezialisten der Abteilung Organisiertes Verbrechen der Frankfurter Kripo konnten allenfalls ahnen, daß es sich dabei um eine der üblichen Abrechnungspraktiken in Mafiakreisen handelte. Der Umstand, daß der Wagen aus der Ukraine, das Nummernschild aus Frankreich, der gefälschte, stark versengte Personalausweis des Toten aus Polen und einige im Kofferraum gefundene Kleidungsstücke aus London, New York und Dänemark stammten, war Ausdruck einer sich globalisierenden Welt.

Laura Roth hantierte schon in der Küche herum. Herr Schweitzer hatte einen Druck auf der Blase als hätte er den Bodensee geleert. Als er vom Abort wiederkam, ging er Kaffee aufsetzen. Seine vor allem an den Schläfen bereits ergrauten Haare standen wirr in alle Richtungen. „Guten Morgen, Laura, gut geschlafen?"

„Ja."

Das war ziemlich einsilbig, fand Herr Schweitzer, außerdem vermied sie Blickkontakt.

Und dann erinnerte er sich. War gestern nicht das lang ersehnte Date mit dem Traummann Sven gewesen? Man wollte doch romantisch essen gehen und hernach zu einem klassischen Klavierabend ins Ikonen-Museum. War das nicht so? Sie hatte sich doch gestern abend noch so herausgeputzt, ihm ganz stolz ihr neues Gucci-Couture-Jeans-Kostüm vorgeführt. Laura hatte darin wirklich zum Anbeißen ausgesehen, kein normaler Mann hätte da widerstehen können. Doch Herr Schweitzer ahnte es. „Hat Sven..."

Wie von der Tarantel gestochen fuhr Laura herum und explodierte: „Erwähne nie mehr diesen Namen."

Okay, okay, er hatte verstanden. Kein Sven mehr.

„Entschuldige", fügte sie kleinlaut hinzu und drehte sich um.

Als er ihr tränenüberströmtes, lidschattenverschmiertes Gesicht sah, stand er auf und nahm sie in den Arm. „Nicht weinen."

Die Worte bewirkten das Gegenteil. Für zwei Minuten ergossen sich Kaskaden von Tränen auf seine Schulter. Dann hatte Laura sich wieder gefaßt. „Dieser Depp weiß doch gar nicht, was er an mir gehabt hätte."

„So ist's richtig."

Gleichzeitig klingelte das Telefon. Es war ein aufgebrachter Semmler, der Herrn Schweitzer umgehend zu sprechen wünschte, sein Chef Günther sei gestern zusammengeklappt, es gäbe einiges zu besprechen. Man verabredete sich im Lesecafé.

Punkt Zehn traf Herr Schweitzer ein. Ein durchnächtigter Apfelweinkellner Semmler erwartete ihn bereits. Sie waren die ersten Gäste.

„Guten Morgen. Hast du schon bestellt?"

„Ja, Kaffee."

„Für mich auch, bitte."

„Tasse oder Kännchen?" fragte die junge, adrette Bedienung.

„Kännche, bitte."

Nachdem sie sich wieder entfernt hatte, sagte Herr Schweitzer: „So, jetzt erzähl. Was war los gestern? Wie geht's Günther?"

Semmler faltete die Hände, suchte einen Anfang. „Wieder ganz gut. Hat vom Arzt eine kreislaufstabilisierende Spritze erhalten. Ist einfach umgefallen und ich stand dabei. Wußte gar nicht, wie ich mich verhalten sollte. Hätte ja auch tot sein können, ich kenn mich da nicht aus. Zum Glück war Ines noch da und ..."

„Welche Ines?" fragte Herr Schweitzer, sich an seine gegen Weizenwetter verlorene Wette erinnernd.

„Die ...", Semmler grinste, „... die hübsche."

„Wann war das?"

„Wir hatten gerade Abrechnung gemacht. Günther war schon den ganzen Abend nervös, hat sich auch verrechnet, was sonst gar nicht seine Art ist, und dann ist er einfach umgekippt."

„Und?"

„Na ja, Ines hat ihm dann den Puls gefühlt und sofort einen Krankenwagen geholt. Aber als die endlich da waren, war Günther schon wieder auf den Beinen. Die Spritze haben sie ihm aber trotzdem gegeben und gesagt, er solle mal dringend zu seinem Hausarzt gehen."

Der Kaffee wurde gebracht. Herr Schweitzer verzichtete auf Zucker, nachdem er beim Einkleiden vorhin seine Figur betrachtet hatte.

„Ich hätte dich ja normalerweise nicht so früh aus dem Bett geklingelt, ich weiß ja, du schläfst gerne aus, aber ich bin mir mittlerweile so gut wie sicher, das mit Günther ist wegen der Mafia. Das ist alles kein Zufall mehr."

Ein älterer Herr zerrte einen vor Christus geborenen Dackel ins Café und setzte sich an den Tisch neben der Tür.

Herr Schweitzer dachte nach. Der Anschlag auf Bertha. Die Sprühaktion beim Frühzecher und jetzt Günther. Und während er so nachdachte, sich eins zum anderen fügte, erklärte der Apfelweinkellner Semmler: „Und Karl von der Kladde zahlt bereits."

„Schutzgeld?"

„Schutzgeld."

„Woher weißt du das?"

„Hab ihn gefragt."

„Wie gefragt? Einfach so?"

„Einfach so."

„Ist ja irre."

„Was soll daran irre sein? Ich wollte was wissen, also hab ich gefragt."

Herr Schweitzer kannte Semmler seit vielen Jahren. Oft war man sich auch außerhalb der Sachsenhäuser Kneipenwelt über den Weg gelaufen. Zu einer echten Freundschaft aber war die Beziehung nie gewachsen. Doch Semmlers direkte Art, auf die Leute zuzugehen, verblüffte ihn stets aufs neue. Er fragte: „Und was sollen wir deiner Meinung nach jetzt tun?"

„Lieber eine Kerze anzünden, als über Finsternis klagen", antwortete Semmler souverän und verriet damit obendrein stupende Kenntnisse fernöstlicher Redewendungen.

Es verging eine Weile, bevor Herr Schweitzer erwiderte: „Vielleicht hast du recht, die Mafia ist schließlich kein Naturphänomen."

„Mit Sicherheit nicht. Ich denke, wir sollten uns alle mal zusammensetzen. Bertha, René, Karl, du und ich, Maria vielleicht. Günther sollten wir aus der Sache raushalten. Die Nerven."

Herrn Schweitzer durchlief ein Schauer. Schon einige gefährliche Situationen hatte er in seinem Leben durchlaufen und heil überstanden. Aber die Mafia, das ist so ungefähr das Gefährlichste auf der Welt, was es gibt. Außer Doppel-Doof Bush vielleicht, von dessen Wiederwahl er felsenfest überzeugt war, schließlich glaubte die Hälfte der Amis auch wortwörtlich an die biblische Schöpfungsgeschichte, obwohl ihr Bildungsniveau eher an eine Er-Schöpfungsgeschichte gemahnte.

„Und du, hast du keine Angst?"

„Wer Angst vorm Sterben hat, hat auch Angst vorm Leben", bewies der Apfelweinkellner auch auf philosophischem Terrain profundes Wissen.

„Du ähnelst Buddha immer mehr."

„Ich versuche nur, meinen Geist meinem Körper anzupassen." Liebevoll streichelte er seinen Kugelbauch.

In einem Anflug von Wahn wischte Herr Schweitzer all seine Ängste und Bedenken beiseite. Noch war ja alles bloß blanke Theorie. „Wann wollen wir uns treffen?"

„Nach Mitternacht im Weinfaß, ich sag den anderen Bescheid. Bring du deine Maria mit, die scheint mir Mumm zu haben."

Mehr Mumm als ich jedenfalls, dachte Herr Schweitzer.

„Den Kaffee zahl ich, du bist eingeladen", erklärte Semmler kategorisch.

„Danke."

„Ach, übrigens ..."

„Ja?"

„Ab morgen arbeite ich mittags auch im Dautel. Falls du mal Lust hast vorbeizuschaun, die haben da einen astreinen Elsässer Flammkuchen." Mit Daumen und Zeigefinger formte er das Gütesiegel.

„Gut, ich geh dann mal." Herr Schweitzer erhob sich.

„Ja, bis heute abend."

„Und danke für den Kaffee."

„Nichts zu danken", sagte Buddha Semmler.

Herr Schweitzer verließ das Lesecafé und ging auf die Schweizer Straße einkaufen. Zum Abendessen mit Maria wollte er einen Kartoffel-Auberginen-Auflauf zaubern.

Das Wetter konnte sich immer noch nicht zwischen Winter und Frühling entscheiden. Ihn fröstelte. Einer inneren Eingebung folgend kaufte er in einem Teeladen einen Teddybären, der ihm aus dem Schaufenster zulächelte.

Dann ging er noch kurz bei sich vorbei, überzeugte sich davon, daß Laura trotz ihres desolaten Gemütszustandes arbeiten gegangen war und drapierte das Plüschtier auf ihrem Bett. „Auch wenn alle Männer der Welt nichts taugen, Simon und Teddy haben Dich lieb", schrieb er auf einen Zettel. Herr Schweitzer wußte, daß Laura für so etwas empfänglich war, auch oder gerade weil es mit der anderen Empfängnis nicht so recht klappen mochte. Er gähnte. Zeit für sein Nickerchen.

Der Kartoffel-Auberginen-Auflauf war einer der besten seines Lebens, dennoch war Herr Schweitzer überhaupt nicht gut drauf. Sein obligatorischer Mittagsschlaf war zur Farce geworden, denn bereits nach wenigen Minuten war er von Maschinengeräuschen brutal geweckt worden. Ein Spezialfahrzeug mit Reifen wie von einem Bulldozer entlud unter lautem Getöse einen fast zwei Meter hohen Block Carrara-Marmor.

„Was ist denn das?" fragte er seine Liebste, nachdem er seinen Alabasterkörper nach draußen gewuchtet hatte.

Maria von der Heide strahlte vor Glück. „Marmor, den besten, den es gibt."

Dunkel erinnerte Herr Schweitzer sich, vor ein paar Tagen von Maria davon erzählt bekommen zu haben. Neue Wege wolle sie gehen. Immer nur mit Holz und Metall zu arbeiten, behindere auf Dauer ihre Kreativität. Schon im Winter hatte die international anerkannte Bildhauerin die Alte Brücke über dem Main im Stile des Engländers William Turner mehrmals auf ihrem Zeichenblock verewigt. Herr Schweitzer fand, daß sie auch dazu Talent besaß. Eines dieser Werke hatte er von Maria zu Weihnachten geschenkt bekommen und es zierte nun die Wand über der gotischen Stollentruhe in seinem Zimmer.

„Soll ich den jetzt ins Atelier tragen?"

„Scherzkeks. Der kommt in die Garage, die machen das schon."

Nachdem die Aktion beendet war, verzog er sich schleunigst wieder ins Bett, doch der zweite Mittagsschlafversuch war ein Schlag ins Wasser, die nötige Konzentration war weg.

Etwas übermüdet – Herr Schweitzer – und frohgelaunt – Maria – war man dann ins Weinfaß aufgebrochen, etwa zwanzig Minuten Fußweg vom Lerchesbergring entfernt. Unterwegs hatte er ihr schonend erklärt, daß später noch ein paar von der Mafia bedrohte Wirte vorbeikämen, um sich ob dieser Gefahr zu beraten. Maria hatte dies mit einem Schulterzucken abgetan, gerade so, als handle es sich bei dieser Organisation um ein paar harmlose Halbwüchsige. Abermals verstand er seine Freundin nicht. Frauen sind doch auch sonst eher ängstlich und müssen permanent von den Herren der Schöpfung vor allem möglichen Ungemach wie Mördern, Spinnen und Mäusen beschützt werden.

Im Weinfaß, seit zwei Jahren Dreh- und Angelpunkt ihrer spätabendlichen Freizeitgestaltung, war noch nicht viel los. Die normalerweise auf Herrn Schweitzers Gemüt positiv wirkende, anheimelnde Atmosphäre verfehlte heute allerdings ihre Wirkung, obwohl etliche Kerzen auf dem Tresen und den Weinfässern brannten. Sie gingen an die Theke. Barhocker gab es keine. Eine Tafel kündigte einen Juniper Crossing Semillon Sauvignon Blanc als Wein der Woche an.

„Na, ihr zwei, was darf's denn sein?" wurden sie von Bertha begrüßt.

Maria entschied sich für den Sauvignon Blanc und Herr Schweitzer: „Ein Wasser, erstmal."

Das war ein Novum und dementsprechend erntete er zwei ungläubige Blicke. Herr Schweitzer und Wasser. Das war wie ein geplatzter Scheck von Gott.

„Wenn du dich an diesem Getränk jetzt zwei Stunden festhälst, weiß ich, daß du die Seiten gewechselt hast", versuchte Bertha diese außergewöhnliche Situation auf ihre Weise zu verarbeiten.

Kaum hatte Herr Schweitzer an seinem Glas genippt, betraten drei finster dreinblickende Männer in teuren Anzügen und Kreuzen wie Kleiderschränke die Kneipe. Bei ihrem Anblick dachte nicht nur Herr Schweitzer an Sizilien, die Heimat so vieler Mafiosi.

Entgegen aller Spekulationen bestellten die Drei eine Flasche Champagner vom Feinsten. Herrn Schweitzers Herz sank in die Hose, Maria blieb gelassen und Bertha funkelte böse mit den Augen.

„Das sieht nach Ärger aus", flüsterte Herr Schweitzer.

„Warum sprichst du eigentlich so leise?" wollte Maria wissen.

Keinen Ton lauter: „Ich?"

„Ja, du."

„Die sind bestimmt von der Mafia."

„Na und, wir sind bestimmt aus Sachsenhausen."

Das klang, als sei Sachsenhausen eine militärische Weltmacht, die schon mit ganz anderen Widersachern fertig geworden war. Herr Schweitzer beschloß, vorübergehend die Klappe zu halten. Blickt außer mir überhaupt keiner mehr, was hier läuft?

Im Laufe der nächsten Stunde schwieg Herr Schweitzer beharrlich, und Maria und Bertha unterhielten sich über die Weltwirtschaftskrise, die völlige Unfähigkeit deutscher Politiker, einen Ausweg zu finden und landeten schließlich und folgerichtig bei der diesjährigen Ebbelweikönigin, die einen neuen Freund habe.

Gerade als Herr Schweitzer sein drittes Glas Wasser in Auftrag geben wollte, wurde Bertha von den vermeintlichen Mafiosi an den Tisch gerufen.

In nicht akzentfreiem Deutsch fragte derjenige, der als einziger einen Oberlippenbart trug: „Kann ich auch mit Scheck bezahlen?"

„Wenn er nicht gefälscht ist", witzelte Bertha.

Kurz darauf kam einer von ihnen an den Tresen und übergab Bertha einen Umschlag. Gemeinsam verließen sie das Weinfaß.

Bertha, die gerade am Gläserspülen war, trocknete ihre Hände und öffnete das Kuvert. Dann legte sie den Zettel beiseite und ging energischen Schrittes nach draußen.

Wenig später kehrte sie zurück. Die Zornesröte ließ ihr Gesicht leuchten wie einen defekten Reaktor. „Wenn ich die erwische, gibt's eins uffs Dach."

Zur Veranschaulichung schlug sie auf die Spüle, so daß ein Glas zu Bruch ging.

Herr Schweitzer nahm den Zettel und las:

350 Euro Mai - 65 Euro Getränk = 275 Euro Rest.

Also bestellte Herr Schweitzer statt des Wassers ein Glas Rotwein, der sedativen Wirkung wegen. Es drängte ihn zu sagen, daß ihm das alles klar war, daß Frauen null Ahnung von der Mafiaproblematik haben und daß man außerdem sofort die Polizei benachrichtigen müsse, das sei kein Spiel mehr. Da er aber beschlossen hatte zu schmollen, schmollte er weiter. Soll der Rest der Welt doch zusehen, wie er ohne seinen fachkundigen Verstand zurechtkommt.

„Nicht mal rechnen können die", erklärte Maria und überreichte Bertha den Zettel.

„Stimmt, selbst dazu sind die zu doof."

Dafür können die ganz prächtig Füße in Beton gießen und

diese samt zugehörigem Restkörper im Main versenken, dachte Herr Schweitzer, seinem Schweigegelübde treu bleibend.

„Was machst du, wenn die wiederkommen?" fragte Maria von der Heide.

„Rausschmeißen. Glaubst du vielleicht, so Penner bedien ich noch mal?"

Leichtes Augenverdrehen bei Herrn Schweitzer.

„Schatz, was meinst du dazu?"

Der so Angesprochene dachte vermotzt, warum man ihn denn dazu überhaupt anspreche, die Damen seien doch kriminalistisch aufs Hervorragendste ausgebildet. Bestimmt habe Maria ihn nur deshalb gefragt, um ihm vorzugaukeln, er könne ein vollwertiges Gesellschaftsmitglied werden, doch vorerst gelte es, ihn behutsam ans Erwachsenwerden heranzuführen.

Herr Schweitzer aber gab seiner dezidierten Meinung Ausdruck: „Ich, och ..."

Maria gab nicht auf: „Aber du vertrittst doch sonst auch immer deinen Standpunkt."

„Warten wir, bis die anderen hier sind."

Die anderen trudelten nach und nach ein. Als erster kam René, der Wirt vom Frühzecher. Überraschenderweise trug er Bluejeans, wo doch Schwarz sein Markenzeichen war. Obendrein verlieh ihm ein Mehreretagebart das gewünschte lässige Aussehen. Als ehemaliges Hells-Angels-Mitglied hielt er selbstverständlich und zunftgemäß an seinen schwarzen Cowboystiefeln fest.

Nur fünf Minuten später betrat Semmler die Bühne.

„Hallo Kinderchen. Frau Wirtin, wie immer." Dieses Wie immer war ein Hauswein von einem Weingut der oberen Mosel.

Man wartete noch eine halbe Stunde, bis das letzte Pärchen gegangen war. Dann ließ Bertha die Rolläden herunter. Die konspirative Sitzung begann. Schnell waren die neusten Vorkommnisse mit den drei Mafiosi erzählt.

„Aber die Wassertrinker sind doch aus Osteuropa, hast du gesagt", erwiderte René erstaunt.

Herr Schweitzer spontan, gegen seinen Willen: „Vielleicht haben wir's ja mit zwei verschiedenen Banden zu tun. Denkbar wäre das."

„Und weiter? Dann nieten wir halt zwei Banden um", gab sich Bertha kampfeslustig.

Herr Schweitzer: „Das ist Gewaltverherrlichung."

Bertha: „Gewaltverherrlichung? Na und, Gewalt gegen Kriminelle ist nun mal herrlich."

Herrn Schweitzer reichte es: „Und wie willst du das anstellen? Uns bewaffnen und dann ein Showdown am Südbahnhof, während die Bullen den Verkehr umleiten, oder was?" Spott lag auch in seiner Stimme. Er kam sich vor wie der letzte Außenposten der Vernunft.

Semmler: „Nun mal sachte, Kinderchen. Laßt uns doch vernünftig miteinander reden."

Maria: „Finde ich auch. So bringt das doch nichts."

„Und wenn Simon recht hat und es handelt sich tätsächlich um zwei völlig unterschiedliche Gruppierungen? Dann sitzen wir aber ganz schön in der Patsche", erklärte René.

Herr Schweitzer dachte, sie säßen auch ganz schön in der Patsche, wenn es nur eine einzige Bande wäre. Außerdem arbeiten die doch inzwischen sowieso alle zusammen. Liest man zumindest in der Zeitung.

René fuhr fort: „Vielleicht sollten wir erst mal rauskriegen, mit wem wir es zu tun haben."

Aha, durchfuhr es Herrn Schweitzer, endlich mal einer, der auf dem Boden der Realität blieb, dabei hatte er René mit seiner Rockervergangenheit dies am allerwenigsten zugetraut. Nun, da unterschwellig Vernunft einzukehren schien, sprach er: „René hat recht, solange wir keine Ahnung haben, wer unsere Gegenspieler sind, sollten wir auch nichts unternehmen. Wir sind beileibe nicht in der Position, die Spielregeln zu bestimmen."

„Hört sich durchdacht an", stärkte Maria ihm den Rücken.

Bertha: „Von mir aus."

René zu Semmler: „Und was hälst du davon?"

„Bringt mir einen Becher Wein, auf daß ich meinen Geist befeuchte und etwas Gescheites sage", zitierte Semmler Aristophanes, wie er auch sogleich hinzufügte.

Bertha, die des Apfelweinkellners Sprüchlein bereits kannte, holte die angebrochene Flasche. „Hier, geht heut aufs Haus, Bub."

Maria: „Und wie wollen wir jetzt vorgehen?"

René: „Bertha zahlt das Schutzgeld."

Bertha, total entrüstet: „Wie? Ich soll zahlen? Ich glaub, du hast einen nassen Hut uff. Niemals."

René, mit beiden Handflächen eine beruhigende Geste vollführend: „Jetzt hör mir doch erst mal zu. Bertha ist, soviel ich weiß, die einzige, bei der möglicherweise beide Banden vorstellig geworden sind. Wenn Bertha also zahlt und dann kommen die anderen, um auch noch abzukassieren, wissen wir Bescheid."

Das war fürwahr eine geniale Idee, fand Herr Schweitzer und ärgerte sich ein bißchen, nicht selbst drauf gekommen zu sein.

Doch Bertha gab sich störrisch: „Ich zahl net."

Herr Schweitzer: „Es wäre doch nur einmal. Bloß um zu chekken, was passiert. Wir könnten alle zusammenlegen."

Einhelliges Kopfnicken reihum.

René: „Ich bin sicher, Karl von der Kladde würde sich auch beteiligen."

Semmler: „Wo ist der überhaupt?"

René: „Ihr kennt ihn ja, er ist ein bißchen ängstlich, hat mir aber seine moralische Unterstützung zugesichert."

Und Bertha gab sich trotz der Übermacht weiterhin ungebrochen: „Niemals zahle ich auch nur einen einzigen Pfennig an diese Verbrecher."

„Euro, wir haben Euro", kam es vom Apfelweinkellner Semmler.

Bertha: „Und Euros schon mal gar net. Die sind ja doppelt so viel wert."

Herr Schweitzer: „Ach, Berthachen, sei doch nicht so. Vielleicht fangen wir die Mafia ja, aber dazu müssen wir alle an einem Strang ziehen."

Bertha: „Red net so mit mir. Ich überleg's mir."

Dreieinhalb Sekunden später: „Okay, ist gebongt, ich mach's."

Semmler: „Genau. Befreien wir uns von den Ketten der Sklaverei."

Maria: „Seit wann redest du so geschwollen?"

Semmler: „Ich will doch Buddha von Sachsenhausen werden."

Maria: „Ach so."

Herr Schweitzer: „Vielleicht könnten wir den Spieß umdrehen und unsererseits die Mafia überwachen." Der Hintergedanke dabei war, einiges an belastendem Material zu sammeln, so daß er die anderen zu einem späteren Zeitpunkt davon überzeugen konnte, daß es vielleicht doch geschickter wäre, der Polizei die Angelegenheit zu überlassen.

Kaum daß er ausgeredet hatte, klopfte es laut am Rolladen.

Allen fuhr ein gehöriger Schrecken in die Glieder. Die Mafia.

Kurz darauf tat es Schläge als wollte sich jemand gewaltsam Zutritt ins Weinfaß verschaffen. Ein stygischer Nebel hatte sich über die Gästeschaft gelegt. Bertha fing an, die Kerzen auszublasen. Vielleicht wollte sie den Mafiosi das bald stattfindende Scheibenschießen damit versauen.

Beim dritten Mal wurden die Schläge von einer nicht mehr ganz sicheren Stimme begleitet. „Bertha, mach auf, ich bin's, ich weiß, daß du noch drin bist, es brennt ja noch Licht, ich hab Durst."

Weizenwetter.

Die Erleichterung war greifbar.

Bertha: „Was willst du denn schon wieder? Kriegt der denn nie genug?"

Sie zog den Rolladen hoch.

Aber es war nicht nur Weizenwetter, auch Uschi war dabei.

Bertha ließ sie rein, bevor noch die ganze Nachbarschaft aufwachte. Es wäre nicht die erste Anzeige wegen Ruhestörung gewesen.

Uschi trug ihr neuerdings blond gefärbtes Haar nach Mode des Mauerfalljahres, allerdings von dribbdemauer, also nach DDR-Art. Die hellblaue Viskosehose harmonierte prächtig mit der froschgrünenViskosebluse. Ein fesches pinkfarbenes Stirnband mit einem Hauch von Baumwolle setzte dem Ganzen die Krone auf. Da taten selbst Herrn Schweitzer, in Modefragen nicht immer auf Höhe der Zeit, die Augen weh. Außerdem hatte sie einen im Tee, die letzte Stufe zum Weinfaß wurde stolpernd genommen.

Kommentarlos versorgte Bertha die beiden mit Wein und Schnaps.

René zu Herrn Schweitzer: „Wie hast du das gemeint, die Mafia überwachen?"

Uschi, immer auf der Lauer, einen intelligenten Redebeitrag zu liefern: „Die Mafia? Da hast du keine Schangse." Nicht Chance. Schangse.

Er überging sie einfach: „Wir müssen auch an die Hintermänner rankommen. Die anderen, die die hier waren, sind doch bloß austauschbare Figuren. Die Hintermänner, die sind wichtig."

Uschi. „Keine Schangse."

Weizenwetter: „Jetzt halt doch mal die Klappe, du hast doch von Tuten und Blasen keine Ahnung."

Eine eingeschnappte Uschi: „Vom Blasen schon."

Niemand ging auf ihren Beitrag ein. Herr Schweitzer stöhnte.

Maria: „Wie stellst du dir das vor?"

Herr Schweitzer: „Wir verfolgen sie, wenn sie wieder abkassieren kommen. Außerdem würde ich hier ein Mikrophon installieren, dann hören wir, was sie zu bereden haben. Könnte aufschlußreich sein."

René: „Und woher willst du das Mikro nehmen?"

Herr Schweitzer: „Hagedorn, mein Schwager, braucht die Dinger für die Arbeit. Ich frag ihn gleich morgen."

René: „Detektivbüro Hagedorn, dein Schwager?"

Herr Schweitzer: „Genau."

René: „Wußt ich gar nicht. Ist ja ein Ding."

Semmler: „Und ich könnte Günther überwachen. Oh ja, das mache ich."

Herr Schweitzer, im Überwachungswesen bewandert, wollte einwenden, daß man dazu aber ausgebildet sein müsse und er wegen seiner weitreichenden Erfahrung als Aushilfsdetektiv dafür besser geeignet sei, ließ es aber sein, da er erstens ja die Mafiosi vom Weinfaß aufs Korn nehmen sollte und man zweitens jeden Mann, der willens war, gebrauchen konnte. „Gute Idee, Buddha."

René: „Um meine Abkassierer kümmere ich mich selbst. Meine Connections von früher funktionieren noch."

Das glaubte Herr Schweitzer gerne. So viel er wußte, hatten die Hells Angels in der ein oder anderen Geschichte noch immer ihre Finger im Spiel. Zudem war er sehr mit sich zufrieden. Die Angelegenheit würde zeitaufwendig sein und die Zeit dem einen oder anderen sein Mütchen schon kühlen. Bestimmt würden sie dann auch einsehen, daß Schutzgelderpressung Sache der Kripo war.

Er sagte: „Prima, dann wäre das also geklärt. Ich kümmere mich gleich morgen um die Installation von dem Mikrophon."

Bertha: „Klasse. Die Mafia hat die Rechnung ohne die Wirte gemacht."

Buddha Semmler: „Jede Aktion erzeugt eine adäquate Reaktion. Newton. Isaac."

Uschi: „Was ist eine akkurate Reduktion?"

Herr Schweitzer: „Vergiß es." Und weiter: „So, das hätten wir.

Ich schlage vor, wir bleiben in Verbindung. Bei wem auch immer sich was tut, der ruft sofort die anderen an." Er war froh, die Fäden wieder in der Hand zu halten.

René: „Gute Idee, laßt uns die Handynummern austauschen."

Herr Schweitzer: „Ich hab keins."

Semmler: „Als Privatdetektiv hast du kein Handy? Sag mal, wo lebst du eigentlich?"

Herr Schweitzer: „Ich ... äh ... arbeite nach der konventionellen Methode."

René: „Du solltest dir eins zulegen. Wir bekämpfen hier schließlich nicht irgendwen."

Herr Schweitzer fühlte, daß der Spruch, den er sonst immer auf seine Handyabstinenz parat hatte, daß er nämlich eher als Reisbauer nach China gehe, bevor er sich solch einen perversen Kommunikationsapparat ans Ohr halte, hier und heute nicht so gut daherkommen würde. Auch soll die letzte Reisernte in China katastrophal gewesen sein. Folglich sagte er: „Klar, mach ich."

Man trank aus, weckte Weizenwetter und machte sich auf den Heimweg. Das Apfelweinland Sachsenhausen war wieder einmal ins Fadenkreuz der Geschichte geraten.

Als Herr Schweitzer erwachte, kam er sich vor, als hätte er auf einem Heidegger oder einem anderen Existentialisten geschlafen, so schwer fühlte er sich. Dem Gesichtsausdruck nach schien Maria süß und lieblich zu träumen. Leise stand er auf und schlurfte zur Kaffeemaschine.

In sich gekehrt stand er an der großen Panoramascheibe und starrte ohne zu sehen in den Garten. Ein Eichhörnchen erkletterte den Kirschbaum. Der graue Himmel erdrückte ihn noch mehr. Letztes Jahr um diese Zeit hatte er schon im Kurzärmeligen im Garten gesessen. Er senkte den Blick. Sein durch Bier, Wein und fetthaltige Speisen geformter Körper diente nicht wirklich der Erbauung. Er war meilenweit davon entfernt, die größte Versuchung seit es Männer gibt zu sein. Vielleicht sollte er wie Maria auch ins Sportstudio gehen. Bei ihr jedenfalls hatte es geholfen. Er verdrängte den Gedanken an sportive Betätigung, schon in der Schule war er immer der Depp gewesen, der das Tor hüten mußte.

Hinter ihm tauchte Maria zwischen zwei Skulpturen auf.

Ohne sich umzudrehen: „Du, Maria, glaubst du, ich lebe auf

den Tod zu?"

Sie gähnte. „Bitte? Nein. Wieso?"

„Weil ich die Vergangenheit hinter mir lasse."

„Aber Liebling, das macht doch jeder."

„Nicht so wie ich. So absolut."

„Versteh ich nicht. Ist was mit dir?"

Herr Schweitzer wandte sich zu Maria und trank einen Schluck Kaffee. „Ich meine, es gibt doch viele Menschen, die leben in der Vergangenheit und zehren von ihr. Mir hingegen gibt sie nichts. Alles, was gestern war, ist so völlig bedeutungslos."

„Immerhin hat sie dich geformt, die Vergangenheit."

„Das schon, aber erfreuen kann ich mich nur am Heute und Morgen."

„Ist das denn schlimm?"

„Ich weiß nicht. Manchmal, wenn das Heute nicht gut ist."

„Dann bleibt dir das Morgen. Ist dir nicht gut?"

„Geht so."

Maria nahm ihm die Tasse aus der Hand, stellte sie auf den Boden und umarmte Herrn Schweitzer. „Laß uns doch spazierengehen. Wir könnten vorher im Bett frühstücken, das haben wir schon lange nicht mehr getan. Komm, leg dich wieder hin, ich bediene dich."

Das war doch was. Ein bißchen besserte sich seine Laune. „Das nächste Mal komme ich mit ins Sportstudio."

Maria trat einen Schritt zurück. „Gute Idee. Ins Alpha Sports kommen auch Männer, die sind älter als du."

„Noch älter", scherzte er bereits wieder.

Nach dem Spaziergang war ihm wohler. Danach ging er zu seinem Schwager Hagedorn, der aber nicht da war, und wurde von seiner Halbschwester Angie empfangen. Ihr Mann wäre gleich zurück.

Welten trennten ihn von den Hagedorns, so daß er sich hier immer deplaziert vorkam. Ihre Ansichten waren, höflich ausgedrückt, mehr als konservativ. Und konservativ sein hieß für Herrn Schweitzer, das Leben in eine Konservendose zu pressen, statt sich an Neuem zu erfreuen. Natürlich gab es auch Dinge und Werte, die es zu erhalten lohnte, dessen war er sich bewußt. Trotzdem waren menschliche Gesellschaften stets im Wandel begriffen und man mußte sich darauf einstellen, sonst verlor man den Anschluß.

Und genau diesen Anschluß hatten Angie und Hans längst verloren. Gut, sie hatten es seit der Beinamputation von Hans nicht immer leicht gehabt, aber sie verkrochen sich auch, gingen nicht aus, auch früher schon nicht. Ihre Wohnung war für Herrn Schweitzer wie eine möblierte Gruft. Der Röhrende Hirsch über dem Sofa blickt ihn traurig an.

„Magst du was trinken?"

„Nein danke, hab gerade bei Maria einen Tee getrunken."

Zum Glück erschien Hans Hagedorn kurz darauf. Ohne irgendwelche Rückfragen bekam Herr Schweitzer die Abhöranlage erklärt. Was auch immer man über seinen Schwager sagen mochte, nachtragend war er nicht. Immerhin weigerte sich Herr Schweitzer seit fast einem Jahr, für ihn Seitensprünge von Ehepartnern zu erkunden. Der letzte Auftrag, sich sporadisch wiederholende Pflanzendiebstähle aus einem Villengarten, lag bereits zwei Monate zurück. Die Diebstähle hatten von selbst aufgehört.

Er dankte seinem Schöpfer, als die beklemmende Atmosphäre hinter ihm lag und er wieder frei atmen konnte. Gegenüber spannte sich der Eiserne Steg über den Main. 120.000 Gulden hatte er einst gekostet. Vorgestreckt von Bürgern, weil Frankfurt mal wieder pleite gewesen war. Es gibt Dinge, die ändern sich nie, dachte er, und nahm den Weg über die Schifferstraße. In einem Telefonladen, die momentan wie Pilze aus dem Boden sprossen, kaufte er sich ein Handy.

Die Nacht brach an. Pünktlich zur Öffnungszeit war Herr Schweitzer im Weinfaß, um das Mikrophon zu installieren. Er wählte dafür einen Kerzenhalter, dessen Unterseite hohl war. Das Tonbandgerät stellte er auf die Spüle, so daß es vom oberen Teil der Theke vor Blicken geschützt war. Beim Gläserspülen konnte es von Bertha unauffällig in Betrieb genommen werden. Dann überzeugte er sich von der Funktionstüchtigkeit. Wie alle anderen Gebrauchsgegenstände von Hans Hagedorn arbeitete es einwandfrei.

„So, Bertha, jetzt paß auf, der rote Knopf hier ist zum Aufnehmen. Mit der rechten Taste schaltest du aus. Hast du das kapiert?"

„Wie soll ich das net kapiert haben? Du bist der beste Erklärer, den wo's gibt."

Herr Schweitzer hinterließ noch seine neue Handynummer. „Ruf an, wenn sich was tut."

„Geritzt, Sherlock."

Irgendwie wurde er das Gefühl nicht los, Bertha nehme alles auf die leichte Schulter. Insgeheim bewunderte er sie dafür.

Dann ging er zu Maria, um sich sein neues Handy erklären zu lassen. Mit Gebrauchsanweisungen stand er seit alters her auf Kriegsfuß. Sein Daumen war zu fleischig für die winzigen Tasten, mit dem Zeigefinger ging es besser. Die wichtigsten Telefonnummern waren gespeichert. Das hatte Maria übernommen. Das SMS-Verschicken wollte er zu einem späteren Zeitpunkt erlernen, Rom wurde auch nicht an einem Tag erbaut. Selbst zum Niederbrennen hatten vierundzwanzig Stunden nicht ausgereicht.

Zum Abendessen hatte es einen kerngesunden bunten Salat gegeben. Vielleicht wurden auf diese Weise über Nacht ein paar Pfunde eliminiert, so daß er morgen im Sportstudio eine nicht allzu klägliche Figur abgab. Jetzt lag Herr Schweitzer auf dem Sofa und las Die Detektivin von Nicola Hahn, während Maria die Skizze verfeinerte, nach der sie den Carrara-Marmor in einen abstrakten flötenspielenden Engel verwandeln wollte.

Sein Magen knurrte im Takt mit der in Frankfurt uraufgeführten Camina Burana. Maria arbeitete gerne bei klassischer Musik.

Zweiundzwanzig Uhr vierunddreißig klingelte erstmals sein neues Handy. Es war Bertha. Die Wassertrinker seien da.

Eine Viertelstunde später ließ sich Herr Schweitzer vom Taxifahrer ein paar Häuser vom Weinfaß entfernt absetzen. Ein leichter Wind strich durch das Geäst, aber es regnete nicht. Er war in seinem Element. Aus einem Papierkorb fischte er eine leere Bierflasche und setzte sich auf eine Bank. Seine Tarnung als trauriger Trinker, der nicht heim zur Alten wollte, war perfekt. Die Wassertrinker konnte er in der schummrigen Innenraumbeleuchtung des Weinfasses zwar nicht erkennen, aber der Eingangsbereich lag ideal in seinem Blickfeld. Er richtete sich auf eine lange Wartezeit ein, wie er es schon oft gemacht hatte. Diesmal ging es aber nicht um gehörnte Ehemänner, sondern um etwas anderes. Angst hatte er keine. Die würde sich später einstellen. Er betrachtete den Sternenhimmel. Komisch, da sieht der Mensch Lichtquellen am Firmament, die es schon Gott weiß wie lange nicht mehr gibt.

Gegen Mitternacht war es dann soweit. Die Wassertrinker verließen das Lokal und bogen in den Ziegelhüttenweg ein. Herr Schweitzer entledigte sich der Bierflasche und folgte.

Eine alte Dame kreuzte seinen Weg und blieb stehen. „Mann oh Mann, bin ich besoffen", lallte sie. Er ging nicht darauf ein, Herr Schweitzer war im Dienst.

Die Wassertrinker überquerten die Straße und stiegen in einen dunklen Kleinwagen. Sehr zu Herrn Schweitzers Leidwesen fuhren gerade zu diesem Zeitpunkt ohne Unterlaß Autos in Richtung Bahnübergang. Ohne das Nummernschild wäre die ganze Aktion für die Katz gewesen. Zum Glück wendete das Observationsobjekt und fuhr direkt an seiner Nase vorbei. Er notierte das Kennzeichen. Noch bevor er das Weinfaß betrat, wählte er Buddha Semmlers und Renés Nummern.

Eine Stunde später blicktern sie alle gebannt auf das Aufnahmegerät.

„Jetzt mach schon", drängte Semmler.

Zeremoniös drückte Herr Schweitzer die Taste. „Vos' mösch menja v sleduschtschem mesjaze s soboj?", „Ti mne esche desjat' ewro dolschen", „Poluchisch v subbotu", „Twoja sestra vse eschtsche v Moskwe rabotaet?", „Ona tebe ponrawilas?", „A twoja sestra horoschen' kaja?", „Ona tebe ne podojdöt", „A ti otkuda snaesch?", „Ja sanimajüs' karreroj", „Nu konechno, ti i karrera ...", „Mne eschtsche newoe koleso nuschno, a to sadnee sduvaetsja", „Eschaj v Ruminiju, tam döschevo."

Semmler, nachdem er den Ton leiser gedreht hatte: „Ich versteh nur Bahnhof."

Herr Schweitzer: „Ich nicht mal das."

Bertha: „Ich babbel kein Ausländisch."

René: „Es könnte Russisch sein. Ich frag mal Tatjana, die macht bei mir das Lokal sauber."

Bertha: „Am Montag wollen die zweihundert Euro."

Herr Schweitzer: „Vielleicht sollten wir uns an die Russen halten, oder woher auch immer die kommen. Die sind viel billiger als die Mafia."

Bertha: „Ich denk, die sind auch Mafia."

Herr Schweitzer: „Ich mein doch die Sizilianer, Cosa Nostra und so. Die Mafia kommt für mich immer noch aus Italien."

René: „Außerdem brauchen wir ein Auto. Ich würde gern wissen, wohin die jetzt gefahren sind."

Herr Schweitzer: „Ich hab keinen Führerschein."

Buddha Semmler: „Keinen Führerschein, kein Handy, du bist mir vielleicht ein Detektiv."

Ein Grinsen überzog Herrn Schweitzers Gesicht. Er holte das Handy hervor und hielt es dem Apfelweinkellner unter die Nase. „Und was ist das, hä? Das Feinste vom Feinsten. Wiegt gar nichts und Fotos kann man damit auch machen."

Bertha: „Dann mach doch mal eins von uns."

Semmler: „Genau, die Artusrunde bei einer Lagebesprechung."

Herr Schweitzer: „Ich weiß nicht, wie das geht."

Bertha: „Ach, Simon, ich versteh dich gut, so neumodischer Kram is nix für uns alte Leut."

René: „Huhu, hallo, hört mir noch jemand zu? Ich sagte, wir brauchen ein Auto."

Herr Schweitzer: „Ich hätte da vielleicht jemanden." Er dachte an Ferdinand S., seines Zeichens Taxifahrer, von dem er wußte, daß er sich oft in der Kladde aufhielt. Früher hatten sie öfter zusammen gezecht.

René: „Gut, kümmere dich darum. Die Russen zu Fuß beschatten, dazu bist du zu langsam." Er zwinkerte mit dem Auge. „Ich mach das mit der Kassette. Wäre doch gelacht, wenn wir nicht rauskriegen, was die hier zu bequatschen hatten."

Bertha: „So. Ich schmeiß jetzt noch eine Runde, ansonsten wird man ja vor lauter Gängster noch ganz dösbaddelisch."

Buddha Semmler: „Dösbaddelisch. Wenn Bertha nicht wäre, würde unser schöner Dialekt bald aussterben, bei all den eingeplackten Bankern, die hier schaffen."

Eine halbe Stunde später schloß Bertha. Offensichtlich versackte Weizenwetter anderswo.

Die Voraussetzungen hätten nicht besser sein können. Herr Schweitzer war ausgeschlafen und das Frühstück, ein Kräuterquark auf Knäckebrot, hatte nur so vor Gesundheit gestrotzt. Elastischen Schrittes, oder was immer Herr Schweitzer dafür hielt, hatten sie die paar hundert Meter zum Alpha Sports zurückgelegt. Es war später Nachmittag, so daß von den befürchteten muskelbepackten Schwarzeneggers und durchtrainierten Premiummädels nichts zu sehen war. Lediglich eine völlig normal aussehende Frau mühte sich mit zwei kleinen Hanteln auf einem Laufband.

Er betrat den Umkleideraum. Ein riesiger Spiegel zeigte ein aus allen Nähten platzendes Ich. Er zwängte sich in seine halblange, schwarze und feingerippte Baumwollhose, die ihm an kalten Tagen gelegentlich als Unterwäsche diente. Zur Meisterschaft führt ein langer Weg, sagte er sich und ging nach oben.

Da mit Bernd lediglich eine Aushilfskraft anwesend war, übernahm Maria persönlich die Einweisung. Auf alle Fälle solle Herr Schweitzer die Sache langsam angehen. Die meisten Anfänger würden sich überschätzen und den Kardinalfehler begehen, zu übertreiben und am nächsten Tag über einen gewaltigen Muskelkater stöhnen. Die erste Maschine diente der Oberschenkelmuskulatur. Da Herr Schweitzer die meisten Strecken zu Fuß bewältigte, fühlte er sich der Aufgabe gewachsen, ja, er erhöhte nach dem ersten Durchgang sogar noch um eine Gewichtseinheit, schließlich war er hier nicht auf Urlaub, sondern rüstete zum Mafiakrieg. Nach diesem mit Bravour gemeisterten Gesellenstück erklärte ihm Maria kurzerhand die anderen Geräte, um sich dann ihrerseits der Körperertüchtigung zu widmen.

Er stand vor einer Maschine, die laut einer Skizze die seitliche Rückenpartie stärken sollte. Ihm fiel partout nichts ein, wozu diese Muskeln im täglichen Überlebenskampf dienen könnten, selbst fürs Kamasutra waren sie völlig unbrauchbar. Naja, was soll's, sagte sich Herr Schweitzer, und fing wie beim ersten Gerät mit sieben Gewichten an. Doch die Höllenmaschine ließ sich trotz Mobilmachung sämtlicher Kraftreserven nicht bewegen. Er lächelte gequält und reduzierte die Last um gleich zwei Eisenplatten. Das wäre doch gelacht, wenn ... Das Lachen kam nicht zustande. Herrn Schweitzers Gesicht glühte wie eine überreife Tomate. Die Höllenmaschine weigerte sich, seine Anstrengungen anzuerkennen. Als er dann endlich bei der untersten Gewichtsgrenze angelangt war, hatte er Erfolg, allerdings überfiel ihn beim Aufstehen ein Schwurbel, so daß er sich wieder setzte. Dann befahl er sich eine Pause und holte sich an der Bar einen vitaminreichen, isotonischen Aufbautrunk mit Ananasgeschmack. Er schnappte sich die Tageszeitung und ließ sich auf dem zweiten Korbsessel nieder. Der erste war von einem Dackel okkupiert, den Kopf hatte er gemütlich auf die Pfoten gebettet. Träge blickte ihn der Hund an. Na, du fauler Sack, dachte Herr Schweitzer und wünschte sich, er wäre an des Dackels Statt. Maria schienen die Übungen Spaß zu machen.

Nach zehn Minuten Verschnaufpause begab er sich wieder ins Training. Aus Erfahrung klug geworden und nachdem er sich sortiert hatte, wählte er ein Gerät zum Aufbau der Bauchmuskulatur. Die kleinste Gewichtseinheit bewältigte er mit Ach und Krach. Da Maria in der hintersten Ecke zu Gange war und ihn nicht sehen konnte, vervierfachte er kurzerhand die Menge an Gewichten. Aber erst, nachdem er mit diesem Folterwerkzeug abgeschlossen hatte. Vielleicht bemerkte Maria ja die Gewichte. Ohne sich mit sublimen Präliminarien aufzuhalten nahm er das nächste in Angriff. Oh, tat das gut, endlich mal eins, dem er gewachsen war. Es stärkte seine durchs Einkaufstütenschleppen gestählten Muskelberge. Er tobte sich aus, als gäbe es kein Morgen mehr. Glücklicherweise sah Maria zu, wie er scheinbar spielerisch die Eisenmenge hoch- und runterhievte. Herr Schweitzer strahlte. Maria nahm die Botschaft auf, einen wahren Heroen habe sie sich mit ihm an Land gezogen. Dergestalt beflügelt versuchte er einen Klimmzug. Wie gesagt, er versuchte einen. Er hing an der Stange wie ein von einer Maschinengewehrsalve durchlöcherter Heißluftballon, nur noch zur Entsorgung taugend. Geschickte Hände hätten vielleicht noch eine Patchworkdecke daraus gebastelt. Aus Herrn Schweitzer hingegen ließ sich nichts mehr machen. Als ihm selbst das profane Hängen zuviel wurde, ließ er sich auf den Boden plumpsen.

Maria schlug vor, noch die Sauna aufzusuchen. „Das kann nicht schaden", pflichtete er ihr bei. Herr Schweitzer setzte sich auf die unterste Stufe. Nach einer Minute schwitzte er wie die Sau. Nach zwei Minuten japste er bereits nach Luft und eine Fata Morgana in Gestalt eines eisgekühlten Einliterhumpen frischgezapften Bieres tauchte vor ihm auf. Die dritte Minute war noch nicht angebrochen, da flitzte er auch schon unter die Dusche. Er fühlte sich wie nach einem atomaren Erstschlag. Für einen kurzen Moment empfand er das kalte Naß als angenehm, dann begann sein Herz zu rasen und er fror. Sofort temperierte er das Wasser. Lauwarm war angesagt.

Der Spiegel flüsterte ihm weiterhin, daß sein Körper meilenweit von olympischer Form entfernt war. Allenfalls als gedopter Hammerwerfer fände er Einlaß ins Dorf der Athleten. Der Spiegel war ihm von Anfang an unsympathisch gewesen.

Zwanzig Minuten mußte Herr Schweitzer auf Maria warten. Inzwischen beobachtete er einen mittlerweile eingetroffenen Hänfling, der elegant und wie von Geisterhand mit 20-Kilo-Hanteln zauberte. Der hat bestimmt nichts im Kopf, schätzte er ungewohnt unkritisch.

Ein Stundenplan kündigte für zwanzig Uhr einen Bauch-und-Po-Kurs an. Doch Bauch und Po hatte er ja bereits zur Genüge, wenn, dann wäre er also an einem Weg-mit-Bauch-und-Po-Kurs interessiert gewesen.

„Und, wie fühlst du dich?" fragte Maria, als sie wieder auf der Straße standen.

„Wie neugeboren", log er, „es hat riesig Spaß gemacht", anstatt offen und ehrlich zu antworten, daß er es sich ernsthaft überlegte, sich ein weiteres Mal zum Affen zu machen.

Wer gedacht hatte, ein Muskelkater stelle sich erst am nächsten Tag ein, sollte mal Herrn Schweitzer fragen. Er lag da wie ein einbalsamierter dreitausend Jahre alter Pharao, wobei einer solch kunstvoll aufgearbeiteten Leiche mit Sicherheit mehr Bewegungsenergie innewohnte.

Hart wie Kruppstahl, fiel ihm dazu ein. Schwer wie Kruppstahl, so fühlte er sich. Unter unerträglichen Schmerzen stand er auf. Da Maria gerade mit dem Teeservice hereinkam, setzte er ein So-ein-bißchen-Sport-kann-doch-einen-Simon-Schweitzer-nicht-erschüttern-Gesicht auf.

„Du siehst aus als täte dir was weh."

„Mir? Was sollte mir wehtun?"

„Hab ich dir doch gesagt, daß dir das bekommt, Liebling. Außerdem fördert es den Geist."

Dem widersprach Herr Schweitzer vehement. Sein Geist war seitdem ausschließlich damit beschäftigt, eine Stellung zu finden, die keine Höllenqualen nach sich zog. Mit dem Ergebnis, daß es eine derartige Stellung nicht gab. Möglicherweise wäre ein mit Wattebäuschen ausstaffierter Sarg das einzig Richtige gewesen.

Nichtsdestotrotz hatte Herr Schweitzer zu tun. Er mußte in die Kladde, den Taxifahrer treffen. Mit Todesverachtung bewegte er sich. Die im Aufbau begriffene seitliche Rückenmuskulatur, die ohnehin zu nichts nütze war, meldete sich allsogleich.

Seinem Zustand Tribut zollend nahm er den 36er Bus. Die Kladde war wie immer. Nichts hatte sich seit seinem letzten Besuch geändert. Karl, der Wirt, war absent. Die Skurrilitätendichte des Lokals war die höchste Sachsenhausens, und das will in diesem an merkwürdigen Gestalten nicht gerade armen Stadtteil schon was heißen. Siehe Nackter Jörg und die fröhlichen Zecher, die sich bei Wind und Wetter an der Bushaltestelle am Lokalbahnhof einfanden. Fast alle Gäste hielten es mit den Tuareg, bei denen Eigentumsverzicht als Zeichen von Freiheit gilt. Schlaue Köpfe verkehrten hier, die lieber schwadronierten und soffen, als ihren Intellekt in den Dienst einer sowieso kaputten Gesellschaft zu stellen. Doch je höher der Alkoholpegel ausschlug, desto unverständlicher wurden die Gespräche für Außenstehende. Relativitätstheorien wurden widerlegt, Darwin und Hegel gefeiert, ein Perpetuum mobile entworfen und die Schieflage der Nation punktgenau analysiert. So zumindest die Selbsteinschätzung, die ja bekanntlich äußerst selten mit der Fremdeinschätzung harmoniert.

Um diese Uhrzeit jedoch war man noch halbwegs nüchtern und man gab sich burschikos. Diejenigen, die aus dem einen oder anderen Grunde noch keinen Alkohol intus hatten, starrten apathisch vor sich hin. Herr Schweitzer entdeckte Ferdinand S. alleine an einem von der Theke verdeckten Tisch.

„Hallo Ferdi, was machen die Geschäfte?"

Mit einer einladenden Geste forderte er Herrn Schweitzer auf, Platz zu nehmen. „Beschissen wäre geprahlt."

„Ich hätte einen Job für dich. Interessiert?"

„Kommt drauf an."

In wenigen Sätzen erklärte er dem Taxifahrer, um was es ging. Natürlich verschwieg Herr Schweitzer, daß es sich bei den zu Observierenden um Mitglieder der Mafia handelte. So gut kannte er Ferdi S. auch nicht, als daß er sich hätte sicher sein können, keine Abfuhr zu bekommen. Der Taxifahrer könne während der kompletten Dauer der Aktionen die Uhr laufen lassen, die einzigen Voraussetzungen seien permanente Erreichbarkeit in den Abend- und Nachtstunden und äußerste Verschwiegenheit.

Ferdi war sofort Feuer und Flamme. „Endlich kommt mal wieder Wurst aufs Brot."

„Laufen die Geschäfte echt so schlecht?"

„In mancher Schicht komme ich gerade mal auf vier Euro die Stunde. Wundert mich nur, daß das Finanzamt noch nicht nachgefragt hat, wovon ich eigentlich lebe. Manchmal frage ich mich das nämlich selbst."

Herr Schweitzer blieb noch auf einen Kaffee. Dann ging er

direkt aufs Polizeirevier. Sein gelegentlicher Zechkumpan Frederik Funkal hatte Dienst und Herr Schweitzer bat ihn, doch mal das Kennzeichen des dunklen Kleinwagens zu eruieren, in dem gestern die Wassertrinker davongefahren waren. Frederik Funkal würde ihn anrufen, sobald er ohne viel Aufsehen zu erregen an den Computer konnte.

Das lief ja alles wie am Schnürchen, freute sich Herr Schweitzer, und hätte fast seinen maroden Körper vergessen, als er behende wie eine trächtige Elefantenkuh die Stufen der Polizeidienststelle herabpolterte.

Maria und er hatten gerade im Schoppepetzer zu Abend gegessen. Herr Schweitzer betrachtete die nikotingeräucherte Wandbemalung, die Sachsenhäuser Alltagsszenen des neunzehnten Jahrhunderts darstellten, als Frederik Funkal anrief und ihm mitteilte, das Nummernschild gehöre zu einem weißen Mercedes und der Halter sei ein gewisser Ivan Blochin, wohnhaft im Frankfurter Stadtteil Fechenheim. Beim ersten Klingelton hatte er wie gewohnt um sich geblickt, wer wohl so wichtig sein konnte, sich in einer altehrwürdigen Apfelweingaststätte wie dem Schoppepetzer anrufen zu lassen, bis er merkte, daß es sein eigenes Handy war. Selbstverständlich war er errötet und hatte mit Gesten des tiefsten Bedauerns die Tischnachbarn um Verzeihung gebeten.

„Ich würde gerne einen Handkäse mit Schokosträuseln nehmen", drang es von links an Herrn Schweitzers Ohr.

Es dauerte eine Weile, bis sich der Satz in seiner ganzen Tragweite gesetzt hatte. Ein Handkäs mit Schokosträuseln? Er drehte seinen Kopf, Maria tat es ihm gleich. Beide entdeckten am Nebentisch eine distinguierte Dame mit Unschuldsblick und einem Bolero aus Wollfilz, der auf einer Pferderennbahn, eventuell Ascot, opportun gewesen wäre.

Ein fassungsloser Kellner Semmler hatte die Geschmeidigkeit eines Stahlbetonträgers angenommen. „Ein Handkäs mit Scho... Scho... Schoko..."

„Sträuseln", kam ihm die Dame zu Hilfe.

Die Gespräche in der unmittelbaren Umgebung waren verstummt. So etwas hatte Sachsenhausen seit Urzeiten nicht mehr erlebt. Jedem war bewußt, daß hier etwas geschah, das noch Jahrzehnte später den Enkeln der Enkel am Kaminfeuer weitergegeben werden würde. Maria krallte ihre Finger in Herrn

Schweitzers Handfläche.

Semmler hatte außer Gesichtsfarbe und Körperrundung nichts mehr von einem Buddha an sich. Diesen orientalischen Weisen war in der Regel nichts Menschliches fremd. Zu Semmlers Ehrenrettung muß jedoch nachdrücklich darauf hingewiesen werden, daß sich noch niemals irgendwo auf der Welt ein Mensch mit einem Handkäs mit Schokosträuseln konfrontiert sah. Nicht mal in England, das ja bekanntlich kulinarisch keine Grenzen nach unten kannte.

Der Apfelweinkellner wagte einen erneuten Vorstoß: „Handkäs mit Schokosträuseln?"

„Das essen doch alle hier", entgegnete die Dame nervös und wies mit der Hand in den Raum.

Semmler konnte trotz einer ungeheuren Willensantrengung seine Erstarrung nicht abschütteln. Seine Augen suchten Halt und Erklärung bei den Gästen, doch diese waren ebenso paralysiert wie er selbst. Er war kurz vorm Durchdrehen. Das Atmen fiel ihm schwer, ja, es setzte gelegentlich sogar aus.

Herrn Schweitzer ging ein Licht auf, nicht umsonst sagte man Detektiven Spürsinn nach. „Entschuldigen Sie bitte vielmals, wenn ich mich einmische, aber gehe ich recht in der Annahme, daß dies Ihr erster Handkäs mit Schokosträuseln wäre?"

Die Dame, der es sichtlich unangenehm war, plötzlich im Mittelpunkt des Interesses zu stehen, ergriff den Strohhalm, der sich ihr darbot. „Ja. Ich dachte mir, wenn ich schon mal in Frankfurt bin, möchte ich auch die regionale Küche ausprobieren. Die soll hier ... anders sein."

„Meine Dame, das ist sehr ehrenwert. Wir fühlen uns auch alle sehr geschmeichelt. Die Schokosträusel haben Sie bisher nur gesehen, niemand hat Ihnen davon erzählt, richtig?"

„Ja, mein Herr, so ist es."

„Dann, wehrte Dame, sei Ihnen erklärt, daß das, was Sie bei anderen Gästen auf dem Teller sahen, durchaus Handkäs war. Doch das, was Sie für Schokosträusel hielten, ist Kümmel."

„Puuuh", entfuhr es dem Kellner.

Die Welt begann sich wieder zu drehen, wenn auch etwas stotternd. Das ungläubige Staunen der Gäste verwandelte sich augenblicklich in eine ausgelassene Heiterkeit, die so weit um sich griff, daß auch das weiter entfernt sitzende Publikum wissen wollte, was sich denn an jenem Tische Ungeheuerliches zugetragen habe.

Nicht auszudenken, was wohl geschehen wäre, hätte die Dame auf die Schokosträusel bestanden.

Selbstredend dauerte es eine ganze Weile, wie sich jedermann leicht denken kann, bis im Schoppepetzer wieder so etwas wie Alltag eingekehrt war. Und ebenso selbstredend war Herr Schweitzer ein wenig stolz, einen derart kniffligen Fall gelöst zu haben. Detektiv bleibt eben Detektiv.

Ein wenig Aufsehen erregte späterhin noch ein mutiger Tourist aus Vancouver, British Columbia, der sich aus seiner Reisegruppe gelöst hatte, und die Schokosträusel-Dame um Erlaubnis bat, ein Foto schießen zu dürfen. Offensichtlich hatte jemand die unglaubliche Geschichte übersetzt. Die Dame mit dem Bolero bewies Humor, gab dem Kanadier ihre Adresse und bat ihrerseits um einen Abzug.

Das Offenbacher Wetteramt hatte Sonne versprochen. Die gab's auch. In Peru. In Australien. Und mit Sicherheit auch hoch droben über der geschlossenen Wolkendecke. Aber Offenbacher sollte man grundsätzlich für nichts haftbar machen. Das gilt auch fürs Wetter.

Es war Montag, der Tag, an dem Bertha erstmalig eine Rate an die Mafia zahlen sollte, und der Herrn Schweitzers Leben um eine Facette bereicherte, auf die er liebendgerne verzichtet hätte. Noch ahnte er jedoch nichts davon.

Gemütlich lag er auf dem Sofa. Der gestrige Sportstudioaufenthalt hatte weitaus weniger katastrophale Folgen als der erste Besuch. Seinen Kopf hatte er kommod auf ein flauschiges Kissen gebettet. In den Händen hielt er die Übersetzung der Kassette, die sie im Weinfaß aufgenommen hatten. Die verschnörkelte Schrift konnte nur von einer Frau stammen. Wahrscheinlich Tatjana, die Putzhilfe von René, tippte er.

Er las: „Kannst du mich nächsten Monat mitnehmen?" „Du schuldest mir noch zehn Euro", „Kriegst du am Samstag", „Arbeitet deine Schwester immer noch in Moskau?", „Du magst sie wohl ...", „Sieht sie gut aus, deine Schwester?", „Die ist nichts für dich", „Woher willst du das wissen? Ich mache Karriere", „Na logisch, du und Karriere", „Ich brauch vorher noch einen neuen Reifen, der hintere verliert Luft", „Geh doch zum Rumänen, der ist billig."

Am Ende stand noch der Vermerk, daß einer der Beteiligten

trotz perfekter russischer Sprachkenntnisse wohl Ausländer, eventuell sogar Pole sei.

Wenn man es nicht besser wüßte, dachte Herr Schweitzer, könnte man annehmen, die Wassertrinker hätten Wind von der Abhöraktion bekommen und bewußt ausschließlich belangloses Zeugs geredet. Absolut nichts enthielt auch nur entfernt einen verwertbaren Hinweis. Herr Schweitzer seufzte, er war tief enttäuscht. Nicht mal einen Vornamen hatten sie benutzt. Keine Frage, Profis eben. Was blieb, war das Warten auf den Abend.

Und der Abend kam – geht die Sonne auf, geht sie nämlich auch unter. Herr Schweitzer bat Frankfurts Schutzheiligen Bartholomäus um Beistand und machte sich auf die Socken.

Um 18 Uhr Lokalzeit mimte er wie gehabt den traurigen Trinker. Bereits zehn Minuten später parkten die Wassertrinker in Spuckweite vor dem Weinfaß und gingen hinein. Sofort verständigte er Ferdi, der wie abgesprochen in der Kladde den Anruf erwartete.

Kurz darauf saß Herr Schweitzer auf dem Beifahrersitz des Taxis, nur etwas mehr als fünfzehn Meter von der Kneipe entfernt, und warf seine Jacke auf den Rücksitz. Fast im selben Moment erschien das ruchlose Gesindel wieder auf der Bildfläche und bestieg den Kleinwagen, einen 50 PS-starken, dunkelblauen Ford Fiesta.

„Das war knapp", sagte Herr Schweitzer, der nicht erwartet hatte, daß es so schnell gehen würde.

Die Uhr war eingeschaltet, das Taxischild abmontiert. Problemlos fädelte Ferdinand S. den Benz in den fließenden Verkehr ein. Als alter Hase und Tatort-Gucker wußte er, wie man unauffällig verfolgte. Zuerst ging's über die Siemensstraße und die Flößerbrücke. Hinter dem Sudfaß, einer allseits beliebten Anlaufstelle Frankfurter und auswärtiger Geschäftsleute, die hier mal eben kurz bei freizügigen Damen ihren Hormonhaushalt regulierten, bog der Fiesta rechts ab und fuhr dann ständig geradeaus. Brenzlig wurde es nur einmal, als Ferdinand S. an der Cassellabrücke eine rote Ampel überfahren mußte, um Anschluß zu halten. An der Mainkur ging's abermals rechts Richtung Fechenheim, dem alten Fischerdorf, das seinen Namen den früheren Tätigkeiten der Bewohner verdankte. Im Laufe der Jahrhunderte ward aus Fischerheim Fechenheim. Womöglich nuschelte man hier stark.

Erst jetzt erinnerte sich Herr Schweitzer wieder an seines Kumpels Frederik Funkal Worte, das Nummernschild gehöre zu einem weißen Mercedes und der Halter wohne in Fechenheim. Wie hatte er das nur vergessen können? Und da er schon mal dabei war, drängte sich die Frage auf, wieso diese Russen das Kennzeichen auf einen Ford Fiesta geschraubt hatten. Das macht doch hinten und vorne keinen Sinn. Entweder ich fahre einen geklauten Wagen, dann besorge ich mir gefälligst Nummernschilder eines identischen, real existierenden Autos, oder ich benutze den ordnungsgemäß zugelassenen weißen Mercedes. Alles andere ist doch Humbug, oder?

Während sich Herr Schweitzer darüber Gedanken machte, verlangsamte das sich in ihrem Visier befindliche Observationsobjekt plötzlich die Geschwindigkeit und parkte vor einem Kiosk. Ferdinand S., ausgekochter Profi, der er war, passierte professionell, umrundete den Flachbau des Fechenheimer Anzeigers und hielt auf dem leeren Taxiplatz. Das schien durchdacht, da ein Taxi an einem Taxistand nichts Außergewöhnliches darstellte. Dem Taxi allerdings fehlte bekanntlich das Taxischild und es gehörte dementsprechend zur Gruppe der Privatwagen, denen das Parken auf Taxihalteplätzen per Gesetz strikt verboten war. Das jedoch waren Feinheiten, mit denen die Russen nicht vertraut waren.

Als die ruchlosen Gesellen sich anschickten, in einem kleinen Fußweg zu verschwinden, stieg Herr Schweitzer aus und nahm die Verfolgung auf. Das tat er gewohnt umsichtig, schließlich verspürte er nicht die geringste Lust, sich im Jenseits wiederzufinden.

Er sah sie gerade noch nach links abbiegen. Einige Fahrgäste der parallel zum Main verlaufenden Straßenbahnlinie kamen ihm entgegen. Vorsichtig näherte er sich der Stelle, an der die Russen aus seinem Blickfeld entschwunden waren. Etwa zwanzig Meter entfernt entdeckte er sie im schwachen Lichtschein einer Laterne. Geistesgegenwärtig schlug Herr Schweitzer den Weg zur Haltestelle ein, um den Fahrplan zu studieren. Ein flußaufwärts dahingleitendes Frachtschiff mit dem geschichtsträchtigen Namen Edward II warf sanfte Wellen gegen die Uferböschung, und ein Radfahrer klingelte sich den Weg frei. Ein älterer Mann ging mit seinem Köter Gassi.

Als Herr Schweitzer wieder einen Blick riskierte, waren die

Gestalten verschwunden, doch das Treppenhaus des unmittelbar bei der Laterne liegenden Gebäudes war hell erleuchtet, was die Vermutung nahelegte, die Russen haben selbiges betreten. Der Freiheitskämpfer ging das Klingelbrett durch, auf daß ihm der Name wieder einfalle, den er von Frederik Funkal als Fahrzeughalter des weißen Mercedes erhalten hatte.

Und wie er sich des besseren Lesens wegen nach vorne beugte, bekam er eins über die Rübe gezogen, ohne daß er das Geräusch einer sich ihm nähernden Person wahrgenommen hätte. Stante pede wurde ihm schwindelig als hätte ihm jemand eine Flasche Hochprozentigen intravenös verabreicht. Schmerzen verspürte Herr Schweitzer kaum, als er zusammensackte.

Der Taxifahrer Ferdinand S., der von dem Detektiv keinerlei Instruktionen bekommen hatte, wie lange er warten sollte, wurde zusehends nervöser. Vor einer halben Stunde hatte ihn ein Kollege darauf aufmerksam gemacht, daß sein Wagen ohne Taxischild sei. „Ach, danke. War gerade in der Waschanlage", hatte er geantwortet und es wieder montiert.

Nunmehr waren anderthalb Stunden vergangen und Ferdinand S. überlegte sich, ob er aussteigen und mal nach dem Rechten sehen sollte. Vielleicht würde er aber durch solch unbesonnenes Handeln die Aktion nachgerade vermasseln, überlegte er sich, und ließ es bleiben. Den Gedanken, Herrn Schweitzer übers Handy anzurufen, verwarf er ebenso, denn er konnte sich leicht ausmalen, wie plötzliche Klingelgeräusche eine Observation gefährdeten. Er gab sich noch eine Stunde, dann würde er schon sehen, was zu tun sei. Bestimmt wäre der Detektiv bis dahin auch wieder aufgetaucht und würde ihm zu verstehen geben, daß derlei Dinge manchmal Zeit brauchten.

Als allerdings auch dieses Zeitlimit abgelaufen war, traf er eine Entscheidung. Ferdinand S. fuhr zurück zum Weinfaß, dorthin, wo alles angefangen hatte. Für eine andere Alternative wußte er einfach zu wenig.

Herr Schweitzer wollte sich zudecken und tastete nach dem kuscheligen Federbett. Er erinnerte sich nicht an das, was er gerade geträumt hatte, doch es war ein beunruhigender Traum gewesen, den er auf gar keinen Fall fortsetzen wollte. Kein Wunder also, daß er sich freigestrampelt hatte. Im Halbschlaf suchte er die rechte Matratzenhälfte ab, es wäre nicht das erste Mal gewesen, daß Maria ihm seine Decke stibitzt hätte. Doch stattdessen schlug seine Hand an etwas Hartes. Außerdem bemerkte er seine Rückenlage, wo er doch sonst immer auf der Seite schlief. Das waren zuviele Ungereimtheiten auf einmal, als daß an eine wohlige Fortsetzung seiner Lieblingbeschäftigung zu denken war. Und dann erinnerte er sich binnen Sekundenbruchteilen an das letzte, was er als freier Mensch wahrgenommen hatte. Das Klingelbrett.

Eine Adrenalineruption ließ Herrn Schweitzer hochschrecken. Eine matte, nackte Birne baumelte von der Decke. Abermals wurde ihm schwindelig. Er wartete auf das Ende des Anfalls, dann befühlte er seinen Schädel. Er ertastete eine Beule, die arg schmerzte, und zog seine Hand wieder zurück. Er blickte sich um und ihn überkam eine Einsamkeit, wie sie Edward Hopper in seinen Bildern nicht emotionaler hätte darstellen können.

Ganz eindeutig befand er sich in einem Verlies von zwölf oder dreizehn Quadratmetern. Ein paar unverputzte Löcher an den rußgeschwärzten Wänden deuteten darauf hin, daß dort vor langer Zeit einmal Regale hingen. Vor ihm, in etwa zwei Metern Höhe drang ein schwacher Lichtschein durch eine kleine Reihe verdreckter Glasbausteine. Rechter Hand entdeckte er eine an etlichen Stellen verrostete Metalltür. Er stand nicht auf, weil er hoffte, sie möglicherweise offen vorzufinden, sondern um durch das Schlüsselloch zu spähen. Sehr zu seinem Bedauern handelte es sich um ein Zylinderschloß, das einem den Blick auf die andere Seite verwehrte. Er drückte die Klinke. Ein idiotischer Versuch, natürlich.

Nun, da sich seine Augen gänzlich an das schummrige Licht gewöhnt hatten, sah er links unter den Glasbausteinen einen kleinen Mauervorsprung. Dahinter befand sich, halb in die Mauer eingelassen, eine Toilettenschüssel. Der Deckel war abmontiert, wohl um zu verhindern, ihn als Schlagwaffe zu benutzen. Die Keramik war derart verunreinigt, daß zu befürchten stand, bei Benutzung von einer Bakterienarmee niedergestreckt zu werden.

Herr Schweitzer hätte gerne gewußt, wie spät es war, doch hatte man ihm die Armbanduhr abgenommen. Zum Glück hatte er seine Jacke im Taxi gelassen, in der seine Ausweispapiere steckten. Identifiziert hatten sie ihn folglich noch nicht, denn genau das galt es zu verhindern. Wenn sie erstmal wußten, wer er war und wo er wohnte, konnten sie ihn jederzeit wieder aufsuchen. Vorausgesetzt, er kam hier irgendwie raus. Doch das war schier unmöglich. Er wußte noch nicht einmal, ob er sich noch in Fechenheim befand. Ebensogut hätten ihn die Russen ja woandershin transportiert haben können.

Herr Schweitzer hielt nicht viel von hysterischen Zeitgenossen, die bei den klitzekleinsten Abweichungen vom Alltagstrott kläglich jammernd ihr Schicksal bedauerten, als sei jedermann außer ihnen selbst schuld an ihrer Lage. Er wußte sehr genau, daß er sich ziemlich dämlich angestellt hatte. Ein Profi hätte nämlich zuvörderst die Umgebung erkundet, bevor er sich einem Haus voller Mafia-Russen näherte. Und exakt jene Unterlassungssünde war ihm nun zum Verhängnis geworden. Blutiger Anfänger, schimpfte er sich.

Als Mann der Tat suchte er systematisch die Wände ab, ob irgendwo eine Geheimtür verborgen war. Als dieses Märchen ausgeträumt war, hob er die Matratze hoch. Er wollte sie schon wieder hinlegen, da erblickte er sein Handy, an das er gar nicht mehr gedacht hatte. War ihm wohl aus der Hosentasche gerutscht, bevor sie ihn durchsuchten. Auch Profis machen Fehler.

Innerlich frohlockend hob er es auf, es winkte das Ende seiner mißlichen Lage. Nun mal ganz schnell René anrufen, der würde ihn schon irgendwie hier rausboxen. Zur Not würde er die Polizei benachrichtigen, die dann sein Handy per Satellitentechnik, von der er schon so viel gehört hatte, auf den Meter genau orten konnte. Mit einem Male war es ihm sogar sehr willkommen, die Polizei jetzt schon eingeschaltet zu wissen, um die vermaledeite Angelegenheit zu Ende zu bringen, damit er, Herr Schweitzer in Bälde wieder frei wie ein Vogel in Sachsenhäuser Gefilden lustwandeln konnte. Frohgemut trat er unter den trüben Lichtkegel der Glühbirne. Netzsuche, verkündete das Scheißtelefon.

So ähnlich mußte sich ein Schiffbrüchiger fühlen, der nach wochenlanger, von mannigfaltigen Gefahren begleiteter Tortur auf einem stets vom Untergang bedrohten Behelfsfloß endlich und am Ende seiner Kräfte durch eine gefährliche Brandung Land erreichte, nur um festzustellen, daß die Insel bewohnt war. Und zwar von einer Großfamilie putziger Feinschmecker-Krokodile, die sich in freudiger Festschmauserwartung schon mal Schlabberlätzchen umgebunden hatte.

Decouragiert sank Herr Schweitzer auf die Matratze. Es war Zeit nachzudenken. Und zum Nachdenken gehörte das Kratzen am Kopf wie die Lüge zum Bundestag. Er hatte allerdings seine Beule nicht berücksichtigt. Autsch. Immerhin zeigte das Handy noch die Uhrzeit an. 22 Uhr 22. Schnapszahl – Glückszahl, haha.

Gerne wäre er jetzt, wer will es ihm verdenken, bei seiner Maria. Doch: Dis aliter visum – die Götter haben anders entschieden.

Weinfaß. Völlig aufgelöst hatte Ferdinand S. die Wirtin gefragt, an wen er sich denn wenden könne, falls Simon Schweitzer in Schwierigkeiten stecke, worauf Bertha ihm erklärte, daß er hier an der richtigen Adresse sei, und hatte dann, nachdem der Taxifahrer ihr die Sachlage geschildert hatte, eifrig herumtelefoniert.

René war sofort erschienen, hatte seinem Kumpel Earthquake-Werner, der so hieß, weil, wenn er zuschlug, dort, wo er zuschlug, Seismographen entzückt tektonische Aktivitäten meldeten, die Leitung des Frühzechers anvertraut. Semmler hatte sich nicht loseisen können, dafür war Maria zur Verstärkung mit ihrer Busenfreundin Karin angerückt. Leider war auch Uschi anwesend, die in ihrer Einfalt glaubte, mit ihren Geistesgaben ein Gewinn für jede fröhliche Runde zu sein. Ja, sie war sogar erstmalig ohne Weizenwetter erschienen, der zu Hause von Weizenbier flankiert Fußball guckte. Auf ihre kackbraune, enganliegende Stretchhose, die in hochschaftigen weißen Cowboystiefeln mit kecken Lederriemen steckte, gehen wir an dieser Stelle nicht näher ein. Nur soviel: es wabbelte und schwabbelte an allen Ecken und Enden. „Geh schon mal vor", hatte Weizenwetter seiner Errungenschaft Uschi in der Erkenntnis vorgeschlagen, mit dieser Tussi ganz sicher einen Griff ins Klo getan zu haben.

„Scheiße. Und was jetzt?" fragte Bertha.

Alle schauten zu René, der sich bislang als Garant blendender Ideenvielfalt hervorgetan hatte. Außerdem war er mit seiner Vergangenheit als verwegener Rocker geradezu prädestiniert, nach Lösungen auch außerhalb der mittlerweile doch sehr gängigen Sozialarbeitermentalität zu suchen. „Du, echt, du, laß uns doch mal alle gemeinsam darüber diskutieren", war nicht ganz der ausgewogene Ansatz, um mit gemeingefährlichen Organisationen wie Mafia oder Finanzamt ein Gespräch zu beginnen. Doch René schwieg.

Und um das Schweigen noch zu verlängern, schwieg er weiter.

Doch er schwieg nicht einfach so. In seiner Stille lag etwas, das allen anderen bedeutete, das Geräuschvakuum auf keinen Fall zu zerstören, es könnte eine blitzgescheite Eingebung verhindern. Die Gäste am Nebenfaß unterhielten sich leise und von draußen drangen nur schwach Verkehrsgeräusche herein.

Die Stimmung war fast als erhaben zu bezeichnen, als René endlich den Mund öffnete: „Die Lage ist verzwickt."

„Verdammt verzwickt sogar", ergänzte er kurze Zeit später.

„Ganz schön kompliziert, wenn ich das mal so verbal ausdrükken darf", sagte Uschi.

Bertha: „Ich fass mal zusammen: Simon ist weg. Anrufen können wir ihn net, weil das brächte ihn in die Bredouille. Bullen rufen ist Quatsch, eialldieweil die eh nix gegen die Mafia tun können."

Maria, die mittlerweile, da das Ganze offensichtlich kein Spiel mehr war und ihr geliebter Simon in Gefahr schwebte, ein wenig von ihrer anfänglichen Chuzpe eingebüßt hatte, legte ihr Handy in der Hoffnung auf den Tresen, es möge doch bitteschön ihr Prinz Simon anrufen. „Ich weiß nicht, vielleicht sollten wir doch die Polizei rufen. Ferdi könnte ihnen doch sagen, wo er Simon das letzte Mal gesehen hat. Wenn er gerade jetzt verletzt in irgendeinem Gebüsch liegt ..." Ihre Stimme versagte.

Karin legte einen Arm um Marias Schultern und tröstete sie. „Ach, Maria, es wird schon nichts Schlimmes passiert sein. Du kennst doch Simon, der begibt sich doch nie freiwillig in Gefahr. Dazu ist er viel zu clever. Bestimmt ist er weiterhin am Beobachten und kann aus welchen Gründen auch immer nicht telefonieren. Oder sein Handy ist kaputt."

Maria: „Das ist nagelneu."

Bertha: „Gerade in neuen Sachen ist oft der Wurm drin."

Uschi: „Genau. Der Wurm ist drin."

René: „Ich glaube, wir sollten mit Ferdi mal nach Fechenheim fahren, vielleicht finden wir ja was raus."

Ferdinand S., der keineswegs sauer war, in eine derartige Sache hineingezogen worden zu sein: „Ich stehe zu eurer Verfügung. Fahren wir."

Endlich passierte mal was. Aus Abenteuerlust hatte er einst mit dem Taxifahren angefangen. Die Abenteuerabstinenz der letzten Jahre machte ihm aber ganz schön zu schaffen. Die anfängliche Euphorie war der Erkenntnis gewichen, daß das Gros der

Bevölkerung seinen Job völlig falsch einschätzte. Sie erleben doch sicher so einiges, fingen Fahrgäste oft ein Gespräch in der Hoffnung an, wenigstens aus zweiter Hand mal am wirklichen Leben teilzunehmen, und dachten dabei an wilde Verfolgungsjagden und an Topmodels, die aus Langeweile nach einem arbeitsreichen Tag mal so eben einen Taxifahrer in ihre Suite zu einem erotischen Tête-à-tête einluden. Doch nichts dergleichen. An Heilig Abend war er mal von einer einsamen alten Dame dafür bezahlt worden, mit ihr die ganze Nacht die Stätten ihrer Kindheit abzufahren. Ansonsten gab's da noch die Betrunkenen beiderlei Geschlechts, die in ihm einen verständigen Zuhörer ihrer absolut uninteressanten Beziehungsprobleme sahen. Immerhin hatte er daraus die Erkenntnis gewonnen, daß sich Männlein und Weiblein gar nicht so großartig voneinander unterschieden, wie die meisten glaubten. Aber Ferdinand S. dachte gar nicht daran, sich eine neue Arbeit zu suchen. Allein die Hoffnung, die einsamen Sahnemädels könnten morgen aus ihren Löchern gekrochen kommen, war doch schon mal was. Und dann würde er wie zufällig auf der Matte stehen, momentan war er nämlich solo.

Maria: „Sieht so aus, als könnten wir im Moment sowieso nicht mehr tun, aber das ist immer noch besser als nichts."

René: „Gut. Vielleicht wäre es sogar clever, wenn Bertha hier solange die Stellung hält, zur Not die ganze Nacht, bis wir uns wieder melden. Am besten, ich rufe hier jede volle Stunde an, gebe unseren Standort durch, und wenn was schief geht, wir uns zum Beispiel nicht melden, rufst du die Bullen und sagst ihnen alles, was du weißt."

Er sah Bertha dabei an, die angesichts der bedrückenden Gefahr, die über ihnen schwebte, ohne eine Spur ihres berüchtigten Sachsenhäuser Schlappmauls kleinlaut antwortete: „Ja klar, mach ich."

„Und wer fährt jetzt mit Ferdi?" wollte Uschi wissen. Natürlich hoffte sie, mit von der Partie zu sein.

Doch René sah keine Veranlassung darin, sich ein Blödchen aufzuhalsen, dessen Intelligenzquotient dergestalt diminuiert war, daß Evolutionstheoretiker bei einem Fortpflanzungsversuch Uschis eindringlich Alarm schlagen würden. Mit fester Stimme, die keinen Widerspruch duldete, sagte er: „Maria und ich fahren mit Ferdi. Der Rest bleibt hier."

Maria schnappte ihre Handtasche, gab Karin, die ihr viel

Glück wünschte, einen Wangenkuß und folgte Ferdinand S. und René.

Herr Schweitzer hatte sich eine Geschichte zurechtgelegt, die er den Russen aufzutischen gedachte, wenn sie ihn nach seiner Rolle fragen würden. Es wäre barer Unsinn gewesen zu glauben, sie stünde nicht auf tönernen Füßen, doch bei Licht betrachtet, redete er sich ein, war sie gar nicht mal so schlecht, vorausgesetzt, sie hätten ihn erst in Fechenheim bemerkt, die Verfolgungsfahrt mit dem Taxi also gar nicht registriert.

Gesetzt den Fall, es wäre so, wie Herr Schweitzer hoffte, würde er sie zu überzeugen versuchen, daß er erstens nur rein zufällig hier war, zweitens die Menschen osteuropäischer Prägung für Einbrecher gehalten habe, das Einbrechen an sich nähme hier in der Gegend nämlich ganz schön überhand, und er drittens, bevor er die Polizei rufe, sich doch erst mal vergewissern wollte, daß die Einbrecher auch tatsächlich dem Berufsstand angehörten, den er vermutete. Schließlich solle es ja auch Polen geben, die nicht klauten. Selbstverständlich könne er aber auch die Beutezüge fast vor dem Hungertod stehender Menschen nachvollziehen, aber sie müßten doch bitteschön auch ihn verstehen, daß er sich da mal ein bißchen drum kümmerte, gerade im vorliegenden Fall, wo man doch wirklich nicht ahnen konnte, daß sie, die Polen, über jeden Verdacht erhaben sein würden. Aus der Ferne betrachtet, außerdem seien die Lichtverhältnisse alles andere als optimal gewesen, habe es schon ein bißchen nach Einbruch ausgesehen. Und da habe er als ehrenwertes Mitglied der Gesellschaft gar nicht anders gekonnt, als mal eben nach der aufrechtzuerhaltenden Ordnung zu schauen.

Herr Schweitzer fand die Geschichte, je öfter er sie sich erzählte, immer besser. Er durfte nur nicht vergessen, die Russen für Polen zu halten, denn dann glaubte die schurkische Mafia-Truppe mit Sicherheit, mit ihm, Herrn Schweitzer, tatsächlich einen gänzlich ahnungslosen Bürger vor sich zu haben, der nur erpicht darauf war, seine heilige Pflicht zu tun. Wenn er nur naiv genug daherredete, würde es schon klappen. Und er wäre bestimmt bald frei. Schlecht wäre es aber, sie würden ihn erst gar nicht zu Wort kommen lassen und ihn gleich über den Haufen ballern. In diesem Fall wäre es äußerst listig, vorher zu verschwinden.

Womit Herr Schweitzer so weit war wie vorher, denn der

Fluchtgedanke war absurd. Ohne ein paar Stangen Dynamit war er ihnen hilflos ausgeliefert. Da war es auch kein Trost, daß Casanova sich 1755 einem ähnlichen Drangsal ausgesetzt sah, als man ihn wegen ungenügendem Gottesglauben in den Bleikammern von Venedig schmoren ließ. Allerdings war diesem Frauenheld die Flucht geglückt. Davon war Herr Schweitzer meilenweit entfernt.

Doch Sprengstoff hatte er zufällig leider keinen dabei. Auch war nach zwei läppischen Einheiten im Sportstudio kaum daran zu denken, die Tür mit einem gezielten Kung-Fu-Tritt aus den Angeln zu sprengen. Bei diesem seinem Gedanken glitten die Augen zur Tür, ob da nicht vielleicht doch was zu machen sei, aber nein, der Glaube daran war bereits fehlgeleitet. Der Versuch würde umso lächerlicher ausfallen. Ihm fehlte definitiv das Zeug zu einem veritablen James Bond.

Herr Schweitzer erhob sich. Von draußen hörte er sich nähernde Schritte und Stimmen. Schnell legte er sich wieder hin und stellte sich schlafend. Sein Herz hämmerte wie wild, als sich der Schlüssel drehte. Er hörte, wie zwei Männer seinen Kerker betraten, sein Gesicht war zur Wand gewandt, denn Toter-Mann-spielen war mitnichten sein Metier. Wenn sie ihn jetzt erschössen, brauchte er den toten Mann nicht mehr vorzutäuschen. Ein schrecklicher Gedanke. Eine eiserne Hand legte sich wie eine Garotte um seinen Hals – metaphorisch gesehen, denn tatsächlich unterhielten sich die beiden bloß auf russisch, der Einfachheit halber gleich übersetzt, dennoch für Herrn Schweitzer nicht verständlich.

Stimme A: „Ist der Fettsack noch immer nicht aufgewacht."

Stimme B: „So wie du zugehauen hast, ist der bestimmt tot."

A: „Das war doch nur ganz leicht."

B: „Jaja, so wie damals in Köln. Und ich durfte zusehen, wie wir die Leiche loswerden."

A: „Das ist doch nicht zu vergleichen. Der Chef hatte gesagt, egal ob tot oder lebendig, Hauptsache tot."

B: „Das war doch nur Spaß vom Chef. Und du hast mal wieder alles wörtlich genommen."

A: „Aber wenn der Chef sagt ..."

B, nun etwas zorniger: „Weißt du, was dir fehlt? Feingefühl und Sinn für Humor."

A: „Na und, bin ich vielleicht ein dämlicher Kolchosebauer

oder bin ich ein klasse Killer? Außerdem lebt der Fettsack ja noch."

Stimme B ging in die Hocke und suchte an Herrn Schweitzers Halsschlagader nach einem Lebenszeichen.

Es war, als hätte man Herrn Schweitzer einen Eisbeutel aufgelegt. Nur mit allergrößter Mühe konnte er sich beherrschen, nicht sein ganzes Leid herauszuschreien. Hätte die Hand ihn auch nur eine Sekunde länger berührt, es wäre aus gewesen.

Stimme B: „Na siehst du, lebt noch. Kannst ja selbst mal probieren."

Wäre Herr Schweitzer des Russischen mächtig gewesen, seine mühsam aufrecht erhaltene Selbstbeherrschung wäre wie ein Kartenhaus zusammengebrochen. Gottlob war er kein Sprachgenie.

B: „Ist ja auch egal. Montag kommt der Chef, der wird dann schon wissen, was zu tun ist. Ich fahre auf jeden Fall morgen mit Pjotr nach Camberg. Du paßt solange auf den da auf."

A: „Immer hab ich die Arschkarte."

B: „Vielleicht ist er ja nur ein harmloser Passant."

A: „Und was schnüffelt der dann an den Klingeln rum?"

B: „Weil er vielleicht jemanden besuchen wollte, hä, wie wär's damit?"

A: „Schon gut, schon gut. Ich bring dem Dicken hier später was zu trinken."

B: „Tu das. Komm, laß uns nach oben gehen."

Die Tür fiel ins Schloß, Schritte entfernten sich. Herr Schweitzer konnte sich ob der gerade überstandenen Todesgefahr kaum bewegen. Als erstes sah er zu, daß sein Kreislauf sich wieder im Kreis bewegte, im Moment lief er nämlich ziemlich eckig. Dazu benutzte er eine ausgebuffte Atemtechnik. Alle zehn Sekunden pumpte er Luft in die Lungen, bis er sich beruhigt hatte. Als dies geschafft war, öffnete er die Augen und rollte sich auf den Rücken. Als Opfergabe schwebte ihm eine Eintracht-Dauerkarte für die nächste Saison vor, falls er je wieder seine Maria in die Arme schließen sollte. Herr Schweitzer empfand das nicht als zu knausrig, bei dem Schrott, den die zur Zeit zusammenkickten. Eine Wallfahrt auf Knien rutschend von Sachsenhausen nach Altöttings Heiliger Kapelle, begleitet von mörderischen Peitschenhieben wäre mit Sicherheit der bequemere Weg gewesen. Außerdem wollte er hernach mehr Zeit mit Maria verbringen. Das Leben ist doch verdammt kurz, stellte er mit einem in der Tiefe geborenen Seufzer fest.

Mühsam schleppte sich der Mond auf seiner Umlaufbahn dahin. Man ging schweren Zeiten entgegen. Die Banalitäten des Alltags waren von der Realität beiseite gedrängt worden. Die brüchige Fassade aus Abgeklärtheit zeigte erste Risse. Maria, René und Ferdinand S. fuhren einem Ziel entgegen, von dem sie nicht annahmen, daß es ihre Geschichte zum Guten wendete.

„Hier ist es", erklärte Ferdinand S., dessen Klamotten etwas aus der Zeit wirkten, und deutete auf die schmale Gasse rechts von der Sparkasse, in die er Herrn Schweitzer vor ein paar Stunden hatte hineingehen sehen.

„Okay, dann wollen wir mal. Ferdi, du bleibst hier. Falls wir auch im schwarzen Loch verschwinden, kannst du ja ein Buch drüber schreiben", witzelte René, doch war ihm deutlich anzumerken, daß auch seine Nerven wie Drahtseile gespannt waren. „Und", fügte er hinzu, „ruf gleich mal im Weinfaß an, daß die Bescheid wissen."

Wie ein Liebespaar schlenderten die beiden erst einen halben Kilometer flußab, dann dieselbe Strecke mainaufwärts, ohne etwas Verdächtiges zu bemerken. Da etliche Fechenheimer den lauen Abend ebenfalls zu einem Spaziergang nutzten, fielen sie trotz der späten Stunde nicht auf. Dabei kamen sie auch nichtsahnend an dem Haus vorbei, in dem Herr Schweitzer eingekerkert war.

„Ich glaube, wir sollten Simon doch mal anrufen. Das Ganze wird immer unheimlicher."

Abrupt blieb René stehen. „Ich glaube, du hast recht. Schlimmer kann's auch nicht mehr kommen."

Sie begaben sich unter eine Laterne und Maria wählte. Umsonst. Sie sprach eine Nachricht auf die Mailbox, wohlwissend daß Herr Schweitzer sich mit diesem Kram nicht auskannte. Mutlos sandte Maria eine SMS hinterher. Blöder Kerl, dachte sie ungerechterweise, warum verschließt du dich auch immer gegen neue Technologien, wenigstens mit einem Handy umzugehen hättest du inzwischen lernen können. Einem inneren Impuls nachgebend sagte sie: „Laß uns doch mal an den Main runtergehen, vielleicht liegt Simon da irgendwo verletzt rum." Oder tot, doch diesen Gedanken erstickte sie sofort im Keim.

Akribisch suchten sie in den Sträuchern beiderseits des ausgetretenen Trampelpfades bis zur Endstation der Straßenbahnlinie 11. Außer ein paar Enten, die schlaftrunken das Weite suchten, fanden sie nichts Lebendiges. Aber auch keine Leiche, was nur ein schwacher Trost war. Desillusioniert traten sie den Rückzug an.

„Und?" fragte Ferdinand S., als sie wieder beim Taxi waren.

„Nichts", sagte René.

Maria: „Was jetzt?"

René: „Ich weiß nicht."

Das Stimmungsbarometer war auf dem Gefrierpunkt angekommen. Angestrengt überlegten sie, was sie nun noch tun konnten.

„Rufen wir die Polizei", sagte Maria nach ein paar langen Sekunden mit brüchiger Stimme.

„Warten wir noch ein bißchen." Renés Stimme war nur noch ein Hauch vergangener Verwegenheit.

„Soll ich zurückfahren?" fragte Ferdinand S. leise.

„Ja, vielleicht ist Semmler jetzt da und hat eine Idee."

Maria drohte unter der Last zusammenzubrechen. Einzelne Tränen kullerten die Wange hinunter. Da sie aber hinten saß, bemerkte es niemand. Der Taxifahrer startete den Motor. Gespenstisch kalt lag der Asphalt vor ihnen. Kein Wort fiel auf dem Weg zurück.

Angst essen Seele auf. Das wußte Herr Schweitzer natürlich und wollte es unbedingt vermeiden. Die letzte halbe Stunde hatte er intensiv nachgedacht. Ihm war klar, daß Ferdinand S. inzwischen etwas hatte unternehmen müssen, und da waren ihm nur zwei Möglichkeiten geblieben. Entweder wieder ins Weinfaß fahren oder die Polizei verständigen. Letzteres war eher unwahrscheinlich, da er ja nicht ahnen konnte, in welch heikler Angelegenheit sie unterwegs waren. Herr Schweitzer schalt sich einen Idioten, Ferdinand S. keine Instruktionen für eine Situation wie diese hinterlassen zu haben. Hinterlassen war aber, fand er, nicht ganz der richtige Ausdruck, noch war er nämlich putzmunter und um an Hinterlassenschaften zu denken war es zu früh. Kurz dachte er an ein Testament, das zu schreiben er immer wieder hinausgezögert hatte. Wäre er eines Kulis habhaft gewesen, er hätte sofort damit begonnen. Und während er darüber grübelte, wem was im Falle eines Falles zu vererben sei, glaubte er kurz, hinter einem Schleier nebliger Schwaden eine Idee, oder zumindest den Hauch davon, fassen zu können. Herr Schweitzer schloß die Augen, atmete gleichmäßig, und spürte, wie etwas von ihm Besitz ergriff. Es war, als hätte er sich einen Spliff allerfeinsten afghanischen Dopes aus Nangarhar reingepfiffen. Je weniger er seinen Körper spürte, er sich sozusagen dematerialisierte, desto klarer wurden die Konturen seiner Gedanken. Ganz langsam kristallisierte sich eine Szene heraus, von der er nur wußte, daß er sie nicht selbst erlebt hatte. Allerdings blieb das Gesicht der handelnden Person, so sehr er sich auch Mühe gab, verschwommen. Der Körper hätte ebensogut eine polierte Bowlingkugel auf dem Hals haben können. Herr Schweitzer wollte schon aufgeben, als ihm deuchte, nicht die Person, sondern das, was sie tat, war von außerordentlicher Relevanz. Und dann blickte er plötzlich in das grelle Licht der Erkenntnis. Ein Film in Schwarz-weiß, oder doch Farbe, den er in grauer Vorzeit gesehen hatte. An nichts anderes außer dieser Sequenz konnte er sich erinnern, selbst die restliche Handlung war unter dem Müll des Gedächtnisses verschüttet. Die eine Szene war alles, was von diesem cineastischen Werk geblieben war. Doch die hatte es in sich. Ein Mann war in einem Raum eingesperrt, möbliert, wie Herr Schweitzer glaubte, und es gab vermeintlich keine Möglichkeit zur Flucht. Und trotzdem war es ihm mit einer Toilette als Hilfsmittel gelungen, dieses Gefängnis zu verlassen. Alles, was Herr Schweitzer jetzt noch brauchte, war eine Kordel oder ein Seil. Er hatte weder das eine noch das andere. Schade eigentlich. Trotzdem war er mit einem Schlage euphorisiert. Er war sich sicherer denn je, eine Lösung zu finden. Er mußte nur denken. Denken, denken und nochmals denken.

Im Weinfaß wurde, oh Wunder, Trübsal geblasen. Auch der inzwischen eingetroffene Apfelweinkellner Semmler hatte keinen brauchbaren Vorschlag auf Lager. Marias Handy lag auf dem Tresen, stumm wie ein Fisch. Ein Anruf von Herrn Schweitzer war die einzige Hoffnung, die geblieben war. Als ob das Schicksal hohnlachte, waren die einzigen Gäste Mutter und Tochter, die vor wenigen Stunden erfahren hatten, daß ihr Gatte respektive Vater des erotischen Plaisiers wegen die familiäre Bande zu sprengen beabsichtigte, indem er zu seiner neuen, blutjungen Gespielin zog. Beide flennten Rotz und Wasser und trösteten sich gegenseitig.

Alles Wehklagen half nicht, eine Entscheidung mußte her. Doch war die einstmals so lustige Runde von einer Lethargie ergriffen, wie sie sonst allenfalls auf Begräbnissen spürbar ist. Die anfängliche Lust, mit der man der Mafia den Garaus zu machen gedachte, hatte sich pulverisiert. Mehr noch, einer der ihrigen war wie vom Erdboden verschluckt, und die Chance, ihn je wiederzusehen, wurde zwar als existent, aber nicht besonders vielversprechend bewertet. Einzig der Umstand, daß Uschi unlängst das Weite gesucht hatte, war von Vorteil, half aber auch nicht unmittelbar. Einjeder spielte mit dem Gedanken, die Polizei zu rufen, doch auszusprechen wagte es keiner, vielleicht wäre es exakt dieser Schritt, der Herrn Schweitzers Leben beendete, wenn dies sowieso nicht schon längst geschehen war.

So war es wieder einmal René, der sagte: „Wir warten bis morgen früh, dann überlassen wir die Sache der Polizei." Insgeheim hoffte er auf Widerspruch, denn sollte Simon Schweitzer gerade dadurch umkommen, hätte er sich eine Bürde aufgeladen, die kein Mann tragen kann.

Das Wörtchen Ja kam niemandem über die Lippen, lediglich Maria erahnte Renés Not und nickte mit dem Kopf. Bertha, Ferdinand S. und Buddha blickten betreten zur Seite. Karin faßte Marias Arm, teils um ihr Mut einzuflößen, teils um sie daran zu hindern, Renés nicht eben in Granit gemeißelte Worte zu zerstören.

Wortlos schenkte Bertha Kaffee aus. Alkohol war so ungefähr das letzte, nach dem die Situation verlangte. Das Warten begann. Marias Handy hatte die Bedeutung eines sakralen Gegenstandes angenommen und wurde taxiert wie das Turiner Leichentuch Christi.

Herr Schweitzer war wieder im Geschäft. Es fehlte nicht viel und er hätte seiner Unmusikalität zum Trotz ein Liedchen vor sich hingeträllert. Vor einer halben Stunde hatte er damit begonnen, seinen Baumwollpullover aufzudröseln. Schade um das gute Stück, es hatte eine Stange Geld gekostet, aber das Leben war allemal mehr wert. Seines zumindest, fand er. Nicht zum ersten Mal gab er sich der Überlegung hin, warum er, abgesehen vom Fliegen, gegen Angst immun war. Eine plausible Erklärung, vielleicht die plausibelste überhaupt, lag darin, daß er den Tod nicht fürchtete, weil er fast jeden Tag, seit er zu denken imstande war, genossen hatte, was nur wenigen Menschen vergönnt ist.

Nach der Schule schmeiße ich mich ins Abenteuer. Okay, gut, dann halt nach der Berufsausbildung. Aber bestimmt werden mein Mann – meine Frau – und ich alles nachholen, wenn die Kinder erst mal aus dem Haus sind. Wir freuen uns schon tierisch auf die Rente, dann steht dem Dolce vita nichts mehr im Wege. Leider, leider haben fast alle Menschen bis dahin vergessen, aus welchem Stoff die Träume ihrer Jugend waren, was sie damals darunter verstanden hatten. Obendrein waren sie immer ängstlicher geworden, so daß als Inbegriff der Lebenslust zum Ende der Tage hin eine von Spezialisten organisierte sechswöchige Karibikkreuzfahrt herhalten mußte. Und so hatten sie bis zur Verwirklichung dieser kurzen Freude nach dem heutigen Stand etwa fünfundsechzig müh- und armselige Jahre hinter sich zu bringen. Oft hatte einen inzwischen, keiner weiß warum, auch der Lebenspartner verlassen. Und alleine macht so eine Kreuzfahrt, Hand auf's Herz, auch keinen rechten Spaß. Kann sein, daß der ein oder andere als Alternative eine Finca in der Estremadura oder ein mit viel Liebe restauriertes Häuschen in der Toskana im Visier hat. Das ändert aber nichts am verlorenen Leben.

Herr Schweitzer war da anders. Nicht, daß er gerne verreiste, um bei der Wahrheit zu bleiben, hatte er sogar noch nie einen Fuß auf ausländischen Boden gesetzt, aber er lebte mit Hingabe nach seinem Gusto. Und wenn er einen kompletten Tag vertrödelte, so tat er es stets ohne jede Reue. Viele Freunde und Bekannte hielten ihn für mutig. Letztes Jahr, kurz vor Weihnachten, hatte er für sein couragiertes Eingreifen bei einem Banküberfall, als er der Filialleiterin der Teutonischen Staatsbank das Leben rettete, aus den Händen der Frankfurter Oberbürgermeisterin sogar eine Auszeichnung erhalten, was ihn auf die Titelseite des Lokalteils hiesiger Tageszeitungen brachte. Doch verbot es nicht nur der philosophische Blickwinkel, diese Tat als heldenhaft zu bezeichnen, denn wo keine Angst ist, gibt es auch keinen Mut. Nur ängstliche Menschen können mutig sein.

Herr Schweitzer war es mit dieser seiner Interpretationsweise von Angst und Mut zufrieden und knotete weiterhin eifrig an seinem Seil. Er war nun felsenfest davon überzeugt, kein Testament zu brauchen. Nicht heute, und morgen auch nicht. Den letzten Knoten überprüfte er auf seine Reißfestigkeit, indem er heftig links und rechts davon zog.

Eine Viertelstunde später war er mit seiner Arbeit fertig und die Reste seines ehemaligen Pullovers allenfalls noch als Topflappen zu gebrauchen.

Das Seil spannte sich von der Spülvorrichtung des Klos durch die Drähte der Glühbirne an der Decke bis zur Tür. Da es zu hell war und der Lichtschalter von innen nicht zu bedienen war, befeuchtete Herr Schweitzer seine Finger mit Spucke, fuhr damit durch den Dreck auf dem kühlen Betonboden und bestrich mit diesem Gemisch die Glühbirne. Dies wiederholte er mehrere Male, bis der Raum soweit abgedunkelt war, daß seine Konstruktion auf den ersten Blick nicht so leicht zu erkennen war. Und selbst wenn, er baute auf das Überraschungsmoment. Im Film hatte es jedenfalls funktioniert, warum also nicht auch in seinem Fechenheimer Kerker. Doch das größte Problem stand noch bevor. Noch nie im Leben hatte Herr Schweitzer körperliche Gewalt angewendet. Eine unsichtbare Barriere hatte dies bislang verhindert. Das war, was sein bisheriges Leben betraf, auch gut so, in der momentanen Lage jedoch von großem Nachteil, denn ihm würden nur wenige Sekundenbruchteile bleiben, um die Verwirrung seiner beiden Bewacher auszunutzen. Um sich auf das Unvermeidliche vorzubereiten, boxte er drei, vier Mal ohne jede Überzeugung in die Luft. Während des letzten Hiebs vernahm er Schritte. Das kam dermaßen unerwartet, daß ein aus der Toilettenschüssel herauskriechender Waschbär kaum mehr Staunen hätte verbreiten können.

Es ist müßig, darüber nachzudenken, ob es besser oder schlechter gewesen wäre, wenn sich die Entscheidung über Herrn Schweitzers Sein oder Nichtsein noch ein wenig hinausgezögert hätte. Blitzschnell nahm er das Baumwollseil in die Hand und drückte sich an die Wand bei der Tür, hinter der er, sobald sich diese öffnete, für einen Augenblick nicht zu sehen sein würde. Und dieser kurze Moment zuzüglich der Falle, die er gebastelt hatte, sollten ausreichen, die Freiheit, die geliebte, wiederzuerlangen.

Der Schlüssel drehte sich im Schloß. Während dieses Vorgangs glaubte er sich zu erinnern, daß er die Schritte lediglich einer Person vernommen hatte. Die Klinke bewegte sich nach unten.

Während Herr Schweitzer versuchte, sich seinen Fortbestand zu sichern, ging es im Weinfaß ähnlich lustig zu wie in der Pathologie. Ein kosmetisches Überdecken der Tristesse fand nicht statt. Die Farbe der unmittelbaren Zukunft war Nachtschwarz. René, erprobt in tausend Schlachten mit den Hells Angels, sah aus wie bei seinem eigenen Kriegsverbrecherprozeß. Die Wirtin, mit dem Stolz der Alteingesessenen, gab sich maulfaul und suchte nach einem Ausweg aus der ausweglosen Lage. Herrn Schweitzers Freundin Maria von der Heide, die es ebenso wie Bertha und René gewohnt war, Probleme unverzüglich anzupacken und beiseite zu räumen, schwankte zwischen Niedergeschlagenheit und dem Wunsch, sich ein Maschinengewehr zu besorgen und alle Mafiosi dieser Welt mit einem Handstreich niederzumetzeln. Diese Gefühlswallungen äußerten sich in einem konvulsischen Zusammenballen der rechten Faust, bei dem sich ihre Fingernägel schmerzhaft in die Hand bohrten. Karin sah ihre Aufgabe darin, Maria, wann immer nötig, in dieser schweren Stunde eine Stütze zu sein, dafür waren Freundinnen schließlich da.

Apfelweinkellner Semmler, ebenso in einem psychotischen Zustand gefangen wie alle anderen, zerriß die unheimliche Stille, als er mit melodramatischem Timbre die Worte sprach: „Wer die Hoffnung verliert, ist des Todes."

Wie auf Verabredung streiften alle Blicke Marias Handy, das weiterhin ohne Lebenszeichen vor sich hinvegetierte, was sich aber alsbald ändern sollte. Momentan jedoch war alle Hoffnung dahin.

Die Tür öffnete sich. Herr Schweitzer zog seinen Bauch ein als würde im Freibad eine holde Maid seinen Weg kreuzen. Das war kein leichtes Unterfangen, denn es handelte sich dabei nicht um einen gewöhnlichen Bauch gewöhnlicher Ausdehnung, sondern um eine Fettschicht enormer Dimension, derentwegen er sich bereits zwei geschlagene Stunden im Sportstudio abgemüht hatte. Die Tür berührte seine Hand, die mit aller Gewalt seinen Ranzen auf eine Linie mit seinem Brustkorb zu pressen versuchte.

Mit der anderen Hand zog er an dem Seil, welches mittels einem aufs höchste ausgeklügelten Mechanismus die Toilettenspülung in Gang setzte, was wiederum Herrn Schweitzers Peiniger zu der Annahme verleitete, der Gefangene befände sich bei der Verrichtung eines natürlichen Geschäfts hinter dem kleinen Mauervorsprung. Er machte einen Schritt nach vorne. Seinen vorläufig letzten. Mit dem Mute des Todgeweihten stürzte sich die Masse Schweitzer auf ihn, umklammerte dabei mit aller Kraft seinen Brustkorb und brachte ihn durch profanes Beinstellen zu Fall. Die Wasserflasche zersplitterte auf dem Boden.

Die Fallgeschwindigkeit beträgt am Äquator 9,78 und an den Polen infolge der Erdabplattung sogar 9,83 Meter pro Sekunde, will heißen, in Frankfurt liegt sie irgendwo dazwischen. Allerdings dürfte die gefühlte Fallgeschwindigkeit des durch Umstände, die zu erörtern an dieser Stelle zu weit führen würde, kriminell gewordenen Russen um ein Vielfaches höher gelegen haben. Außerdem war noch die ungeheure Schubkraft des diätwilligen Herrn Schweitzers hinzuzuaddieren.

Wie dem auch sei, ob subjektive oder objektive Aufprallenergie zu berechnen sich anschickte, der Russe schlug mit dem Kopf auf dem Boden auf und war fortan ohne jedes Bewußtsein. Die Aktion verursachte eine Bewegung auf der nach oben offenen Richterskala. Herr Schweitzer rappelte sich sofort wieder auf, um sich auf den zweiten Gefängniswärter zu stürzen, allein, dieser war absent. Vorsichtig lugte er in den Kellergang. Nichts.

Damit hatte er nicht gerechnet. Einerseits froh, daß ihm bis dato alles so leicht von der Hand gegangen war, andererseits verunsichert, weil ja irgendwo noch Lebensgefahr lauerte, nahm Herr Schweitzer sein Handy und schlich in den Gang hinaus. Er mußte weiterhin auf alles gefaßt sein, denn er hielt nicht viel von dem Samurai-Ideal, das besagte, das Schönste sei zu sterben wie eine Kirschblüte, die auf dem Höhepunkt ihrer Schönheit fällt. Eher hielt er es mit dem Sinnspruch der Aufklärung: Habe Mut, dich deines eigenen Verstandes zu bedienen.

Genau das tat er. Herr Schweitzer ging, obgleich sein Herz wie wild hämmerte, zurück, durchsuchte den friedlich Schlummernden und nahm ihm die Waffe ab, die im Hosenbund steckte. Noch nie hatte er so ein Ding in den Fingern gehabt. Es fühlte sich kalt und gut an, strömte etwas Beruhigendes aus. Hätte der Waffenlaie Schweitzer die Browning auch noch entsichert, hätte man ohne weiteres noch das Attribut zweckdienlich hinzufügen können. So aber war sie bestenfalls als Hammer zu gebrauchen, aber das wußte er nicht. Also begab er sich wieder in den Gang und löschte das Licht.

Als er eine Minute später versuchte, die Haustür zu öffnen, fand er diese verschlossen vor. Idiot. Wieder schlich er zurück und bemächtigte sich des Schlüssels, der noch immer im Schloß der schäbigen Eisentür steckte. Als er zum zweiten Mal die Treppe hinaufpirschte, entdeckte er an der Wand ein Graffiti, das forderte: Schily out statt Chillout. Auch nicht schlecht, dachte Herr Schweitzer, galt doch dieser Politiker, vornamentlich Otto, als Synonym für den Rechtsruck in diesem Lande. Just als er die letzte Stufe erreicht hatte, hörte er, wie die Haustür geöffnet wurde. Das körpereigene Adrenalin tanzte Tango. Er hielt den Atem an. Langsam zog er die Tür zu sich heran, bis sie zu quietschen anfing und er den Vorgang abbrechen mußte. Schweißperlen hatten sich auf seiner Stirn gebildet. Er hob die Waffe, um sie sofort abzudrücken, sollte der zweite Mafioso auf den Plan treten. Der Zweck heiligt halt die Mittel. Die Freiheit vor Augen, wollte er nicht zu guter Letzt noch als Kanonenfutter dienen. Herr Schweitzer hörte, wie die Haustür wieder abgeschlossen wurde und dann das Geräusch treppensteigender Männerschuhe. Als die Hausflurbeleuchtung sich wieder abgeschaltet hatte, bewegte er sich leise und behende wie ein indianischer Spurenleser den Korridor entlang.

Kurz darauf hatte die Geschichte eine neue Färbung bekommen, Herr Schweitzer weilte nicht weiter unter den Unfreien. Er nahm seine Füße in die Hände und rannte. Der Taxiplatz war leer, ergo rannte er weiter. Drei Minuten und zweiundzwanzig Sekunden später verdrückte er sich in ein Gebüsch neben dem Portal der katholischen Kirche in der Pfingstbrunnenstraße und bemerkte, daß er die ganze Zeit mit der Pistole in der Hand herumgeirrt war, was aber egal war, da sich ohnenhin keine Menschenseele mehr auf den Straßen befand. Als sein Puls sich halbwegs normalisiert hatte, zückte er sein Handy und wählte.

Wieder einmal hatte Herr Schweitzer für Furore gesorgt.

Da für die meisen Leute Brad Pitt beziehungsweise Claudia Schiffer, je nach Geschlecht oder Neigung, unerreichbare Bettillusionen bleiben, bildet die Ziehung der Lottozahlen am Wochenende oft den Höhepunkt einer entbehrungsreichen Woche. Und man stelle sich vor, es würden tatsächlich diejenigen Zahlen gezogen, die auf dem Tippschein stehen. Exakt dieses Gefühl ward Maria zuteil, als endlich ihr Handy klingelte und sich ihr Liebster am anderen Ende der Leitung meldete.

„Si-Si-Simon. Du lebst ja. Gott sei Dank." Dabei war sie gar nicht gläubig, hatte es auch gar nicht nötig, denn sie glaubte an sich, was vollauf ausreichte. „Haben sie dich geschnappt? Wollen sie Lösegeld? Wieviel?"

An dieser Stelle gelang es Herrn Schweitzer endlich, ihren Redefluß, ihre überschäumende Freude zu unterbrechen. Männer haben mitunter das starke Bedürfnis, den Helden herauszukehren. Sensible mitteleuropäische Frauen führen das auf Zeiten zurück, als der Mann noch ein Mann war und sich beweisen mußte, indem er wilde, hochgefährliche Tiere zum Zwecke der Nahrungssicherung erlegte oder auf scheinbar übermächtige Gegner wie brandschatzende Wikinger, mit deren Nachfahren heutzutage bilaterale Abkommen bestehen, oder, später, auf Römer, die dann glücklicherweise von sich aus untergingen, eindrosch. Dieser Urinstinkt hatte sich auch in Herrn Schweitzers Genen festgesetzt, wenn auch nicht so ausgeprägt wie bei solch gemeingefährlichen Hominiden wie Silvio Berlusconi, Bill Gates und Konsorten, die weiterhin auf nichts und niemanden Rücksicht nahmen. Folglich kam er nicht umhin, Maria zu beschwichtigen, es sei alles nur halb so schlimm, auch wenn die Gefahr gigantisch gewesen, aber was habe sie denn erwartet, er, Simon Schweitzer, habe da schon ganz andere Prüfungen gemeistert. Stimmte natürlich nicht. Außerdem liebe er sie ganz dolle. Stimmte.

„Ja, wo bist du denn? Warum hast du denn nicht angerufen?"

Herr Schweitzer erklärte es ihr.

„Bleib, wo du bist. Wir holen dich sofort ab."

Die Gefühlslage im Weinfaß war ähnlich wie damals, als wir die Imperialistenschweine niederbrüllten, oder besser, sie war wie nach der gewonnenen Schlacht, die Imperialistenschweine waren bereits entmachtet, alle hatten sich lieb und sangen völkerübergreifend We shall overcome, und die Erde war rot, blutrot, knallrot. Maria strahlte wie ein Honigkuchenpferd, aber auch der Rest der Bande fühlte sich erleichtert – die Herren René, Semmler und Ferdi – und entspannt – die Damen Karin und Bertha –, als hätten tatsächlich Schiffer oder Pitt für einen kurzen Moment ihre Bettstatt gestreift.

Maria: „Los, Kinderchen, auf was wartet ihr noch? Wir holen Simon heim."

Bertha: „Sag ich doch, wir Sachsenhäuser sind net unterzukriegen."

Karin: „Ach, Maria, laß dich knuddeln."

Buddha Semmler: „Wem Hohes soll gelingen, der muß nach Hohem ringen. Wolfram von Eschenbach. Parzival."

Bertha: „Du mit deinen Weisheiten."

Wie unter Drogeneinfluß, eventuell LSD, bestiegen kurz darauf Maria, Bertha und René Ferdis Taxi.

Der Motor war noch nicht gestartet, da bemerkte Maria ein ihr im Eifer des Gefechts passiertes Mißgeschick. „Äh, du, Ferdi, äh, weißt du, wo in Fechenheim die Kirche ist? Dort wartet Simon nämlich."

Voller Stolz endlich mal sein Fachwissen einbringen zu können antwortete er: „Logo."

Zwar gab es in Fechenheim wie fast allerorten, an denen Christen siedeln, zwei Kirchen, doch war die evangelische zu weit von der Stelle entfernt, wo er Herrn Schweitzer das letzte Mal gesehen hatte, blieb also nur die andere.

Hätte in dieser Morgenstunde auf der Hanauer Landstraße eine Geschwindigkeitskontrolle stattgefunden, der Taxifahrer wäre seinen Lappen losgeworden. Aber auch seinen Mitfahrern konnte es nicht schnell genug gehen.

Marias Herz hüpfte beim Anblick ihres edlen Ritters und Kombattanten gegen das Böse.

„Da bist du ja", entfuhr es Bertha wenig pathetisch, doch ließ sich der Wahrheitsgehalt ihrer Worte nicht abstreiten.

Herr Schweitzer war beim Anblick des elfenbeinfarbenen Gefährts aus seinem Versteck heraus- und in Marias Arme gestürzt. Nun standen beide romantisch und filmreif unter einer Straßenlaterne und flossen förmlich ineinander.

Etwas peinlich berührt, denn als außerordentlich knallhartem Ex-Rocker fehlte ihm für derlei schmachtende Auftritte schlicht und ergreifend das Gespür, stand René ein paar Schritte abseits und wartete auf das Ende der Schnulze. Als es ihm zuviel wurde, unterbrach er für seine Verhältnisse sehr taktvoll: „Ähem, Simon, wenn du uns noch verklickern könntest, was eigentlich abgelaufen ist ..."

Herr Schweitzer, der dank Marias Körperwärme bereits die letzte Entspannungsphase durchlief, riß sich am Riemen, löste sich von Maria und erzählte dem staunenden Publikum gestenreich von seinem Abenteuer, natürlich mit entsprechender Dramaturgie an den richtigen Stellen.

Im Laufe des Vortrags verdüsterten sich sowohl Berthas als auch Renés Augen zusehends. Maria und Ferdi staunten bloß. In was für einer Welt lebten sie eigentlich? Hier sei doch nicht Italien.

Um den weiteren Lauf der Geschichte einigermaßen begreifen

zu können, sind einige Erklärungen notwendig, die auch das spätere Verhalten Marias verständlich machen. Wie bereits angedeutet, besitzen Maria, Bertha und René, so unterschiedlich ihr Wesen und ihre Weltanschauung auch sein mochten, einen gemeinsamen Charakterzug, deren Personifizierung im Hessenland, speziell in der Gegend um Frankfurt herum, den Begriff Zornegiggel – zorniger Hahn – prägte. Damit ist ein impulsiver Mensch gemeint, der in Situationen, in denen er sich ungerecht behandelt fühlt, allzu leicht der Rage anheimfällt. Dabei ist es völlig wurscht, ob der auslösende Faktor ein objektiv betrachtet eher zu vernachlässigender ist oder nicht. Gemein ist diesen Menschen, soviel steht fest, ihre ausgeprägt grobschlächtige Natur, doch wie alle anderen ist auch diese Faustregel nicht ohne Ausnahme, siehe Maria. Besonders häufig ist dieser Menschenschlag in Frankfurt-Sachsenhausen anzutreffen, dort, wo einst Kaiser Karl der Große die Sachsen ansiedelte, daher der Name des Stadtteils. In anderen deutschsprachigen Gebieten nennt man sie häufig Heißsporne. Im Gegensatz zu Bertha und René gewann bei Maria dieser Teil ihres Wesens erst um circa einen Tag verspätet die Oberhand, da verständlicherweise vorerst das Glück überwog, ihren heiß geliebten Simon aus den Klauen des Todes befreit zu wissen.

Bertha und René waren da rationeller. Behutsam sagte der Ex-Hells-Angel: „So, Simon, jetzt zeigst du dem guten René mal das Haus, wo du das Schwein niedergeschlagen hast."

Obwohl Herr Schweitzer niemanden niedergeschlagen, sondern einzig durch Hebelwirkung und Einsatz von Gewicht außer Kraft gesetzt hatte, war er momentan für derlei Subtilitäten unempfänglich. Voll des Glücks, Marias Nähe zu spüren, führte er die anderen zu dem Haus, beziehungsweise zeigte es ihnen mit einem Sicherheitsabstand von bestimmt fünfzig Metern.

„Gut", sagte René. „Ich schlage vor, ihr fahrt zurück und geht schlafen, es war ein harter Tag. Ich guck mich noch ein bißchen um. Simon, gib mir bitte die Schlüssel für das Haus."

Möglicherweise hatte Bertha bereits in dieser Minute kapiert, um was es René im Groben ging, denn sie grinste. Angesprochen wurde das Thema jedenfalls nicht.

Eine Stunde später, die Sonne ging auf, lag Herr Schweitzer in Marias heimeligem Doppelbett und schlief. Denn was immer man über diesen Mann auch sagen mochte, schlafen konnte er wie kein zweiter.

Nachdem die Rücklichter von Ferdis Benz um die Ecke verschwunden waren, hatte René zwei seiner Jungs und drei Feuerwaffen herbeitelefoniert, in einer Hauruckaktion den Keller besagten Hauses gestürmt und den Spieß umgedreht, indem er Herrn Schweitzers immer noch ohnmächtigen Geiselnehmer kurzerhand zur Geisel umfunktionierte.

Nun waren sie in der Gartenlaube von Karl von der Kladde in der Nähe des Goetheturms, an dem Weg, der zum Oberräder Scheerwald führte. Draußen war zeitgleich mit dem Sonnenaufgang ein Sturm aufgezogen und es donnerte als wäre Perkunas eine Laus über die Leber gelaufen. Man wartete gespannt auf Tatjana, da der vermeintliche Russe Deutsch entweder nicht verstand oder nicht verstehen wollte. Der Schurke war an einen Stuhl gefesselt, die Augen verbunden und der Mund geknebelt. Mit einem Eimer kalten Wassers hatten sie ihn vor knapp einer halben Stunde recht unsanft geweckt, nachdem er die Fahrt als zusammengeschnürtes Bündel im Kofferraum verbracht hatte. Nicht mal diese Aktion und die anschließende Fahrt über unterschiedliche Straßenbeläge hatte ihn zum Leben erwecken können. An der Stirn, momentan unter der Augenbinde verborgen, schwoll eine überdimensionierte Beule, made by Simon Schweitzer, Germany, in den Modefarben blaurot und lila.

Im Halbkreis um den Schurken saßen René, Earthquake-Werner und Albert. Letztere gehörten zum harten Kern der Höllenengel.

Earthquake-Werner war in Offenbach geboren, was im Rhein-Main-Gebiet als nicht wiedergutzumachender Makel galt, doch hatten viele Frankfurter einst als Offenbacher angefangen und sich dann über die Jahre hinweg hochgearbeitet. Er maß lächerliche Einssechzig und trug auch des nächtens eine Sonnenbrille mit Spiegelglas. Zu weiß-roten Cowboystiefeln, die ihn in die sagenumwobene Einsvierundsechzig-Sphäre katapultierten, gewandete er sich ausschließlich in Jeansstoffe. An seiner rechten Seite baumelte ein per Karabinerhaken festgehakter Schlüsselbund mit Fuchsschwanz, wie ihn ältere Semester noch von den unsäglichen Mantafahrern der frühen Achtziger her kennen. Seinen Namen verdankte Earthquake-Werner seiner enormen Schlagkraft, mit der er schon so manchen Widersacher, der ihn ob seiner geringen Körpergröße fatal unterschätzte, zu Boden gestreckt hatte.

Albert war beinahe das genaue Gegenteil von ihm. Mit

Einsachtundachtzig besaß er Gardemaß. Seinen muskelbepackten Körper kleidete er bevorzugt in feinen Zwirn von Boss oder Bugatti. Dafür war er meilenweit vom Bildungsideal entfernt, um nicht zu sagen: Er war dumm wie ein Schoppe Rotz. Aber derlei Mannsbilder sind der Damenwelt wohlbekannt, entweder es fehlt am Hirn oder an der Erotik. Es kann ja auch nicht jeder ein hochintelligenter Spitzensportler oder gutgebauter Schriftsteller sein.

René hingegen war seit zehn Jahren kein aktives Mitglied der Hells Angels mehr. Binnen dreier Monate hatten damals zwei seiner besten Kumpels bei Motorradunfällen ihr Leben gelassen. Einer davon in einer Leitplanke im Norddeutschen, in die ihn ein überholender Kleinlaster einer Speditionsfirma gedrängt hatte, der andere war sturzbesoffen in eine Eiche gerast, die ihrer Natur gemäß auszuweichen außerstande war. Von da an hatte René seinen Arsch nimmermehr in einen Motorradsattel geschwungen. Sein Opa wäre bei seiner Geburt hundertachtzehn Jahre alt gewesen, kein Wunder also, daß er ihn nicht mehr gekannt hatte. Seinen Vater übrigens auch nicht, denn der starb bei Renés Geburt vor Aufregung. Sozusagen neben oder kurz vor dem Wochenbett. Das Zeugen auf den letzten Drücker war im Prinzip Familientradition, denn auch René war noch kinderlos, was er zur Zeit, wenn er nicht gerade Mafia jagte, zu beheben sich anschickte, denn er befand sich mittendrin im Barbarafeldzug – nicht Barbarossafeldzug, der war früher. Seine Angebetete, sporadischer Gast im Frühzecher, und – Überraschung, Überraschung – Barbara mit Vornamen, zierte sich allerdings noch gewaltig. Besonders angetan war er von ihrer Anmut und adorablen Figur, die bei ihm regelmäßig ein gieriges Zungenschlagen auslöste, was Barbara in ebenso schöner Regelmäßigkeit erröten ließ. Fast hätte René sogar Abitur gemacht, denn seine damals noch junge Mutter hatte große Pläne mit ihm. Er aber nicht, der Lockruf des Rockerlebens verhieß mehr Abwechslung.

Allen dreien gemeinsam war ein ausgeprägter Gerechtigkeits- und Realitätssinn, wie man ihn bei Marie-Antoinette vergeblich gesucht hatte; wahrscheinlich dachte sie bis zuletzt, die Guillotine sei ein etwas zu groß geratenes Rasiermesser für ihren Damenbart. Obendrein stimmten die Freunde in der kindlichen Überzeugung überein, der Mensch sei frei geboren und solle sich folglich nichts gefallen lassen, was aber nicht stringent mit der bundesdeutschen Gesetzeslage korrespondierte. Man hatte sich dahingehend mit diesem Umstand arrangiert, als daß man nach dem Motto lebte, sich bei der Verwirklichung seiner Idealvorstellung nicht erwischen zu lassen. Wie pervers die Rechtssprechung ist, kann man derzeit in Frankfurt beobachten, wo der Polizei-Vizepräsident angeklagt ist, weil er dem Mörder eines kleinen Jungen dessen Aufenthaltsort, bevor klar war, daß das Kind bereits ermordet worden war, unter Androhung von Gewalt zu entlocken suchte. Nicht nur René und seine Freunde hätten da gerne noch andere lustige Spielchen angewandt. Hodenquetschen und Hautabziehen und so.

Die drei Musketiere hatten also keineswegs vor, zimperlich zu Werke zu gehen, schließlich ging es auch um das Gemeinwohl Sachsenhausens. Auch ohne Schutzgeld standen nicht wenige Wirte kurz vor der Pleite.

Renés Handy klingelte, Tatjana finde die Gartenhütte nicht. Er ging nach draußen und kehrte kurz darauf mit seiner hübschen russischen Putzfrau wieder zurück. Tatjana sah sich in der Laube um und zeigte keinerlei Gefühlsregung, als sie den Gefesselten sah. „Wer ist das?"

In René ein wildes Feuer lohte: „Ein Arschloch, das versucht, Schutzgelder zu erpressen."

„Aha."

Earthquake-Werner, von der Schönheit der Dame ergriffen, stand auf und bot ihr seinen Platz an, indes Albert den Knebel aus des Arschlochs Mund entfernte.

René, dessen Gesicht ein raubtierhafter Ausdruck zierte: „Fangen wir an. Frag, für wen Fjodor arbeitet."

Tatjana: „Woher kennst du seinen Namen?"

Albert lächelte: „Der Depp hat seinen Perso bei sich."

Earthquake-Werner: „Der ist dümmer als die Polizei erlaubt."

Tatjana: „Na kogo ti rabotaesch?" – Für wen arbeitest du?

Fjodor Alenichev spuckte vor sich auf den Boden, um seine Verachtung auszudrücken.

Albert verpaßte ihm mit voller Wucht eine Ohrfeige, um sein Mißfallen auszudrücken.

Ein paar Tropfen Blut sickerten aus des Russen Mundwinkel, ansonsten blieb seine Mimik unbeeindruckt. Ein elektrischer Heizkörper bollerte vor sich hin. Das sturmgepeitschte Geäst eines Apfelbaums projizierte abstrakte Formen auf das kleine, holzgerahmte Fenster an der Westseite. Earthquake-Werner köpfte zur Feier des Tages eine Flasche feinsten Glenkinchie Lowlandmalt.

Albert schaltete den Kassettenrekorder ein, jederzeit bereit, die Musik von Saxon lauter zu drehen, sollten ihn Schurkenschreie dazu veranlassen. Die werte Nachbarschaft mußte ja nicht alles mitbekommen.

Earthquake-Werner, befeuert vom ersten tiefen Schluck: „Darf ich auch mal zuschlagen?" Er ließ die Finger knacken, der Geschmeidigkeit wegen.

Tatjana. „Prekrati, tut opastnie lüdi. Luchsche skaschi im, to, chto oni xotjat uslischat?" – Hör zu, die Leute hier sind gefährlich. Besser, du sagst ihnen, was sie hören wollen.

Abermals spuckte Fjodor auf den Boden. Postwendend kam die rechte Gerade von Earthquake-Werner. Der Stuhl kippte samt Russen nach hinten weg. Fürsorglich träufelte Earthquake-Werner ein paar Tropfen des edlen Destillats zur Desinfektion auf die geplatzten Lippen. Dann richtete er ihn wieder auf.

Das ging so ein paarmal hin und her, dann mußten Pflaster geklebt werden.

Albert: „Wie wär's, wenn wir ihn einfach totmachen?" Wie gesagt, seine Diktion entsprach seinem Bildungsstand.

Der Russe war schockiert. „Nein."

René: „Na, sieh mal einer an, spricht der Bub Deutsch."

Fjodor: „Nein."

Earthquake-Werner: „Doch."

„Nein, niemals."

René zu Tatjana: „Ich glaub, wir brauchen dich hier nicht mehr. Trotzdem vielen Dank." Er überreichte ihr zwei Hundert-Euro-Noten.

Tatjana: „Macht's gut, Jungs."

Earthquake-Werner war davon überzeugt, ihr letzter, sicherlich schmachtender Blick habe ihm gegolten.

Doch so sehr sich Albert, Earthquake-Werner und René auch Mühe gaben, aus Fjodor Alenichev sprudelten fortan keine Worte mehr, weder russische noch deutsche.

Es war schon fast Neun, als René die Worte sprach: „Lassen wir's gut sein für den Moment. Albert, du bleibst hier und läßt den Knaben nicht aus den Augen. Ich schick dir nachher was zu essen rauf. Ich hab da so eine Idee."

Es regnete nicht mehr. Gemütlich schlenderten Earthquake-

Werner und René das Zwerchgäßchen hinab, begleitet vom Sonntagsgeläut der nahen Herz-Jesu-Kirche. René war hundemüde und mußte sich dringlich aufs Ohr hauen.

Die Glieder waren schwer, die Haut nahezu transparent. Es war schon wieder dunkel, als Herr Schweitzer erwachte. Trotz aller kürzlich erlebten Fährnisse hatte er hervorragend geschlafen und süß geträumt. Allerdings trübten Halsschmerzen sein Wohlbefinden gar arg. Zum Test führte er die rechte Hand auf seine Stirn. Fieber. Mindestens zweiundvierzig Grad. Ihn fröstelte.

„Mariii-a."

Flugs erschien die Gerufene. „Hallo Schatz, wie geht's?"

„Wie soll's mir gehen? Du weißt doch, als Sexsymbol hat man keine ruhige Minute", sagte er mit krächzender Stimme.

„Wie ein Sexsymbol siehst du mir aber nicht aus." Auch ihre Hand suchte den Weg auf seine Stirn.

„Ich bin krank."

„Ich merk's." Maria war immer noch überglücklich, weil ihrem Simon nichts passiert war. Was machte da schon eine kleine Erkältung? „Ich mach dir einen Kamillentee mit Honig. Du wirst sehen, das hilft."

Fünf Minuten später. „Hier, mein Schatz, trink."

Herr Schweitzer setzte sich auf und Maria stopfte ihm ein Kissen in den Rücken. „Ich hab dir noch eine Orange geschält. Bald bist du wieder auf dem Damm."

Herr Schweitzer ließ sich gerne umsorgen. Er war nicht oft krank, doch wenn, dann richtig. Bald würden Schnupfen und Gliederschmerzen folgen. So war es jedesmal. Bestimmt war sein kalter Kerker dran schuld.

Maria: „Schau mal, was ich im Briefkasten gefunden hab. Der Briefträger kam gestern wohl etwas später." Sie wedelte mit einem Umschlag.

„Was ist das?"

„Rate mal."

Herr Schweitzer hatte nicht die geringste Ahnung und zuckte mit den Schultern.

„Man hat mein Manuskript angenommen. Ich muß mich nur ein wenig an den Druckkosten beteiligen. Ist das nicht toll?"

„Super. Ich freue mich für dich."

„Eigentlich wollte ich dich heute abend zum Essen einladen, um das Ereignis gebührend zu feiern, aber so wie's aussieht, ist mein kleiner Prinz dazu zu schwach."

„In ein paar Tagen bin ich wieder fit." Herr Schweitzer schlürfte an seinem Tee. „Hmm, lecker."

Maria stand auf und zog die schweren Brokatgardinen zu. „Magst du was essen? Du mußt hungrig sein. Ich könnte Spaghetti kochen. Kohlenhydrate geben Kraft."

„Oh ja. Sag mal, hat René angerufen?"

„Nein, aber Bertha. Wir wollen uns nachher im Weinfaß treffen. Du wirst wohl zu Hause bleiben müssen."

Herr Schweitzer dachte überhaupt nicht daran, das kuschelige und Geborgenheit bietende Bett die nächsten Jahre zu verlassen, denn die Welt da draußen sagte ihm im Moment gar nicht zu.

„Weißt du, was René in Fechenheim noch gemacht hat?"

„Woher sollte ich?"

„Ich weiß nicht. René ist alles zuzutrauen."

„Glaub ich auch. Du solltest dich jedenfalls die nächsten Tage schonen."

Exakt das war Herrn Schweitzers Begehr. „Sag mal, hast du noch ein gutes Buch für mich?"

„Wie wär's mit dem Mainhattan-Blues von Andreas Schäfer? Hab's heute ausgelesen, während du schliefst. Echt spannend. Genau das Richtige für einen Rekonvaleszenten und ein paar Abende im Bett."

„Ja." Herr Schweitzer in seinem geschwächten Zustand verspürte nicht die geringste Neigung, sich mit den Geschehnissen um die Mafia und seine Gefangenschaft auseinanderzusetzen. Er war todmüde. Kurz darauf schlief er bereits wieder.

Schon kurz nach dem Aufstehen um die Mittagszeit an diesem Sonntag hatte Maria von der Heide mit ihrer Freundin Karin Schwarzbach telefoniert und sie über die ihr bekannten Details von Herrn Schweitzers glimpflich ausgegangem Intermezzo als Mafiageisel informiert. Nun, da ihr Liebster abermals von Schlaf übermannt worden war, rief sie erneut an, um ein wenig zu plaudern, bevor man gemeinsam ins Weinfaß aufbrechen wollte. Da Karin nur wenige Meter entfernt wohnte, schlug sie vor, ihre Busenfreundin abzuholen. Herrn Schweitzer hinterließ sie einen Zettel mit dem Hinweis, die Spaghetti stünden fertiggekocht im

Kühlschrank, Simon brauche sie sich bloß noch warmzumachen. Kuß Maria.

Zur selben Zeit saß Weizenwetter mit Uschi auf seinem Balkon. Genauer gesagt, er hatte sich in seinen Strandkorb geflätzt, den zu besorgen ihn ein kleines Vermögen gekostet hatte. Es handelte sich dabei um ein Original aus Sylt, das so gut wie neu war und das er erst letzten Sommer anläßlich eines Kurzurlaubs mit einer Affäre, die amourös wenig gebracht hatte, einem auf Strandkorbvermietung spezialisierten Kleinunternehmer abgeschwatzt hatte. Zum Gedenken an das einzige Meisterschaftsjahr, welches die Frankfurter Eintracht je zustande gebracht hatte, prangte auf beiden Seiten, sozusagen als behördlich zugeordnete Strandkorbnummer, die Jahreszahl 1959 in hellblauer Schrift. Weizenwetter grämte sich ein wenig, hatte er doch eine Fußballwette um zwei Weizen samt ebensovieler Schnäpse mit einem Kumpel, den er fast täglich bei seinem Wasserhäuschen antraf, sang- und klanglos verloren. Er hätte gerne den Mut aufgebracht, den Ladenhüter Uschi in die Wüste zu schicken, war aber wie immer zu feige dazu. Ersatzweise füllte er sein Weizenglas aufs neue. Er schnüffelte am Gebräu, fand, daß es keinen angenehmeren Duft auf Erden gab, und spielte mit dem Gedanken, daß vielleicht auch ein begleitender Magenbitter zu dieser frühen Abendstunde moralisch zu vertreten sei. In einem Anflug heroischer Selbstkasteiung verwarf er dies. Er hatte eh vor, in Kürze das Weinfaß aufzusuchen, da käme er noch früh genug zum Schnapstrinken. Bedauerlicherweise und erfahrungsgemäß würde ihn Uschi, die gerade in einen interessanten Artikel über eine sensationelle Diät in einer Frauenzeitschrift vertieft war, begleiten wollen und ihm fiel partout nichts ein, wie er jenes verhindern konnte, zumal auch Mars in dieser Nacht in einer total ungünstigen Konstellation zu Jupiter stand. Dessenungeachtet nahm er all seinen Mut zusammen: „Du, Uschi ..."

„Ja, mein Bärchen."

Oh Scheiße. „Schon gut."

Weinfaß. Zweiundzwanzig Uhr siebzehn. René und Earthquake-Werner betraten das Lokal. Anwesend waren bereits Karin, Maria, Uschi, Weizenwetter und Bertha. Andere Gäste gab es keine.

Am Tresen aufgereiht waren etliche gefüllte Gläser Rotwein

und Weizenwetters Birnenschnaps. Die Stimmung war gelöster als letzte Nacht, schließlich weilte Herr Schweitzer wieder unter ihnen, wenn auch nur im übertragenen Sinne, und die Zeit selbstauferlegter Prohibition war vorbei. Wenige Minuten zuvor hatte Uschi die Herrschaften gelangweilt, indem sie ihre frisch erworbenen Kenntnisse über eine sensationelle Diät aus den Vereinigten Staaten glaubte kundtun zu müssen. Auch war sie der felsenfesten Überzeugung, mit einem silbrig glänzenden Oberteil à la Karnevalsprinzessin neue Maßstäbe in Modefragen gesetzt zu haben.

Kerzenschein spiegelte sich in Earthquake-Werners Sonnenbrille.

Ohne Umschweife kam René zur Sache: „Mädels, Jungs, der Zug hat sich in Bewegung gesetzt. Entweder wir entledigen uns der Mafia ein für allemal oder wir zahlen für den Rest unseres Lebens."

Earthquake-Werner drückte seine Zigarette aus. Begleitet vom letzten Qualm aus der Lunge sagte er: „Natürlich müßten wir dabei Gesetze übertreten, sowas bleibt nicht aus, wenn wir die Sache nicht auf die leichte Schulter nehmen."

René: „Genau. Ich will nur, daß das jedem klar ist." Er schaute eindringlich in die Gesichter der Anwesenden. Zaungast Weizenwetter streifte er nur kurz, Uschi übersah er völlig.

Nach einer Weile Bedenkzeit sprach Maria mit fast schon zärtlicher Stimme die wohlüberlegten Worte: „Ich denke, das geht okay. Die Methoden der Mafia basieren schließlich auch nicht auf Kants kategorischem Imperativ."

Uschi setzte zum Sprechen an, doch Weizenwetter fuhr prophylaktisch dazwischen: „Schnauze, Babe."

René: „So sieht's nämlich aus. Und wenn wir die Bullen einschalten, geht die Sache aus wie an all den anderen Orten, wo sich die Mafia häuslich eingerichtet hat. Entweder die fackeln unsere Lokale ab, oder wir zahlen bis zum Bankrott. Auf beides habe ich keinen Bock. Mein ganzes Geld steckt im Frühzecher und einen anderen Beruf habe ich nicht." Nach einer kurzen Pause, in der er mit einem kräftigen Schluck Montepulciano Bisanzio seine Kehle befeuchtete, fuhr er fort: „Ich habe mich die letzten Tage mal ein bißchen in Sachsenhausen umgehört, und was mir dabei zu Ohren gekommen ist, bestätigt die schlimmsten Befürchtungen. Es sind nämlich mehr Gaststätten betroffen als wir dachten. Mit einigen von den Kollegen habe ich bereits persönlich gesprochen. Fast alle würden uns helfen, zumindest was die finanzielle Seite angeht. Das ist wichtiger als ihr vielleicht ahnt, denn das, was auf uns zukommt, kann kostspielig werden. Verdammt kostspielig sogar. Ich rechne so mit 15.000 Euro, kann auch ein bißchen mehr sein."

Bertha: „Uiuiui, das ist aber viel."

René: „Ich weiß, doch andererseits teilen wir uns das alle und andererseits mußt du dir mal ausrechnen, was es uns kostet, wenn wir auf die Forderungen der Mafia eingehen. Ich ..."

„5.000 gebe ich dazu", kam es überraschend von Maria von der Heide.

Karin: „Aber, Schätzchen ..."

René: „Das brauchst du nicht. Die Angelegenheit betrifft ausschließlich die Gastronomie."

Doch Weizenwetter schaute über den Tellerrand: „Falsch. Wo soll ich denn trinken, wenn ihr alle dicht macht, hä? Habt ihr schon mal daran gedacht? Glaubt ihr vielleicht, es macht mir Spaß, bei Wind und Wetter am Wasserhäuschen zu stehen, im Sommer mag das ja in Ordnung gehen, oder soll ich mir beim Aldi Pennerglück besorgen, um mich niveaulos zuzurußen? Pah."

Uschi: „Aber Bärchen ..."

Das war der springende Punkt. Allein der Gedanke, die Abende mit Uschi, mit nichts anderem als Uschi zu verbringen, graute ihm und ließ ihn aufstehen.

„Bärchen, wo gehst du hin?"

„Mich erschießen."

„Aber Bärchen ..."

„Zum Geldautomaten, wohin sonst?" Seit wann heiße ich Bärchen?

Niemand erhob Einspruch. Dergestalt kategorisch war ihnen Weizenwetter, dem sonst fast alles einerlei war, noch nie dahergekommen. Earthquake-Werner nahm sogar die Sonnenbrille ab, um sich Weizenwetters Abgang ungetrübt vor Augen zu führen.

Nachdem die Tür wieder zu war, man Weizenwetters unbekannte Seite verinnerlicht hatte, nahm Maria den Gesprächsfaden wieder auf: „Weizenwetter hat vollkommen recht, die Mafia geht uns alle an. Außerdem verdiene ich nicht schlecht und um ein Haar hätten sie Simon umgebracht. Ich habe also ein persönliches Interesse daran."

Bertha: „Ich bin auch dafür, daß wir dem Lumpepack mal so richtig zeigen, wo der Hammer hängt." Ihre Faust sauste auf die Spüle. Wieder mal ging ein Glas zu Bruch. „Was haste mit dem Geld vor?"

René blickte zu Earthquake-Werner, was so viel hieß, daß er ihm das Wort erteilte.

Earthquake-Werner war es nicht gewohnt, anderen Leuten Sachverhalte zu erläutern. Er räusperte sich. „Wie ihr vielleicht wißt, war René früher auch bei uns. Bei den Hells Angels halt. Auch wenn es lange her ist, daß wir in den Schlagzeilen von den Revolverblättern waren, aber es gibt uns noch. René war ja auch mal so ein böser Finger." Tadelnder Seitenblick von René. „René hat ein paar von uns in alles eingeweiht. Es wurden auch schon ein paar Steine ins Rollen gebracht. Außerdem wird's mal wieder Zeit für Äktschn, war nix los die letzten paar Jahre. Meine Knochen sind schon verdammt eingerostet." Liebevoll streichelte er mit der linken Hand sein rechtes Todeskommando Faust. „Was die Kohle angeht, wie gesagt, ein paar Dinge laufen schon. Verbindungen zu einer befreundeten Motorradgang aus Rußland und so. Ist alles nicht ganz billig und unser Vereinsheim könnte auch mal einen neuen Anstrich gebrauchen." Beim letzten Satz zwinkerte Earthquake-Werner kumpelhaft mit dem Auge, was ins Bürgerliche übersetzt hieß, falls nach der Renovierung noch was übrig sein sollte, ein paar neue Ersatzteile für die Harleys kämen auch ganz gut und die ein oder andere Sause fördere zudem den Teamgeist der verspielten Jungs.

Bertha: „Ist gebongt, ich flitz gleich morgen zur Bank. Jeder hat halt so sein Spezialgebiet, und wenn ihr harten Jungs das hinbiegt, will ich mal net knausrig sein, sonst heißt's wieder, die alte Berha hätte einen Igel in der Hosentasche. Wär ich noch ein bissi jünger, täte ich die Deppen eigenhändig verprügeln, das könnt ihr mir glauben." Abermals hob sie die Faust, doch so ein Gläservorrat ist auch nicht unbegrenzt.

„Und die Hells Angels steigen wie Phönix aus der Scheiße empor." Earthquake-Werner hatte es nicht so mit Redewendungen.

Maria zu René: „Was hast du eigentlich gestern ... heute früh in Fechenheim genau noch gemacht, nachdem Simon frei war?"

René strahlte wie Biblis nach einem kleinen Malheur. „Ein paar Maßnahmen eingeleitet, die der Sache förderlich erscheinen. Außerdem wird das Haus in Fechenheim von uns überwacht."

Es war nicht vonnöten, den Anwesenden, außer Uschi natürlich, lang und breit auseinanderzusetzen, es sei eventuell besser, nicht allzuviel über rabiate Methoden jenseits des Gesetzesbodens zu wissen. Man verstand auch so.

Kurz nachdem ein paar angeheiterte bis rabenvolle Stammgäste aufgetaucht waren, erschien Weizenwetter und überreichte René mit feierlicher Miene 1.000 Euro als handle es sich um den soeben unterzeichneten Nahost-Friedensplan.

René reichte das Geld Earthquake-Werner, der es ohne nachzuzählen in seiner Hemdtasche verschwinden ließ. Im schummrigen Licht hätte er die Scheine durch seine Sonnenbrille eh nicht gut erkennen können. „Danke, Kumpel."

Uschi, leicht empört: „Sooo viel, aber Bärchen ..."

Weizenwetter konterte eiskalt: „Ich kann's mir leisten – war die Kohle für unsere Verlobungsringe."

Wutschnaubend erhob sich Uschi. „Das ist ja mal so was von doof."

Sie hatte die Tür schon fast erreicht, von hinten funkelte ihr silbriges Oberteil, von dem sie meinte, es sei der ultimative Dernière cri, im Sinne von Weizenwetters ultimativ letztem Schrei, bevor er sich zur Erholung in den Abgrund stürzte, als Weizenwetter, nun, da er einen Lauf hatte, sagte: „Uschi, meine Wohnungsschlüssel."

„Blödmann." Nix war's mehr mit Bärchen.

Als das Dummchen bereits eine Minute verschwunden war, sagte Karin, die ansonsten nie viel sagte: „Sei froh, die bist du los. Wie heißt du eigentlich mit Vornamen, Weizenwetter?"

„Weizen."

Es war der Beginn einer großen Leidenschaft. Schau mir in die Augen, Kleines.

Es dämmerte bereits, als der dem Tode entgegenfiebernde Herr Schweitzer erwachte. Maria lag neben ihm, ihre Gesicht strahlte Zufriedenheit aus. Er folgte dem Ruf der Blase und begab sich ins Badezimmer. Nach wie vor schmerzten seine morschen Knochen. Die Umgebung nahm er durch einen Rotschleier wahr. Scharfgeschnittene Wangenknochen zeigten sich im Kristallspiegel über dem Waschbecken. Ganz klar, er war dem Verfall preisgegeben, da gab es kein Vertun, dabei haben Männer wie er Sachsenhausen erst groß gemacht. Zur Fieberbestimmung befühlte Herr

Schweitzer seine Stirn, was natürlich blanker Blödsinn war, denn seine Hände hatten die gleiche Temperatur. Wäre auch seltsam, wenn's anders wäre.

Statt eines der beschleunigten Genesung zuträglichen vitaminreichen Orangensaftes mit einem bombastischen Fruchtgehalt von hundert Prozent, wie ihn Maria immer im Kühlschrank aufbewahrte, setzt er sich knallhart einen Kaffee auf. Wenn schon elendig krepieren, dann mit Stil. Der Körper wird schon wissen, was ihm fehlt, und im Moment schrie er nach starkem Kaffee.

Mit dem köstlichen Aroma in der Nase legte er sich auf das Biedermeier-Sofa ins Wohnzimmer. Die Tasse balancierte Herr Schweitzer auf dem Gewölbe namens Bauch. Trotz seines desolaten Zustandes ermannte er sich, seine Gedanken auf das wenig rühmliche Thema seiner Einkerkerung zu lenken. Sofort breitete sich das wohlige und ein bißchen prickelnde Gefühl des Am-Leben-Seins in der Magengegend aus und setzte sich fort bis in die Zehenspitzen und Haarwurzeln. Doch was hieß das schon, am Leben sein, fragte er sich, das kann sich in dieser schnellebigen Zeit flugs ändern. Jetzt, wo die Mafia wahrscheinlich mit Mann und Maus hinter ihm her war. Instinktiv griff er zum Kaffee. Und wie er darüber sinnierte, wie diese Halunken ihn aufspüren könnten, erinnerte er sich erstmals an René, der in Fechenheim zurückgeblieben war, als Maria und er in Ferdis Taxi dem Libertät, Fraternität und Egalität und all die anderen schönen Dinge verheißenden Sachsenhausen entgegenfuhren. Was wollte René in Fechenheim? Hatte er ihm eigentlich gesagt, daß das Nummernschild von einem Fahrzeug stammte, dessen Fahrer Ivan Blochin hieß? Genau, jetzt hatte er es wieder vor Augen, I. Blochin stand auf dem Klingelbrett, bevor man ihn ins Reich der Träume befördert hatte. Vielleicht wußte Maria ja mehr. Und vielleicht hatte der Frühzecher-Wirt in Fechenheim schon mal die Fronten insoweit geklärt, als daß er seinen zwei Peinigern mal eben kurz die Kehle durchgeschnitten oder sie sonstwie verärgert hatte. Möglich war alles, vor allem bei René. Als Kneipier gab er zwar eine nahezu solide Figur ab, aber er besaß auch eine Vergangenheit, die wenig schmeichelhaft gewesen sein dürfte. Hells Angels und Friedenssymbole klöppeln paßt nämlich irgendwie nicht so ganz zusammen. Eventuell stand ja in der Zeitung mehr. So etwas wie Zwei russische Asylanten von Sachsenhäuser Wirt hinterrücks gemeuchelt. Obwohl, die Zeitung müßte sich zu dem Zeitpunkt schon längst im Druck befunden haben. Dann war da noch seine Armbanduhr in den Händen der Mafia. Konnten sie ihn, Herrn Schweitzer, möglicherweise über die Rückverfolgung des Vertriebsweges ausfindig machen? Weiß der Henker, was die alles drauf haben. Sein Name war jedenfalls nicht eingraviert. Er trank die Tasse aus und wünschte sich, er wäre wieder bei Kräften, dann würde er jetzt aufstehen und Straßenbahn fahren, aus dem Fenster schauen und die monotonen Fahrgeräusche, dabei konnte er bestens nachdenken. Das hatte er schon etliche Male gemacht, wenn beispielsweise Frauengeschichten ihn in Aufruhr versetzt oder sonstige chaotische Probleme einer Lösung harrten. Was er jetzt brauchte, war ein Plan, denn wenn man keinen hat, darf man sich auch nicht wundern, wenn der Plan schiefgeht. Er war gewissermaßen das A und O allen Strebens. Herr Schweitzer stellte die Tasse auf die im eichenen Couchtisch eingelassenen schwarzen Kacheln. Müde schloß er die Augen. Erst dämmerte, dann schlief er. Auch kein schlechter Plan.

Als er am späten Nachmittag erneut die Augen aufschlug, fühlte er sich zwar mitnichten neugeboren, aber schon bedeutend besser, was ein Schritt in die richtige Richtung war, dachte er. Maria hatte ihn mit einer Patchworkdecke zugedeckt, die sie vor Jahren aus Ubud, Bali, als Erinnerungsstück mitgebracht hatte. Frauen stehen ja bekanntlich auf so Devotionalien, zudem damit auch noch die internationale Brigade handarbeitender, unterdrückter Weiblichkeit einen finanziellen und solidarischen Aufwind erfuhr. Dabei handelte es sich im vorliegenden Fall um nichts anderes als zusammengenähte Reste. Naja, schön anzuschauen war sie ja. Und warm. Herr Schweitzer erhob sich von der Couch und folgte den schwachen Klopfgeräuschen. Er dachte schon, sie kämen von der Nachbarvilla, Bauarbeiten oder so. Dann fiel ihm ein, daß Maria die Ursache sein könnte, die sich in der Garage mit dem Carrara-Marmorblock beschäftigte. Dafür sprach, daß seine Liebste offenbar nicht im Haus war. Ganz schön clever von mir, überlegte Herr Schweitzer und öffnete die Flurtür, die direkt in die Garage führte. Bingo.

„Hallo Schatz, gut geschlafen?" Maria hielt ein Schrifteisen aus Vierkantstahl in der Hand, das mit der spitzen Seite auf den Marmor wies. Es hatte Herrn Schweitzer schon immer gewundert, wie seine Freundin aus amorphen Körpern die entzückendsten Figuren zauberte. Sein eigenes künstlerisches Talent hätte maximal zu einer Waschmaschine gereicht – nach dem Aufprall aus dem elften Stock eines der Hochhäuser in der nahen Mailänder Straße. Diese Assoziation kam nicht von ungefähr, hatte dort doch bis vor kurzem allerhand asoziales Pack gehaust, das dieser Art der Müllentsorgung sehr zugetan war. Herr Schweitzer verspürte einen mächtigen Hunger. „Gut, prima. Ich hab mächtig Hunger."

„Warum hast du denn die Spaghetti nicht gegessen, die ich dir gestern noch gekocht habe?"

Gute Frage. Welche Spaghetti? Er guckte verdutzt aus der Wäsche. „Du hast mir Spaghetti gekocht?"

„Ja, stehen im Kühlschrank. Und aufgeschrieben hab ich's dir auch."

Soso, aufgeschrieben hat sie's mir auch.

Maria legte Hammer und Schrifteisen beiseite und gab ihm einen Kuß. „Wie steht's mit deiner Erkältung?"

Erkältung, hä? Ja, war das denn die Möglichkeit, das klang ihm für eine gerade mal ein bißchen abgeklungene Mörder-Grippe entschieden zu harmlos. Er, der binnen vierundzwanzig Stunden zwei Mal mit dem Tode gerungen, hatte den Status eines Helden verdient. Überlebt hatte er ausschließlich, weil er annähernd so zäh war wie Tenzing Norgay. Das war der, der im Mai 1953 E. Hillary auf den Everest geschubst hatte. Aber Frauen fehlt für solche Feinheiten halt der Bezug. Aber egal, Hauptsache er bekam erstmal was zwischen die Kiemen. „Ach, war doch nicht so schlimm, das bißchen Fieber."

„Das meine ich aber auch." Maria ergriff seine Hand und zog ihn hinter sich her. Da haben wir den Salat, dachte Herr Schweitzer, Maria hatte nicht einmal gescherzt. Womöglich definierte sie seine fast den Tod herbeigebrachte Geiselhaft insgeheim ja auch als Kuraufenthalt. Dabei hatte sie Rotz und Wasser nach seiner Befreiung geflennt. Ein Frauenversteher würde er nie mehr werden.

Nachdem er die erste Portion Spaghetti verschlungen hatte, bat er um mehr. Als auch das Mehr verputzt war, entspannte er sich. Das Leben ist schön, stellte er fest, wird Zeit, es wieder in die Hand zu nehmen.

Solcherart unternehmungslustig gestimmt fragte er seine Herzensdame über den gestrigen Abend im Weinfaß aus, wo er ja nicht hatte mitkommen können, da er mit einer Art Denguefieber kurzfristig ans Bett gefesselt war. Andere Männer hätten in seiner Situation erst mal für Wochen wehklagend das Bett gehütet und sich von ihren Partnerinnen bis zum Gehtnichtmehr pflegen lassen.

Als er alles erfahren hatte, was ja bekanntlich aufgrund von Renés wunderlicher Geheimniskrämerei nicht sonderlich viel war, faßte er den Plan, den nicht zu schmieden unterlassungssündig gewesen wäre, mal bei René im Frühzecher vorbeizuschauen. Wo kämen wir denn da hin, würden sich die Sachsenhäuser Geschicke ohne ihn, Herrn Schweitzer, entwickeln?

Mit Maria hatte er vereinbart, heute nacht bei sich zu nächtigen. Man hatte in letzter Zeit doch gar arg aufeinandergehangen, was für eine Beziehung, da waren sie einer Meinung, nicht immer gut ist, man braucht doch auch seine Freiräume. Außerdem sei eine Frau, und das war Herrn Schweitzers sehr persönliche Ansicht, ein zu komplexes und kompliziertes Gefüge, als daß man sich alle Nas lang damit beschäftigen konnte, ohne den Blick fürs Wesentliche zu verlieren. Da wird man ja noch ganz kirre von, dachte Herr Schweizter noch, bevor er den Frühzecher betrat. Schon durch das als Karo in die Tür eingelassene Fenster konnte er erkennen, daß viel los war, was ihn ein wenig betrübte, wollte er doch ungestört mit René plaudern, jetzt wo er glaubte, seinen Hangover überwunden zu haben.

Die zwei Bullen Frederik Funkal und Odilo Sanchez hatten wie meist denselben Tisch in Türnähe okkupiert und gaben sich ordentlich die Kanne. Herr Schweitzer fragte sich, wie sie es bei diesem exzessiven Lebenswandel schafften, noch Energie und Zeit für ihre Bürgerpflichten zu erübrigen. Zum Glück waren sie derart in ein Gespräch vertieft – obwohl Gespräch der falsche Ausdruck war, Herr Schweitzer hatte schon oft genug an ihrem Tisch gesessen, dumme Sprüche kloppen kam dem schon näher –, daß sie ihn übersahen. Am Tresen erspähte er einen freien Hocker und steuerte zielstrebig darauf zu.

Der hinter der Theke herumhantierende René grüßte: „Na, Simon, wieder auf den Beinen? Maria hat gestern verlauten lassen, es hätte dich ganz schön erwischt. Sie wollte nicht mal mehr mit hierher kommen, du hättest mächtig Pflege nötig. Ein Bier?"

Na also, dann war ja alles wieder im Lot. Aber komisch war es doch, in der Fremde weiß Maria seinen kreuzgefährlichen Zustand auf den Punkt genau zu deuten, und daheim tut sie so, als sei alles nur eine Lapalie. Frauen.

„Nein, heute mal einen Sauergespritzten, bitte", antwortete Herr Schweitzer.

Ein Sauergespritzter ist gewissermaßen das Gegenteil eines Süßgespritzten, der zwar nicht sauer schmeckt, wie es der Ausdruck suggeriert, weil es sich um neutrales, unsaures Mineralwasser handelt, das dem Frankfurter Nationalgetränk Apfelwein beigemischt wird, aber der besseren Unterscheidung wegen so heißt, indes der Süßgespritzte seinen Namen tatsächlich zu recht trägt, da hier anstatt unsaures Mineralwasser süße, kohlensäurehaltige Zitronenlimonade zum Mixen verwendet wird, was schon fast einem Paradoxon gleichkommt, weil die gemeine Zitrone normalerweise von Natur aus als durchaus sauer zu bezeichnen ist, wobei sie, die Zitrone, ihre Grundausrichtung aber in dem Moment einbüßt, wo sie als Limonade daherkommt, da ihr dermaßen viel Zucker beigegeben worden ist, daß der Naturgeschmack nicht nur übertüncht, sondern ins zuckersüße Gegenteil verkehrt wird. Wer das alles nicht weiß, könnte durchaus zu dem Schluß kommen, und keiner würde es ihm besonders verübeln, daß es sich bei einem Sauergespritzten um einen Süßgespritzten und bei einem Süßgespritzten um einen Sauergespritzten handelt. Dann gibt es noch den Tiefgespritzten, aber das wäre jetzt zuviel auf einmal.

Außerdem versprach sich Herr Schweitzer Vorteile davon, Sauergespritzten beziehungsweise überhaupt Apfelwein zu trinken, schließlich wollte er hernach noch in den Schoppepetzer, und in einer Apfelweingaststätte trank er stets ausschließlich Apfelwein, das gehörte sich so. Obwohl man im letzten Jahrzehnt auch dort Verrat übend dazu übergegangen war, Bier anzubieten, wenn auch meist, alles hat seine Grenzen, nur aus unästhetischen Flaschen. In Sachsenhausen gab es mal Zeiten, noch gar nicht so lange her, da machte man sich mindestens der Revolution verdächtig, bestellte man in einer Apfelweingaststätte das Konkurrenzgebräu Bier. Doch Zeiten ändern sich nun mal, wie man an unserem mal dicken, mal dünnen, dann wieder dicken Außenminister gar allzuleicht ablesen kann, der unlängst anläßlich einer offiziellen Amerikareise anmerkte, dieses alberne Land zwischen Kanada und Mexiko, wo sich hirnlose, waffenstarrende Kleinstadtcowboys und Hillbillys gegenseitig die Lichter auspusten, sei eine vorbildliche Demokratie. Dabei sollte diesem Im-Trüben-

Fischer mal jemand darauf aufmerksam machen, daß eine Gesellschaftsform, in der jemand Chef werden kann, der weniger Wählerstimmen auf sich vereint als der Gegenkandidat, nicht Demokratie, sondern Diktatur heißt. Fängt ja beides mit D an, da kann eine Verwechslung im Eifer des Gefechts schon mal vorkommen. Glatt ist das Parkett der Diplomatie.

„Scheißkanaken, sollte man alle rausschmeißen", drang es an Herrn Schweitzers rechtes Ohr.

„Bitte?"

„Scheißkanaken, arbeiten alle nix und machen sich einen faulen Lenz."

O Gott, dachte Herr Schweitzer, scheint ja mein Glückstag zu werden. Diffus erinnerte er sich an Semmler, der ihm vor langer, langer Zeit mal erklärt hatte, er meide den Frühzecher, weil ihm dort eine Laberbacke ein ums andere Mal auf die Pelle gerückt war. Herr Schweitzer sah sich den Knilch genauer an. Speckige Klamotten, fettiges Haar, Schmerbauch und ein aufgedunsenes Gesicht, das auf Dauerrausch schließen ließ. Er hatte keinen Bock, sich von so jemandem zutexten zu lassen und ging ungewohnt hart in die Offensive: „Was machst du eigentlich, ich meine von wegen Arbeit und so?"

Die Laberbacke strauchelte: „Ich ... äh ... also, ich war Schlosser. Firma pleite."

„Arbeitslos also?"

„Ja, Scheißkanaken."

René brachte den Sauergespritzten. „Wohl bekomm's."

Herr Schweitzer nickte und widmete sich wieder seinem Kreuzzug gegen Doofheit. „Wegen dir zahle ich also so viele Steuern. Ich hab einen Freund, der sucht schon seit Monaten eine Aushilfe. Müßtest allerdings um ein Uhr früh anfangen. Ist nämlich eine Bäckerei. Soll ich dir mal seine Telefonnummer geben?"

Die Laberbacke schaute ihn an, als wäre sie gerade dazu aufgefordert worden, vom Goetheturm zu springen. „Hast du sie noch alle?"

„Eben. Auf Ausländer schimpfen und selbst schmarotzen, so Idioten hab ich gerne." Wie zufällig schmiß Herr Schweitzer Laberbackes Bierglas um. „Oh, das tut mir aber leid."

„Was soll der Scheiß? Willst du Ärger? Kannste haben."

Herr Schweitzer war von sich selbst überrascht. So kannte er sich gar nicht, dabei kannte er sich gut. Normalerweise war Friedenstaube sein zweiter Vorname. Doch galt es, auf dieser Schiene weiterzufahren, bevor Sand ins Getriebe kam. „Hör zu, so Pisser wie dich vernasch ich doch zum Frühstück." Zum besseren Verständnis seiner zu einem Friedenstäubchen wenig passenden Worte stand er auf. Groß war er ja. Und im Sportstudio angemeldet auch. Großzügig fügte er hinzu: „Besser, du gehst jetzt und läßt dich hier nie wieder blicken."

Unsicher blickte Laberbacke zu René, der alles mitbekommen hatte, doch dieser sagte seelenruhig, während er eine Limette für einen Caipirinha viertelte: „Du hörst, was der Onkel sagt, der hat nämlich einen schwarzen Gurt in Origami."

Schwer beeindruckt, verdattert und verängstigt, denn Angst ist des Stammtischparolenlabernden Markenzeichen, zahlte er wort- und verschwand grußlos.

„Seit wann schmeißt du eigentlich meine Stammgäste raus?" fragte René grinsend.

„Einer muß es ja tun. Ich muß dich sprechen."

„Earthquake", schrie René durch das Lokal, „übernimm mal kurz den Laden."

Herr Schweitzer schaute sich um. Noch nie zuvor war er in Renés Büro, das eine Etage höher lag, gewesen und, womit er so gar nicht gerechnet hatte, es sah in der Tat nach Büro aus. Ein Schreibtisch, ein Ikea-Regal voller Aktenordner, Neonbeleuchtung an der Decke und eine graue Schreibtischlampe, wie sie in hunderttausenden deutscher Schreibstuben steht. „Sieht aus wie ein Büro", konstatierte Herr Schweitzer.

„Na sowas aber auch. Sollte ursprünglich ein Bordell werden. Hab mich wohl im Mobiliar vergriffen."

„Nein, so hab ich's nicht gemeint."

„Du denkst wohl, so ein Alt-Rocker wie ich hält nichts von Buchführung."

„So ähnlich. Paßt irgendwie nicht zu dir."

Eigentlich legte Herr Schweitzer Wert darauf, nicht in Klischees zu denken, doch war er hier voll in die Falle getappt. Es war ihm ein bißchen peinlich. Allerdings mußte man ihm zugute halten, daß er René nicht gut kannte. Freunde waren sie nie gewesen, das Verhältnis war eben so, wie es sich zwischen Wirt und Gast landläufig gehört. Ohne den einen ist der andere aufgeschmissen, auch wenn die Mafiasache dazu beitrug, das Verhältnis neu zu definieren.

„Du wolltest mich sprechen."

Herr Schweitzer suchte nach einem adäquaten Einstieg, so leicht, wie er es sich vorgestellt hatte, war es dann doch nicht. „Ja, nun."

Längere Pause, in der Herr Schweitzer die Aktenrücken studierte.

Als er endlich die richtigen Worte gefunden hatte, sprudelte es förmlich aus ihm heraus. Daß Maria erklärt hatte, er, René, sei der Ansicht, es sei besser, Informationen zurückzuhalten, weil man die restliche Welt, da gehörte er, Herr Schweitzer, ja wohl dazu, nicht unnötig belasten wolle. Das sei völliger Humbug, er sei durchaus belastbar. Bloß weil er die letzte Zeit, die ja wirklich nur sehr kurz war, ein wenig geschwächelt habe, heißt das noch lange nicht, er habe vor, sich weiterhin auf früher erworbenen Lorbeeren auszuruhen, das passe überhaupt nicht zu seinem Persönlichkeitsprofil, vielmehr sei gerade er, Herr Schweitzer, einer, der die Dinge vorantreibe, der, wenn nicht anders machbar, um den Frieden zu wollen, den Krieg, den unvermeidlichen, vorbereiten helfe – si vis pacem, para ballum, sozusagen –, da könne sich René getrost umhören in Sachsenhausen, ihm eile ein ausgezeichneter Ruf voraus, und den wolle er keinenfalls ruiniert wissen. Außerdem sei ihm vollkommen klar, daß das mit der Mafia kein läppischer Kegelausflug werde, dazu sind die Sizilianer gar nicht in der Lage, vom Kegeln haben die nämlich keinen blassen Schimmer, vielmehr seien die ganz schön gefährlich, andererseits kochen die auch nur mit Wasser, zumal man die Wahl treffen müssen zwischen Geschichte leben oder Geschichten erzählen, das sei von Satre, nur mal so, und der müsse es ja wissen, schließlich war Jean-Paulchen eine allgemein anerkannte Kapazität auf diesem Gebiet. Was er damit sagen wolle, sei, hier werde jeder Mann gebraucht, und auch Frau – er dachte an Bertha und auch an Maria –, damit alle gemeinsam und an einem Strang ziehend nicht vor einer leeren Zukunft stünden, die dann vielleicht so aussehe, daß entweder die Schoppenpreise des Mafiatributs wegen in fatale, astronomische Höhen schossen oder verrammelte, weil pekuniär ruinierte Lokale den bislang doch recht positiven Gesamteindruck Sachsenhausens aufs Nachhaltigste trübten. Nein, nein und nochmals nein, soweit wolle er, Herr Schweitzer es nicht kommen lassen und, wie René auch bestimmt wisse, sei die Detektiverei seine hauseigene Domäne, die ließe sich doch sicherlich einbringen in die lokale Solidarität zur Befreiung des Stadtteils von parasitärem Ungeziefer, da helfe nur Insektenspray wie Agent orange, aber hallo. Und Waffen und die Hells Angels und all sowas halt. Nur mit gebündelten Kräften käme man voran. Man müsse nur hart genug durchgreifen, dann werde das schon wieder werden mit der Idylle Sachsenhausens. Er, Herr Schweitzer, habe mittlerweile die Hängt-sie-höher-Mentalität dermaßen verinnerlicht, daß er bereit sei, Renés Methoden, was auch immer diese beinhalten, in vollem Umfang mitzutragen. Und nicht zu vergessen das Hühnchen, das er mit dieser Drecksbagage noch persönlich zu rupfen habe. Er könne so eine Schmach, wie er sie neulich erlitten habe, gut, da war ihm ein kleiner Lapsus unterlaufen, Schwamm drüber, nicht auf sich sitzen lassen. So.

Nach so viel Gerede mußte sich Herr Schweitzer, der seine Ausführungen im Stehen an den Mann gebracht hatte, und weil er mit seinen erlahmenden Kräften noch längst nicht wieder der alte Hasardeur von einst war, ein bißchen fehlte halt noch, erstmal auf den freien Bürostuhl setzen, auf dem anderen saß René.

Nun war es am Frühzecher-Wirt, wohlfeile Worte zu finden. Auch das dauerte eine Zeitlang, in der René mit den Händen ein Dreieck formte, wobei er mit den Zeigefingern im Takt der unter ihnen dröhnenden Rockmusik, No return to fantasy von Uriah Heep, seine Nase stupste und Herrn Schweitzer eindringlich von oben bis unten musterte. Gewissenhaft prüfte er das Für und Wider des von seinem Gast Geforderten. Dann aber: „Okay, Simon. Dir ist hoffentlich klar, daß es um meine Existenz geht, nicht um deine. Und um die einiger anderer Wirte auch."

Herr Schweitzer nickte beflissen und strich sich eine von einem Altersgrau durchwobene, widerspenstige Strähne aus der Stirn.

„Was ich meine, ist, es ist ganz und gar mein Risiko, meine Verantwortung mir und meinen Angestellten gegenüber und damit letztlich, das kann mir keiner abnehmen, auch mein Ding, Feldzug, Krieg, nenn es, wie du willst. Es ist auch nicht damit getan, irgendwo, sagen wir am Oberforsthaus oder an den Mainbrücken Schilder aufzustellen wie etwa: Fremder, wenn dir dein Leben lieb ist, reite weiter. Konsequent zu Ende gedacht, und jetzt kommt's, heißt das, wir schrecken auch nicht davor zurück, den ein oder anderen Mafiosi umständehalber in die Ewigen Jagdgründe zu schicken."

Herr Schweitzer schluckte schwer. Zwar entsprach es so ungefähr dem, was er erwartet hatte, der Überraschungseffekt war quasi nicht existent, doch hatten Renés Worte etwas, das den Gedanken, mögen sie auch noch so plastisch vor Augen geführt werden, nicht in dieser Drastik innewohnte. Betont leger, fast schon lasziv erwiderte er: „Claro Hombre, die Mafia mit den eigenen Waffen schlagen." Herr Schweitzer fuhr sich mit der Hand über die Kehle, als kenne er nichts anderes, als sei dies seit seiner Geburt sein täglich Handwerk. „Genialer Plan, könnte von mir sein."

René lächelte. „Gut, aber Rückzieher machen gilt nicht."

Herrn Schweitzers Kopf sauste hoch und runter als begleite er einen durchgeknallten Techno-DJ auf Acid.

„Damit hätten wir das ja geklärt." René stand auf und klopfte Herrn Schweitzer mit den Händen auf die Schulter. „Willkommen im Klub. Und noch was. Ich habe nicht vor, auf breiter Front gegen die Mafia mobilzumachen, da hätten wir keine Chance, realistisch gesehen. Aber wir haben einen Trumpf in der Hand, der, clever ausgespielt, recht vielversprechend klingt."

„Oh." Herr Schweitzer blickte auf seine Ärmel, ob er da wohl versteckt sei, der Trumpf.

„Ganz einfach, wir haben es hier in Sachsenhausen mit zwei Mafiabanden zu tun, was auf den ersten Blick nach doppelter Belastung aussieht, muß aber nicht so sein. Ich denke, wenn wir es irgendwie schaffen, sie gegeneinander auszuspielen, brauchen wir uns die Hände gar nicht so dreckig zu machen, wie es den Anschein hat. Wir spielen bloß das Streichholz, das ins Dynamitfaß fällt. Was denkst du, alter Stratege?"

Herr Schweitzer war über alle Maßen beeindruckt, so sehr, daß ihm ganz schön die Spucke wegblieb. „Ähem ... raffiniert ... ganz schön, sogar ... hast du zufällig schon eine Idee ..., was das Streichholz ... äh ... allegorisch betrachtet, natürlich ... sein könnte?"

„Leider nein. Bin schon die ganze Zeit am Grübeln. Einen Ansatz gibt's, aber ..."

„Welchen?" Herr Schweitzer war neugierig, als bekäme er gleich frei Haus die Rezeptur für ewiges Leben geliefert.

„Bertha."

„Bertha? Versteh ich nicht."

„Bertha ist die einzige außer mir in ganz Sachsenhausen, bei der inzwischen beide Mafiagruppierungen vorstellig geworden sind. Dort müssen wir den Hebel ansetzen."

„Klingt logisch, Russen und Italiener bilden zusammen das Pulverfaß. Aber weiter bist du noch nicht?"

„Nein, sagte ich bereits. Aber es gibt noch etwas, was du unbedingt wissen solltest."

„Was?"

„Wir haben einen Gefangenen."

„Gefangenen?" Hörte sich bereits verdammt nach Krieg an. „Wen?"

„Den Penner, den du k.o. geschlagen hast."

Herr Schweitzer hatte niemanden k.o. geschlagen, aber das waren Subtilitäten, die in der militarisierten Zone Sachsenhausen nichts zu suchen hatten. „Echt?"

„Wenn ich's dir sage."

„Was willst du mit dem, der ist doch nur ein armes Würstchen."

„Aber vielleicht kann uns das arme Würstchen weiterhelfen. Morgen bekomme ich Nachrichten aus Rußland. Möglicherweise ist das arme Würstchen ja erpreßbar. Soll vorkommen, sowas."

„Nachrichten aus Rußland? Wie das?"

„Freunde der Hells Angels aus Petersburg. Die sind noch nicht so verweichlicht wie unsereiner. Bei uns mischt sogar ein Oberkommissar mit, wenn das mal nicht verweichlicht ist, dann weiß ich nicht. Zum Glück ist das nur der legale Teil der Hells. Es gibt noch ein paar Jungs, die sind anders drauf."

„Claro, versteh ich, nicht so zimperlich, härter also, claro." Herrn Schweitzers Worte strotzten nicht unbedingt vor Zitatwürdigkeit. Kein Wunder, war es doch alles ein bißchen viel auf einmal.

Klopf, klopf, klopf. Herr Schweitzer fuhr zusammen. Die Mafia. Haben irgendwie seinen Aufenthaltsort spitzgekriegt. In wenigen Sekunden würden sie die Tür durchsieben und ihn gleich mit. Da blieb es nicht aus, daß er vorsichtshalber ein Stoßgebet gen Neonleuchte sandte, weiter kam Herr Schweitzer nicht – die Zimmerdecke störte.

Offenbar teilte René seine Befürchtungen nicht: „Herein."

Earthquake-Werner stand im Türrahmen, mit der Sonnenbrille gab er einen veritablen Mafia-Widerpart. „René, sieht so aus als wären jetzt die anderen da."

„Hä?"

„Na, du weißt schon ...” In Gegenwart Herrn Schweitzers wollte er die Katze nicht aus dem Sack lassen. „Die anderen halt.”

„Kannst ruhig deutlicher werden, Simon ist jetzt einer von uns.”

Herrn Schweitzers Brust wölbte sich über dem Bauch als wolle er ausdrücken, man könne bedingungslos auf ihn bauen und er sei bereit, mit jedermann, komme, wer da wolle, zur Not auch mit d'Artagnan, die Klingen zu kreuzen.

„Ach so, na dann.” Earthquake-Werner mußte sich mit dieser Wendung erstmal anfreunden. „Ich glaube, es gibt Ärger. Die Itaker sind da.”

Abrupt stand René auf, so daß das ergonomisch gestylte Sitzmöbel gegen den Schreibtisch krachte. „Okay Simon, dann zeig mal, was du drauf hast. Wir schmeißen die jetzt raus.”

Herr Schweitzer wollte einwenden, daß er vor kurzem erst einen rausgeschmissen habe, die Laberbacke nämlich, aber er wußte nur zu gut, René würde das nicht gelten lassen. Auf der Rausschmißskala brachte so ein Winzling von Laberbacke bestimmt nur eine erbärmliche Punktzahl, wohingegen ein fulminanter Mafiarausschmiß Höchstzahl erreichte. Außerdem vermißte Herr Schweitzer so ein bißchen die Einarbeitungszeit. Es gab aber keine Stelle, wo er sich diesbezüglich hätte beschweren können, von einer Gewerkschaft Vereinigter Mafiaeliminierer hatte er jedenfalls noch nie gehört, doch selbst wenn, um diese Uhrzeit hätte die mit Sicherheit schon Feierabend. Gewerkschaftler eben, arbeiten auch nicht länger als nötig.

Hier wurde er von René unterbrochen, dem Herrn Schweitzers gedankliche Ausführungen zu weitschweifig wurden. „Auf was wartest du noch?”

„Och, ich komm ja schon.” Herr Schweitzer zog seinen Gürtel zurecht, überprüfte die imaginären Pistolen im Halfter auf Anwesenheit, schob seinen schwarzen, mit einem dekorativen Nietenband versehenen Hut in die furchtlose Stirn und folgte den beiden finsteren Blickes. So schnell kann das gehen, dachte er, und das bloß, weil er seiner festgefügten Welt ein wenig bei den Aufräumungsarbeiten helfen wollte.

Mit zitternden Knien schritt er die Treppe hinab. René und Earthquake-Werner wirkten irgendwie fester in ihrem Vorsatz. Wo nehmen die nur den Glauben an sich her? Noch immer lief

Uriah Heep, welcher Song wußte Herr Schweitzer nicht. Die Musik wurde lauter. Naß waren seine Hände. Wenn er da mal nicht beim Pistolenziehen ausrutschte. Die Konturen seiner unmittelbaren Umgebung waren weichgezeichnet. René öffnete die Tür zur Gaststube. Nikotinnebel drang ihnen entgegen. Oder waren es bereits die Pulverschwaden leergeschossener Winchester? Das Stakkato von Earthquake-Werners Cowboystiefeln lieferte die Begleitmusik zu Herrn Schweitzers letztem Gang. Vielleicht bekomme ich ja noch eine letzte Zigarette, dachte er, der Nichtraucher. Wenn ich hier lebend rauskomme, gönne ich mir später einen Großjoint, daß die Heide wackelt. Doch vorerst wakkelten nur die Knie.

Hinter dem Tresen stand eine bildhübsche Frau, die er noch nie gesehen hatte. Das war bestimmt der Engel, der seine Seele in Bälde harfezupfend und mit lieblichem Gesang ins Himmelreich geleitete. Wenigstens ein stilvoller Abgang, resümierte er seine Existenz und war mittlerweile davon überzeugt, die Patronen vergessen zu haben oder sich in den Fuß zu schießen.

„Tatjana, geh mal bitte in die Küche, ich mach das hier schon", sagte René.

Doch kein Engel, dachte Herr Schweitzer enttäuscht und musterte die Braut nun eingehender. Mit einem Engel hätte er das nicht getan, die würde er ja bald en masse um sich haben.

Die unwillkommenen Gäste, die rauszuwerfen man sich anschickte, standen dicht gedrängt am Geldspielautomaten. Wieder waren sie zu viert. Herr Schweitzer erkannte sie, es waren dieselben wie im Weinfaß, jene, die zu blöd zum Rechnen waren. Warum kreuzen die eigentlich immer zu viert auf, überlegte er, war die Vier in Unterweltkreisen etwa eine mystische Zahl gleich der Sieben in so vielen Mythologien? Vorsichtshalber wollte Herr Schweitzer noch ein letztes Mal den Sitz seiner Schießeisen überprüfen, nicht daß er versehentlich das Portemonnaie zückte oder so, aber da war kein Halfter, wie er zu seinem Entsetzen feststellte. Natürlich nicht, wo sollte das auch herkommen, er befand sich schließlich nicht im Wilden Westen, geographisch betrachtet, denn Sachsenhausen bildete zusammen mit ein paar wenigen untergeordneten Stadtteilen den Süden Frankfurts, lag also südlich des Mains. Soweit wäre das nun geklärt, dachte Herr Schweitzer, indes René und Earthquake-Werner sich auf den menschlichen Abschaum zubewegten. Aus den Augenwinkeln nahm er die beiden Bullen wahr, die sich wieder einmal über irgendwas schieflachten, und hatte eine Idee. Eine blitzgescheite sogar, wie er nicht umhin kam, sich einzugestehen. Denn würde er jetzt den anderen beiden Kollegen folgen, denn Kollegen waren sie nach seiner Initiation nun ja, wären sie drei gegen vier, also rein mathematisch betrachtet in der Unterzahl, und dabei hatte sich Herr Schweitzer schon als vollwertige Portion gerechnet, was aber nach allen bekannten Maßstäben eine himmelschreiende Übertreibung darstellte, selbst wenn er eine Pistole hätte, wäre darauf noch keine einzige Kerbe geritzt, mit der man hätte glänzen oder Eindruck schinden können. Bei kleinen Kindern auf dem Spielplatz vielleicht, obwohl, in der heutigen Zeit ... Diesem Umstand Rechnung tragend änderte er blitzartig die Richtung auf die beiden Polizisten zu.

„Hallo Simon, wie geht's, altes Haus, setz dich, magst du einen ausgeben?" begrüßte ihn Frederik Funkal, der Wortführer der beiden.

Doch Herr Schweitzer hatte anderes im Sinn. „Hört zu, Jungs. René wird gleich die vier Typen dort hinten rauswerfen." Er deutete zum Geldspielautomaten. „Es ist jetzt nicht die Zeit für lange Erklärungen. Ich brauche eure Hilfe. Ihr braucht bloß mitkommen und ein grimmiges Gesicht auflegen. Euer Deckel von heute abend geht auf mich."

Wie eineiige Zwillinge, deren Verhaltensmuster seit ihrer Geburt identisch ist, senkten sich ihr Blicke auf den mit allerhand Strichen übersäten Bierdeckel. Keine drei Sekunden später folgten sie Herrn Schweitzer.

Als sie ankamen, hört er René sagen, während er mit Funkal und Sanchez den Kreis um das Lumpenpack komplettierte: „Und jetzt trinkt ihr brav aus und verschwindet von hier. Für euch ist hier kein Platz. Ich zahl bereits Schutzgeld an die Russen. Und mit denen wollt ihr euch doch nicht anlegen, hab ich recht?"

Schlaues Kerlchen, dieser René, dachte Herr Schweitzer. Earthquake-Werner kaute Kaugummi ohne Kaugummi, Renés Beine waren maskulin gespreizt, als erwarte er ein Erdbeben der Stärke Neun, Funkal und Sanchez spielten betont lässig mit ihren Polizeiausweisen. Herr Schweitzer beschränkte sich vorerst darauf, Herr Schweitzer zu sein. Er mußte sich erst mit den Riten der Unterwelt vertraut machen, aber dafür hatte er, wie eingangs erwähnt, noch keine Zeit gefunden. Versuchsweise verschränkte er die Arme vor der Brust und verzog die Augen zu Schlitzen wie er es von Gangsterfilmen her kannte. Gut, daß kein Spiegel in der Nähe ist, dachte er, sonst müßte ich trotz der brandgefährlichen Lage losprusten.

Die vier stark pomadisierten Ganoven – sie waren der Meinung, mit Pomade erreiche man bei Frauen was – warfen einander Blicke zu, wobei leicht auszumachen war, wer das Sagen hatte. Es war der mit dem lila Tüchlein in der oberen Jackett-tasche. Das wirkte ein bißchen schwul.

René hatte dies auch sofort erkannt – nicht das mit dem schwul, sondern das mit der Chefposition – und näherte sich ihm mit einem Schritt, so daß kaum noch Abstand zwischen ihren Nasenspitzen bestand. „Hör zu, du Pisser. Ihr habt genau dreißig Sekunden, dann seid Ihr hier draußen, anderfalls machen meine Gorillas hier Hackfleisch aus euch."

Äußerlich wich Herr Schweitzer keinen Millimeter von seiner bedrohlichen Haltung ab, innerlich stand sein Nervensystem kurz vorm Kollaps.

Wie durch ein Wunder straffte das Quartett seine Jacketts, eine Geste, die baldige Wiederkehr mit Verstärkung signalisierte, und verließ das Lokal mit einer Würde, die nur Profis an den Tag legen konnten, und die Herrn Schweitzer gleichzeitig nachhaltig imponierte und Furcht einflößte.

Auch wenn die Akte der ihn in den Himmel geleitenden Engel fürs erste geschlossen war, sie konnte jederzeit wieder aufgeschlagen werden. Aber bis dahin wäre er ja dank Sportstudio und bewußter Ernährung ein muskelbepackter, furchtloser Heroe ersten Ranges, vor dem man automatisch seinen Hut zog und Entschuldigungen nuschelnd heim zu Mami floh. Doch anstatt den Kantersieg gebührend zu feiern, hatte René Barbara erblickt, die gerade zur Tür hereinkam, und stob auf und davon.

„Vergiß den Deckel nicht", bekam Herr Schweitzer von Frederik Funkal zu hören. „Lust, mit uns noch einen zu bechern, wo das mit dem Bezahlen soweit geklärt ist?"

Herr Schweitzer, wie in Trance: „Logo."

Earthquake-Werner ging wieder hinter den Tresen, als wäre soeben die alltäglichste Sache der Welt abgelaufen. Tatjana tauchte aus der Küche auf und René becircte die schwarzhaarige Barbara, die mit ihrem aufreizenden Minirock aus Jeansstoff eine geballte Ladung Erotik in alle Himmelsrichtungen versprühte.

„Ganz schön abgebrüht, die Jungs", murmelte Herr Schweitzer vor sich hin.

„Wer waren eigentlich diese Typen?" wollte Odilo Sanchez wissen.

„Ach die ... Nur so ein paar durchgeknallte Killer von der Cosa Nostra, die bei René Schutzgeld eintreiben wollten."

„Ach so", kam es gleichgültig von Frederik Funkal.

Und Sanchez ergänzte: „Find ich gut, daß ihr das unter euch klärt, uns Bullen sind da sowieso die Hände gebunden."

„Wieso?" fragte Herr Schweitzer und wunderte sich gar arg, warum alle Welt außer ihm einen nahezu spielerischen Umgang auf dem Mafiasektor pflegte.

„Weil wir ans Ge-setz ge-bun-den sind, du Dorf-trot-tel", erklärte der Polizist Funkal dem naiven Kind Schweitzer eloquent die große weite Welt.

„Du kannst dich doch bestimmt noch ans Seppche in Oberrad erinnern?" fragte Sanchez.

„Zum Seppche, du meinst die Kneipe?"

„Exakt."

„Die, die letztes Jahr ausgebrannt ist?"

„Ausgebrannt ist gut, abgefackelt besser", brachte Funkal Licht ins Dunkel.

Herrn Schweitzer schwirrte langsam der Kopf. „Ihr meint ..."

Sanchez: „Nein, wir wissen."

Funkal: „Daß Seppche zu zahlen sich geweigert hat und die Bullen rief. Uns also."

Herr Schweitzer: „Oh."

Sanchez: „Na klar, oh. Unsereiner braucht Beweise, stichhaltige Beweise, und selbst dann, machen wir einen von denen heute dingfest, stehen morgen schon zwei andere auf der Matte."

Funkal: „So sieht's nämlich aus. Von deren Anwälten mal ganz zu schweigen, Briefköpfe, sag ich dir, so lang wie die Bibel."

Sanchez: „Also, was lernen wir daraus? Mafiaangelegenheiten immer schön selbst erledigen. Ruhig mal die Fünf gerade sein lassen."

Funkal: „Falls du ne Knarre brauchst ..."

Herrn Schweitzers Birne war vom vielen Kopfdrehen schon ganz schön malad. „Hä?"

Sanchez: „Eine Knarre, Amigo, eine Knarre. Das ist so ein Ding, das macht Bäng, und wenn du prima gezielt hast, hat der andere so ein Mal auf der Stirn wie bei den Inderinnen, hast du bestimmt schon gesehen. Meist sickert dann auch noch Blut aus dem Mal und der, den du erwischt hast, ist viel zu tot, um mit seiner Knarre auch Bäng machen zu können."

Funkal: „Natürlich nur, wenn der auch eine Knarre hatte. Aber du kannst getrost davon ausgehen, daß die Jungs, die wir gerade rausgeschmissen haben, welche mit sich führen. Hast du die ausgebeulten Jacketts gesehen? 45er aufwärts, wenn du mich fragst."

Sanchez: „Wenn du unsere ganz persönliche Meinung hören willst, die inoffizielle natürlich ..."

Herr Schweitzer: „Ja."

Funkal: „Das mit dem Bäng ist die einzige Sprache, die die Casablanca versteht."

Herr Schweitzer: „Cosa Nostra."

Funkal: „Sag ich doch. Willst du nun eine Knarre, oder nicht?"

Herr Schweitzer: „Ich?"

„Ja, rede ich denn hier gegen eine Wand? Du bist doch sonst nicht so auf den Kopf gefallen", wurde Funkal nun schon etwas drastischer.

„Ich war gestern krank."

Sanchez: „Ach so, sag's doch gleich. Was trinkst du? Ich geh mal holen. Das letzte Mal, daß hier eine Bedienung vorbeikam, muß so um den Bauernaufstand herum gewesen sein."

„Sauergespritzten."

Funkal: „Geht doch, du bist ja noch zu klaren Aussagen fähig."

Herr Schweitzer überlegte, ob es eine gute Idee war, noch was zu bestellen, er fühlte sich plötzlich zentnerschwer und todmüde. Aber noch war die Knarrenfrage nicht geklärt.

Als hätte Frederik seine Gedanken erraten: „Wie sieht's nun aus? Wir haben immer ein paar in Reserve."

„Wieso das denn?"

Funkal verdrehte die Augen. „Meine Güte, hin und wieder braucht man sowas halt im Großstadtdschungel."

Sanchez kam mit einem Tablett zurück. Darauf standen außer zwei Bier und dem Sauergespritzen eine randvolle Flasche Cognac. „Wir haben morgen dienstfrei", erklärte er, als sei dies ein triftiger Grund für ein Gelage außer der Reihe.

Herr Schweitzer überschlug sein Bargeld. Mit negativem Erfolg. Das heißt, überschlagen hatte er es schon, allein, es reichte nicht, der Cognac sprengte sein Budget. Muß ich halt anschreiben lassen, doch war dies das geringfügigste aller Probleme.

Sanchez, der den vorangegangenen Dialog verpaßt hatte: „Und? Will er nun eine Knarre?"

„Simon überlegt noch. Die Krankheitsgeschichte, ist ein wenig außer Form, der Knabe."

Herr Schweitzer schien es, als hafte ihm hartnäckig der Ruf eines Weicheis oder Schattenparkers an. Mit Rufen kannte er sich aus. Speziell im Sachsenhäuser Mikrokosmos war es nachgerade fahrlässig, sich einem im Anfangsstadium befindlichen, sich selbst betreffenden, ins Negative tendierenden Ruf nicht mit aller Gewalt und umgehend entgegenzustemmen. Da gab es zum Beispiel vor nicht allzu langer Zeit mal das Gerücht, ein allseits bekannter, verheirateter Damenübergrößenhändler sei in Begleitung einer jungen Dame zu mitternächtlicher Stunde aus einem Bumslokal in Hibbdebach – hüben des Baches Main – getorkelt. Fatalerweise, abgesehen davon, daß sowieso eine Verwechslung vorlag, fuhr er anderntags für ein paar Tage zur Damenübergrößenmesse nach Köln. Diese Tatsache im Verbund mit der durchaus logischen Abwesenheit in seiner Stammkneipe war keine achtundvierzig Stunden später zu der von vielen Seiten bestätigten Theorie kulminiert, er habe heimlich sein Geschäft veräußert, um mit einer Prostituierten nach Brasilien zu den salsaärschigen Bikinis zu türmen. Wie man sich vielleicht denken kann, hatte der stets treue Damenübergrößenhändler bei seiner Rückkehr aus Köln allerhand Überzeugungsarbeit zu leisten, denn es wäre katastrophal fürs Geschäft gewesen, alles unwidersprochen so stehen zu lassen, zumal der Damenübergrößenhandel seit geraumer Zeit dank entsprechender Ernährung geradezu florierte.

So kam es, daß Herr Schweitzer prophylaktisch seinen bereits im Entstehungsstadium befindlichen Weicheiruf korrigierte. „Nee, Jungs, laßt mal." Und noch eine Nuance cooler: „Hab schon eine Knarre."

Was Herr Schweitzer nicht wußte, beziehungsweise im großen Tohuwabohu der letzten Stunden schlichtweg vergessen hatte, war, daß er die Wahrheit gesprochen hatte. In Marias Nachtschränkchen, besser gesagt, in Herrn Schweitzers Nachtschränkchen von Marias Doppelbett lag noch immer die Browning, die er bei seiner Flucht dem russischen Weichei abgenommen hatte. Das war jetzt aber schon verdammt lang her.

Eine halbe Stunde später nahm Herr Schweitzer die Dinge, wie sie kamen, in diesem Fall einen Cognac, auch wenn er damit von seinem Vorsatz, nicht durcheinander und schon gar nichts Hochprozentiges zu trinken, abwich. Der Polizist hatte großzügig eingeschenkt. „Auf unseren Sachsenhäuser Rambo."

Herrn Schweitzers Widerstandskraft war am Sinken: „Genau."

Als er eine weitere halbe Stunde später die nimmermüden Trinker Funkal und Sanchez verließ, denen Maßhalten nicht gegeben war, obwohl, ein Maß konnten sie schon noch halten, sofern es mit Bier und ästhetisch gelungener Schaumkrone gefüllt war, er bei René einen Deckel gemacht hatte und auf der Straße stand, fegte ein Sturm übers Land, daß einem Hören und Sehen verging. Schnell wie eine Wanderdüne kämpfte sich Herr Schweitzer gegen den Wind voran. Seltsamerweise regnete es nicht. Auf einer Bank beim Alten Friedhof zwischen Schiffer- und Gutzkowstraße ruhte er sich kurz aus. Als sein Atem sich wieder beruhigt hatte und er glaubte, den Weg fortsetzen zu können, plumpste aus heiterem Himmel ein grotesk übergewichtiger weiblicher Torso neben ihn auf die Bank. Es war in der Dunkelheit nicht leicht, in dem Medizinball auf dem Hals Gesichtszüge zu erkennen. Aber es war auch überflüssig, denn alsbald schlug eine kräftige Hand auf seinen Rücken ein, so daß er nach vorne gesegelt wäre, käme aus dieser Richtung nicht der Orkan, der ihn gegen die Lehne drückte. Dank dieser zwei entgegengesetzt wirkenden Naturkräfte blieb Herr Schweitzer, wo er war.

„Ha. Simon, du alte Drecksau, was geht ab?" Es war die dicke Gertrud, seine alte Klassenkameradin, der aus dem Weg zu gehen eines seiner vielen Zeitvertreibe war. Herr Schweitzer war schon absichtlich nicht an der Bushaltestelle am Lokalbahnhof vorbeigelaufen, weil diese quasi ihr Hauptquartier darstellte. Er ahnte, was nun kommen würde, und zückte schon mal sein Portemonnaie. Doch da war Ebbe, hatte er doch gewissermaßen sein letztes Hemd bei René gelassen. „Oh, Mist."

Die dicke Gertud kreischte gegen das Tosen: „Was ist Mist?"

„Guck. Hier. Mein Portemonnaie. Leer. Ich bin pleite."

Nun folgten zwei Dinge, mit denen Herr Schweitzer nicht

wirklich gerechnet hatte. Das erste war ein zweiter mit Bärenkräften ausgeführter Hieb auf seinen Rücken, der außer den unglaublichen Schmerzen bewirkte, daß er nach vorne kippte, weil der Regulator Gegenwind kurz nachgelassen hatte. Gerade noch konnte er verhindern, auf dem Hosenboden zu landen.

„Aber Simonchen, das macht doch nix, kommt in den besten Familien vor." Es folgte ein krächzendes Lachen, das an einen entgleisenden Güterzug erinnerte.

Herr Schweitzer war noch am Überlegen, was genau jetzt nix machte, als die zweite faustdicke Überraschung folgte. Die dicke Gertrud kramte aus ihrer speckigen Trainingshose, die selbst für besagten Damenübergrößenhändler ein paar Nummern zu groß gewesen wäre, eine Handvoll Centmünzen und überreichte sie ihm nonchalant. „Hier, nimm, damit du morgen was zu saufen hast. Ich selbst bin noch gut versorgt." Sie deutete auf ihre Aldi-Plastiktüte. „Magst einen Schluck?" Ohne eine Antwort abzuwarten, holte die dicke Gertud eine 2-Liter-Bombe Lambrusco hervor und schraubte sie auf.

Herr Schweitzer wollte schon erwidern, keinen Durst mehr zu haben, als ihm gewahr wurde, dies ziehe womöglich einen weiteren Schlag nach sich, der ihm mit Sicherheit das Rückgrat bräche. Soweit wollte er es nicht kommen lassen, sein Rückgrat war ihm heilig. „Gerne."

Eine nicht gerade niedrige Hemmschwelle überwindend tat er einen kräftigen Schluck von dem abscheulichen Gesöff – „Hmm, lecker" – mit der Gewißheit, einmal mehr den mühseligen Weg des Lebens zu durchlaufen, obwohl das hellenische wie auch das simonschweitzerische Ideal eigentlich auf Müßiggang ausgerichtet waren. Mittelbar stand diesem Ideal aber die Mafia, unmittelbar die dicke Gertrud entgegen. Wird Zeit, eine Selbsthilfegruppe zu gründen, dachte Herr Schweitzer, indes der billige Fusel in seiner Kehle brannte.

Eine weitere Ungereimtheit folgte, als die extrakorpulente Gertrud plötzlich mit den Worten aufstand: „Schade, daß wir nicht noch ein bißchen über die guten alten Zeiten plaudern können, aber ich muß morgen früh raus."

Wozu, fragte sich Herr Schweitzer, war doch die dicke Gertrud noch nie in ihrem Leben einer geregelten Arbeit nachgegangen. Natürlich hätte er danach fragen können, doch hätte eine solche Unbedachtheit die Geschichte unnötig in die Länge gezogen. „Na dann, nett dich mal wieder getroffen zu haben."

Die riesige Schattenwand entschwand in die Finsternis. Genesungstechnisch wäre es nun vorteilhafter gewesen, Herr Schweitzer wäre direkt nach Hause gegangen. Da er nun jedoch Vollmitglied des Sachsenhäuser Verteidigungsbündnisses wider die mafiöse Schreckensherrschaft war, stand er in der Pflicht. Allein schon der Ehrenkodex sich selbst gegenüber gebot ihm eine Fortführung seiner Mission. Wie auch immer geartete Ängste unterdrückte er, dies waren lediglich Fantasien Nichterleuchteter. Und für eine große Leuchte hielt er sich kraft der durcheinandergetrunkenen Alkoholika. Also erhob er sich. Er würde den direkten Weg über die Textorstraße einschlagen, der hauseigene Wetterbericht kündigte ihm dort Rückenwind an.

Im Schoppepetzer wurde er von einer angenehmen Wärme empfangen. Es war bei weitem nicht so voll wie im Frühzecher, so daß er Karin und Weizenwetter sogleich an einem Tisch in der hintersten Ecke erkannte. Sie hielten Händchen. Weizenwetter hatte eine Flasche Sprudel vor sich stehen. Ersteres lag in Anbetracht der Verschlungenheit menschlicher Wege im Bereich des Denkbaren, zweiteres war ein absurder Anblick. Weizenwetter hatte noch nie, von der Muttermilch mal abgesehen, aber auch da war sich Herr Schweitzer nicht hundert Prozent sicher, Antialkoholisches zu sich genommen. Er hegte sogar den Verdacht, Weizenwetter nehme heimlich Vitamintabletten und andere Aufbaupräparate, anders war nach bis dato bekannten medizinischen Erkenntnissen solch ein Lebenswandel gar nicht möglich. Aber man hört ja allenthalben von medizinischen Wundern, man denke da nur an die ewigjunge Cher und den Leistungssportler Ullrich, der mopsgesichtig und ganz ehrlich dopingfrei Jahr für Jahr für Jahr topfit die Strapazen der Tour de France mit Bravour meisterte.

Aber Herr Schweitzer war ja nicht wegen der Turteltäubchen Karin und Weizenwetter hier, auch wenn man mit dieser Neuigkeit seinen Platz auf dem Sachsenhäuser Klatschsektor festigen konnte. Schnurstracks ging Herr Schweitzer an die Theke, hinter der Semmler gerade an einem Faulenzer – Bembelhalter – hantierte. „Hallo, Buddha, wie läuft's?"

Betrübt antwortete Semmler: „Günther hat sich gestern Urlaub genommen. Ich muß den Laden alleine schmeißen, Bestellungen aufgeben, Abrechnung undsoweiter."

„Die Mafia?"
„Die Mafia."
Das Gute bei Leuten, die man schon ewig kennt, ist, man braucht nicht großartig Worte zu verlieren, um einander zu verstehen. „Wann?"
„Gestern Mittag, waren bei Günther zu Hause."
„Zu Hause?"
„Yap."
Das war eine Entwicklung, die Herrn Schweitzer gar nicht gefiel. Wenn die jetzt schon keinen Respekt mehr vor der Privatsphäre haben, dann fragt man sich unwillkürlich, wann man selbst als Nächster dran ist. Bis jetzt hatte sich die Schlacht ja auf neutralem Boden abgespielt, dachte Herr Schweitzer, in Kneipen, wo man als Gast einen gewissen Abstand verspürte, doch nun lag die Befürchtung nahe, das eigene Wohnzimmer könnte zum zweiten Verdun werden. Kein Wunder also, daß dieser Gedanke Herrn Schweitzer wenig behagte, zumal er auch kein Wohnzimmer im herkömmlichen Sinne besaß, mehr so eine Wohn-Schlafzimmer-Kombination. Vom Platzmangel für eine tüchtige Völkerschlacht mal ganz abgesehen.
„Und das Schlimmste kommt noch", unterbrach Buddha Semmler Herrn Schweitzers theoretische Exkursion.
„Was?"
„Als mich Günther heute anrief, faselte er was von wegen den ganzen Kram hinschmeißen."
„Wie, den Schoppepetzer dichtmachen?"
„Hat sich so angehört. Ja."
Herr Schweitzer war empört, da riß er sich den Arsch auf, begab sich in Lebensgefahr und dann strichen die Leute so mir nichts dir nichts einfach die Segel. Was sollte aus dieser Welt nur werden?
Buddha: „Es gibt nur eine Herrschaft, die des Todes. André Malraux."
Jaja, dachte Herr Schweitzer, weiß ich ja alles, trotzdem muß sich auch irgendwer um das Leben kümmern. Er mußte mal. Apfelwein ist eines der diuretischsten Mittel, die legal auf dem Markt zu beziehen sind. Bei Ortsfremden, die sich noch nicht sonderlich an dieses Frankfurter Spezialgetränk gewöhnt haben, führt er anderntags oft zu heftigen Durchfallerscheinungen sowie brutalen Kopfschmerzen, auch wenn die genossene Quantität

eher geringfügig war, also keineswegs der eines gestandenen Alkoholsüchtigen entsprach. Ferdi, der Taxifahrer, hatte Herrn Schweitzer einst gesteckt, daß insbesondere asiatische Geschäftsleute, die trinktechnisch zu den bestausgebildeten überhaupt gehören, bei ihrem ersten Apfelweingelage arge Probleme bekommen, die sich manchmal in einem vollgekotzten Fahrgastraum äußern. Da der gemeine Asiate durch diese im wahrsten Sinne des Wortes überflüssige Reaktion aber sein Gesicht zu verlieren droht, was bei enger Sittenauslegung einen veritablen Suizid nach sich ziehen kann, wurde Ferdi schon mehrmals mit hohen Geldsummen für diese Unannehmlichkeiten entschädigt. Gewiefte asiatische Direktoren entsandten deshalb zu den diversen Frankfurter Messen nur noch erfahrenes Personal, das seine Feuertaufe bezüglich des Apfelweins schon hinter sich gebracht hatte. Vor etwa zwei Jahren hat sich in Kyoto eine Firma etabliert, die in schweineteuren Lehrgängen den Apfelweinumgang lehrt. Auch Frauen waren da sehr gefragt, da sie aufgrund einer geschlechtsspezifisch viel kleineren Leber vom Vieltrinken beträchtlich mehr Abstand halten, sofern sie vernünftig sind. Herr Schweitzer suchte also die Toilette auf.

Als er fünfzehn Minuten später den Schoppepetzer verließ, hatte er Semmler noch insofern beruhigt, als daß er sich keine Sorgen zu machen brauche, er, Herr Schweitzer, sei auf dem besten Wege, die Mafiaproblematik zu bereinigen, und Günther solle gefälligst von dem Gedanken Anstand nehmen, den Schoppepetzer zu schließen, er solle doch bloß mal an die vielen Rentner denken, denen das Apfelweintrinken sozusagen genetisch mit in die Wiege gelegt worden ist, wo sollen die denn hin, wenn sich alle so hängen ließen wie Günther? Er könne ihn beim Wort nehmen, in spätestens drei Wochen zahlt hier keiner mehr Schutzgeld, dafür stehe er gerade. Herr Schweitzer hatte sich da zwar ganz schön aus dem Fenster gelehnt, war eventuell auch von Gertruds Fusel nachhaltig beflügelt, und Semmler hatte ihn auch recht skeptisch angeschaut, aber Herr Schweitzer war felsenfest von sich überzeugt, es fehlte nur noch ein ausgereiftes Konzept, dann würden dank breiter Unterstützung des Aktionsbündnisses verschiedener Sachsenhäuser Bürger die beiden Mafias schon den Schwanz einziehen und sich trollen.

Herr Schweitzer trollte sich aber erstmal nach Hause. Es war noch gar nicht so spät. Wie ein Pawlowscher Köter freute er sich auf einen extrastark gestopften Joint als Betthupferl. Der würde wie gewohnt sein Bewußtsein erweitern, und, falls er dann nicht sofort einschlief, was aber oft passierte, ihm die ein oder andere Erleuchtung einbringen.

So geschah es. Nachdem Herr Schweitzer seinen gelegentlichen Ritus zelebriert hatte, das erste Tetrahydrocannabinol in die Kapillare gedrungen war, ließ er sich mit einer nachgerade vollendeten Harmonie der Bewegung auf seinem Messingbett nieder, das mitten im Zimmer stand. Er stopfte sich zwei seiner vier Kissen, man hat's halt gerne bequem, in den Rücken und blickte an den überhängenden Trieben seiner Pilea libanensis vorbei auf die Frankfurter Skyline, die ihm ein Heimatgefühl vermittelte. Draußen tobte sich das Gewitter aus, jetzt fehlte auch der Regen nicht mehr. Das ließ ihn an das Gewitter denken, das sich seit geraumer Zeit in Form übelster Elemente in Menschengestalt über Sachsenhausen zusammenbraute. Er war mit sich zufrieden, seine Position im gesellschaftlichen Leben war ursächlich seines unerschrockenen Auftritts im Frühzecher wieder gefestigt. Jetzt galt es, auch den restlichen verlorenen Boden wieder gutzumachen. Seit langem war er mal wieder frei von Angst.

Manchmal, wenn einem seiner Bekannten eine grobe Ungerechtigkeit widerfuhr, hatte Herr Schweitzer eine Vision von einer lebenswerteren Welt. Dazu versammelten sich auf sein Geheiß sämtliche Arschlöcher dieser Erde zu einem barbarischen Überlebenskampf in der Sahara. Menschen aller Berufssparten waren vertreten. Selbstredend auch alle Essers und Ackermänner, die den moralischen Abschaum schlechthin verkörperten. Dann wurden Waffen verteilt und man durfte so lange aufeinander feuern, bis nur noch einer übrig blieb. Der Sieger wurde dann mit einer Insel belohnt, auf der jedweder erdenkliche Luxus herrschte, nach dem sie mit ihrem blutsaugerischen Charakter von jeher strebten. Das sei vom Kostenpunkt her eine zu vernachlässigende Komponente, im Vergleich zum momentanen Schaden, den diese Menschen an der Gesellschaft anrichteten. Dann sei das Paradies nicht mehr stets anderswo, sondern mitten unter uns. Das ist natürlich nur ein Tagtraum, dachte Herr Schweitzer, aber ein schöner.

Doch war es exakt diese Vorgehensweise, die eine mögliche Vertreibung der Mafia aus Sachsenhausen beinhaltete. Klar, es war absurd, sich auch nur in Gedanken auszumalen, die Mafiabanden begäben sich zur gegenseitigen Ausrottung freiwillig in die Wüste. Aber wenn man es irgendwie schaffte, sie gegeneinander auszuspielen, könnte man schon einen kleinen Sieg verbuchen. Ob damit schon der Krieg, oder doch nur eine Schlacht gewonnen wäre, sei mal dahingestellt. Dies in die Wege zu leiten, wer wäre dafür wohl besser geeignet als der Teufelskerl Schweitzer, dachte der Teufelskerl Schweitzer. Zeit, endlich Butter bei die Fische zu machen. Ihn dürstete nach Rache. Das passierte ihm als harmoniebedürftigen Zeitgenossen nicht oft. Auch verbarg sich darin die nicht ganz abwegige Hoffnung auf ein grandioses Comeback seinerseits. Renés heutige Handhabungsweise offenbarte eine auf den ersten Blick erkennbare Lösungsmöglichkeit. Den Russen erzählen, man zahle bereits an die Italiener, und den Italienern erzählen, man zahle bereits an die Russen, das war genial. Natürlich war es nur eine Frage der Zeit, bis die Deppen das Spiel durchschauten, und dann wäre die Kacke aber ganz schön am Dampfen, dachte Herr Schweitzer noch. Der Geschichte mußte folglich eine Endgültigkeit verliehen werden, die jedem Mafioso über Generationen hinweg allein schon das Wort Sachsenhausen das Blut in den Adern gefrieren ließe. Für jedes Problem, sei es auch scheinbar noch so unüberwindlich, gab es eine Lösung, das war schon immer so. Herr Schweitzer fand seine Vision von der Sahara gar nicht mal so übel, doch, wie gesagt, kam diese riesige Wüste allein schon aus geographischer Sicht nicht in Frage. Vielleicht herrschten da auch gerade Sandstürme und die Mafiosi konnten sich nicht richtig ins Visier nehmen, verschossen wertvolle Munition, ohne daß einer ins Gras biß. Herr Schweitzer, das Dope hatte mächtig an Fahrt gewonnen, suchte nach Alternativen. Die Sahara hatte er endgültig ad acta gelegt. Öffentliche Sachsenhäuser Plätze und Parks boten sich auch nicht an, zu viele unschuldige, zufällig vorbeikommende Passanten konnten dabei hops gehen. Nein, das war alles nicht der Weisheit letzter Schluß. Irgendwo im Verborgenen lauerte eine Lösung, die sich ihm partout nicht zeigen wollte. Seine Überlegungen waren noch nicht ausgegoren genug. Herr Schweitzer war nicht der Mann für übereilte Schnellschüsse.

Der Kommodität wegen schob er die Kopfkissen zur Seite und legte sich flach. Im Liegen wollte er noch ein wenig daran arbeiten, wie man der Mafia eine unvergeßliche Lektion erteilen könnte. Doch dazu kam es nicht mehr. Der Körper forderte sein Recht.

Nicht einmal das Licht schaffte er noch zu löschen.

Und derweil die Sonne unbelästigt von Wolken, die der Sturm der letzten Stunden nach Polen und in die baltischen Staaten getrieben hatte, langsam über den Horizont kroch, ging in einer Gartenhütte unweit des Goetheturms bereits die Post ab. Ohne Eile widmeten sich Albert, Earthquake-Werner und René ihrem einsamen Gefangenen Fjodor Alenichev, der bislang noch Zuversicht ausstrahlte. Earthquake-Werner und René waren ziemlich übernächtigt, tiefe Augenringe legten davon Zeugnis ab.

Earthquake-Werner hielt sich nicht mit langen Einleitungen auf: „Rede, du Pisser." Wie man sieht, war man auch weiterhin per Du.

„Nein."

Diese Widerspenstigkeit war allgemein erwartet worden. René und Albert schauten mit verschränkten Armen zu. Mit alttestamentarischer Härte in der Stimme fuhr Earthquake-Werner fort: „Du redest jetzt, sonst erlebst du den Abend nicht mehr." Zum Aufwärmen erhielt Fjodor einige saftige Ohrfeigen.

„Im Leben nicht", zeigte sich der Russe mehr denn je unkooperativ.

„Na gut, dann wollen wir doch mal sehen." Earthquake-Werner streckte die Hand aus und René überreichte ihm ein Blatt Papier, das er vor nicht ganz zwei Stunden ausgedruckt hatte.

Earthquake-Werner spielte den Charming-boy und hielt Fjodor das Blatt unter die Nase. „Was sagst du jetzt?"

Alenichevs Gesichtsfarbe wechselte augenblicklich von einer fast ganz normalen Gesichtsfarbe ins Tiefrötliche, denn auf dem Papier waren seine Eltern samt seiner jüngsten Schwester Olga – übrigens eine Augenweide – abgebildet. Dieses Foto hatte René heute nacht per Mail-Anhang von den befreundeten Motorradenthusiasten aus St. Petersburg erhalten. Es war ein schönes Foto, im Hintergrund strahlten die Eremitage an der Newa und ein azurner Himmel. Die Fotographierten lächelten glücklich in die Kamera. Eine vorab getätigte 1.000-Euro-Überweisung hatte die Sache erheblich beschleunigt. In der Gartenhütte herrschte eine bedrückende Stille.

Fjodor hörte bereits die Todesglocken läuten, nicht für sich, sondern für seine Familie. Ein Blick in die Gesichter reihum verriet ihm den Ernst der Lage. An seinen fünf Fingern konnte er sich ausrechnen, womit bei einem weiteren Schweigen seinerseits alles zu rechnen war. Dementsprechend war sein Redefluß kaum zu bremsen. René hatte richtig spekuliert, mögen die Russen nach außen hin auch noch so den starken Mann markieren, wenn es um die Familie geht, ist die melancholische russische Seele durchaus verwundbar. Lauthals verriet der Halunke nun Detail um Detail, Hintermann um Hintermann, so daß Albert, mit der Aufgabe betraut, die Informationsflut schriftlich zu fixieren, mehrmals darum bitten mußte, doch bitteschön langsamer zu sprechen, er sei schließlich keine Fremdsprachensekretärin, woraufhin Earthquake-Werner meinte, er könne schon verstehen, daß Deutsch für ihn, Albert, eine Fremdsprache sei, so wie er sich manchmal ausdrücke. Albert wollte daraufhin auf Earthquake-Werner losgehen, sagte auch, daß er noch eine andere Sprache spreche, die der lächerliche Sonnenbrillen-Knirps bestimmt verstünde, doch René sah keinen Nutzen darin und stellte sich schlichtend zwischen die zwei Streithähne. Der Knoten bei Fjodor war inzwischen dergestalt geplatzt, daß er sogar anfing, von seiner Kindheit zu erzählen, was jedoch niemanden interessierte, er, Albert, sei doch nicht Fjodors Geograph. „Biograph. Das heißt Biograph", korrigierte Earthquake-Werner, und abermals mußte René eingreifen, denn Albert hatte nun sogar die Pistole gezückt, um Earthquake-Werners Seele Gott zu überantworten. „Jetzt reicht's", gebot er Einhalt, man hatte genug erfahren.

„Hast du alles?" fragte er.

„Ja."

Earthquake-Werner: „Was machen wir jetzt mit dem?"

Albert, von einer fixen Idee besessen: „Abmurksen, was sonst?"

Fjodors Gesichtsfarbe unterlag einem erneuten Wandel. Diesmal ging's vom Tiefrötlichen in ein zartes Hellgrün. „Aber ich hab euch doch alles erzählt, was ich weiß."

Earthquake-Werner: „Das schon, aber wenn wir dich freilassen, wissen deine Kumpels, daß wir auch wissen."

„Nein, ich verrat nichts."

„Du hast doch eben auch alles verraten. So einem können wir doch nicht trauen. Das mußt du verstehen", brachte Earthquake-Werner die Sache auf den Punkt.

Mit ausgebreiteten Beinen, die Hände waren nämlich gefesselt, versuchte Fjodor seinem Versprechen Ausdruck zu verleihen:

„Nein, echt, ich sage nichts."

René: „Darauf wollen wir uns mal besser nicht verlassen." Bedächtig zog er eine Heroinspritze auf und jagte sie Fjodor in die Armbeuge.

Zu der Zeit, als die Hells Angels in der Gartenlaube zugange waren, wüteten unten in Sachsenhausen finstere Mächte. Zwei dubiose Gestalten, einer davon in einem hochgeschlossenen Schaffellmantel, der andere mit leichter Cordjacke und Turnschuhen eher juvenil gekleidet, standen in einer Toreinfahrt und beobachteten den Frühzecher.

Zwei Minuten, nachdem Tatjana das Lokal durch den Hinterausgang verlassen hatte, überquerten sie die Straße. Gesprochen wurde nicht, man war ein eingespieltes Team. Bei dieser unwirtlichen Wetterlage war niemand uff de Gaß, wie man hier zu sagen pflegt. Voller Arglist wurde der Rolladen mittels Stemmeisen aufgebrochen. Im Handstreich ward die Scheibe eingeschlagen und ein mit viel Fingerspitzengefühl entzündeter Molotowcocktail ins Innere geworfen. Dem Augenschein nach handelte es sich bei dieser Aktion um eine zur Mehrung der Einschüchterung unumgängliche Kampfansage an alle, die nicht willens waren, eine friedliche Zusammenarbeit mit der ein oder anderen Mafia zu akzeptieren. So schnell, wie es gekommen war, verschwand das Duo auch wieder. Der einzige Zeuge, einen Zwergpinscher Gassi führender Knabe im zarten Alter von Fünf, der zufällig um die Ecke kam, sagte später aus, er habe ein mit hoher Geschwindigkeit davonjagendes Auto unbekannter Marke gesehen. Er habe sich noch gewundert, warum die Reifen bei diesem Speed nicht gequietscht haben, das sei er vom Fernsehen her so gewohnt, doch der freundliche Polizist erklärte ihm, Reifen können auf nassem Asphalt gar nicht quietschen – Aquaplaning.

So sehr der Vorfall auch die Handschrift der Mafia trug, verwertbare Spuren gab es bis auf den Molotowcocktail keine. Glücklicherweise war die Feuerwehr schnell zur Stelle und der Brandsatz, ohne großartig Schaden anzurichten, zerborsten. Lediglich René kochte vor Wut, als ihn die Polizei zwei Stunden nach Tatausführung endlich erreichte. Nein, er könne sich nicht vorstellen, wer hinter der Sache stecke.

Gen Mittag trug Herr Schweitzer seinen Brummschädel zum

Wasserhahn. Scheißcognac, Scheißlambrusco, fluchte er vor sich hin. Nie wieder, ab sofort nur noch gemäßigte Getränke. Einen Blick in den Spiegel tat er nicht, er war doch nicht blöd. Schade, daß Laura nicht zu Hause ist, dachte Herr Schweitzer, hab sie schon lange nicht mehr gesehen. Außerdem wollte er ein wenig mit seinen Abenteuern prahlen. Wenigstens ein kleines bißchen, denn das Aufschneidertum war eigentlich kein integraler Bestandteil seiner Wesensstruktur.

Bereits nach drei Tassen Kaffee ging es Herrn Schweitzer entschieden besser. Der sanfte Wind der Genesung hatte auch die letzten Grippespuren beseitigt. Vielleicht haben Cognac und Lambrusco die übrigen Viren ja dazu gezwungen, dachte sich Herr Schweitzer, sich einen anderen Träger zu suchen. Ist auch logisch, überlegte er weiter, die Leber eines Virus ist ja viel zu klein, als daß sie einem Cognac-Lambrusco-Hammer Paroli bieten konnte.

Er entschloß sich zur Hausarbeit, hier sieht's ja aus wie bei Hempels unnerm Sofa, dachte er. Mehr als zwei Stunden spülte Herr Schweitzer, wusch Wäsche, alles bei 40 Grad, wie bei Männern halt so Usus, staubsaugte, bezog sein Bett frisch, goß Blumen und staubte sogar noch ein paar Regale ab. Ausgelassener Stimmung schmierte er sich hernach noch zwei Vollkornbrote, die er gierig verschlang. Sehr mit sich zufrieden belohnte er sich mit einem Nickerchen.

Als auch dieses zur allgemeinen Zufriedenheit vollzogen war, drang erneut die Mafia mit all ihren Schattenseiten in sein Bewußtsein. Das ist nicht schön, dachte er, wie soll man denn da den Tag genießen können? Ihm deuchte, daß dies so lange währen würde, bis das Thema endgültig vom Tisch war. Auch fiel ihm wieder ein, daß er gestern in nicht mehr ganz nüchternem Zustand Buddha Semmler versprochen hatte, in spätestens drei Wochen sei die Mafia erledigt, er, Herr Schweitzer, trage dafür Sorge. Er hatte das unbestimmte Gefühl, der Lösung schon verdächtig nahe gekommen zu sein, selbst wenn er es ähnlich unorthodox handhaben müßte wie einst Alexander der Große mit dem Gordischen Knoten. Herr Schweitzer wollte in Ruhe nachdenken. Zu diesem Behufe zog er einen Mantel an und begab sich zur Haltestelle. Zur Abwechslung schien mal wieder die Sonne und ließ Frühlingsgefühle aufkeimen. Die Gesichter seiner Mitmenschen erschienen ihm gleich viel freundlicher. Hoffentlich hält das Wetter an, dachte er, wir haben jetzt lange genug Winter gehabt, als auch schon die Straßenbahn um die Ecke bog. Beim Einsteigen half er einer Kopftuchfrau mit Kinderwagen und setzte sich auf einen Einzelplatz, Sitznachbarn würden bei einem Denken dieser Größenordnung nur stören.

Herrn Schweitzers Gedanken waren trotz divergenter Bewußtseinsebenen dieselben wie gestern abend. Bis zur Endhaltestelle in Neu-Isenburg war er keinen Schritt weitergekommen. Wie der Zufall so spielte, stand dort bereits der Ebbelwei-Expreß, der schon seit dem Jahre 1977 Touristen und andere Müßiggänger auf einer eigenen Streckenführung durch den sehenswerten Teil Frankfurts beförderte. Liebevoll restauriert und mit allerlei typisch regionalen Gebrauchsgegenständen wie Bembel, Apfelweinglas und Brezel sowie architektonischen Sehenswürdigkeiten bemalt, konnte er auch privat genutzt werden. Bis vor nicht allzu langer Zeit, Herr Schweitzer wußte nicht, ob es heute noch genauso war, erwarb man mit dem Kauf einer Fahrkarte ein Getränk seiner Wahl und eine Brezel. Laut Behörde durften nämlich keine Lebensmittel, wozu der Apfelwein schließlich gehört, verkauft werden, das verstieß gegen bestehende Gesetze. Wollte man also einen zweiten Apfelwein trinken, mußte man sich ein zweites Billett kaufen. Hatte man vor, sich einen kleinen Rausch zuzufügen, stellte sich automatisch die Frage, wohin mit all den Brezeln. Herr Schweitzer hätte den zuständigen Beamten gerne einmal kennengelernt, woraus aber nichts werden konnte, solche Paragraphenreiter fallen in der Regel die Karriereleiter so weit hinauf, daß sie für Normalsterbliche unerreichbar wurden. Wesentlich einfacher gestaltete sich die Sache, mietete man den Ebbelwei-Expreß samt Personal, dann durfte man nämlich eigene Getränke mitbringen, und die Frage der Brezelentsorgung wurde zur Makulatur.

Ein Ebbelwei-Expreß an der Stadtgrenze zu Isenburg konnte nur bedeuten, er war gemietet, denn hier gab es keine Sehenswürdigkeiten, mal abgesehen von dem alten Fachwerkhäuschen, wo ganz früher Fahrkarten verkauft wurden, aber das war bestimmt schon fünfunddreißig Jahre her. Herr Schweitzer hätte in seiner Berufslaufbahn gerne einmal den Ebbelwei-Expreß gesteuert, hatte er doch auf so einem K-Tw 105 einen Teil seiner Ausbildung zum Straßenbahnschaffner absolviert. Als Gast war er allerdings auch noch nie mitgefahren, was er sehr bedauerte, doch tröstete er sich damit, daß der Mensch nun mal so ist, die vor der Haustür liegenden Angebote werden immer wieder auf einen späteren Zeitpunkt verschoben. Er fragte sich, wieviele Pariser wohl noch nie auf dem Eifelturm und wieviele New Yorker noch nie auf den Twin Towers waren. Okay, Letzteres hatte sich von selbst erledigt. Ganz feste nahm er sich vor, demnächst mal den Ebbelwei-Expreß zu besteigen, bevor auch dieser fehlgeleiteten religiösen Eiferern zum Opfer fiel. Man war ja heutzutage nirgendwo mehr sicher.

Und derweil er über den gerade abfahrenden Ebbelwei-Expreß sinnierte, überkam ihn eine ebenso absurde wie geniale Eingebung. Wie wär's, wenn wir die Sahara, wo Herr Schweitzer in seinen Tagträumen bekanntlich lebensunwertes Leben aufeinander schießen ließ, einfach in den Ebbelwei-Expreß verlegen? Die zwei Stationen währende Waldstrecke bis zur Louisa war geradezu wie geschaffen für ein lustiges Gemetzel zwischen Russen und Italienern. Kein Mensch außer den Vorgesehenen würde Schaden nehmen, wenn man es nur geschickt genug anstellte. Herr Schweitzer war sehr aus dem Häuschen. Man würde die Parteien auf ein klärendes Gespräch einladen, so könne es ja nicht weitergehen mit der Doppelbelastung, kein Mensch wäre dazu zu bewegen, und dann würde man unter irgendeinem Vorwand, vielleicht, daß die Blase drücke, den Ebbelwei-Expreß verlassen, ein im Wald postierter Kamerad würde einen gezielten Schuß auf die Scheibe abgeben, woraufhin die diversen Mafiosi panikartig, Pistolen hatten sie ja traditionell immer parat, den jeweiligen Gegner zur Strecke zu bringen versuchten. Hihihi, freute sich Herr Schweitzer und rieb sich die Hände. Bald hat's ein End mit den terriblen Zuständ, dichtete er in dem Hochgefühl, dem Leben bald wieder gewogener entgegentreten zu können.

Die Linie 14 setzte sich in Bewegung, und wer Herrn Schweitzer sah, konnte sich des Gefühls nicht erwehren, hier hatte einer das große Los gezogen. Er freute sich darauf, seine Idee weiterzuerzählen. Natürlich, hier und dort mußte man noch nachbessern, aber das war bei Rohfassungen durchaus gängig. Auffallend war allenfalls die Absurdität des Ganzen, doch waren die mafiösen Machenschaften nicht ebenfalls absurd, grenzte es nicht sogar schon an Perversität, man solle Geld dafür zahlen, sein Lokal nicht in Flammen aufgehen zu sehen, in Ruhe seinem Broterwerb nachgehen zu können? Na also, dachte Herr Schweitzer, Perversitäten war eben nicht anders beizukommen als mit Waffen derselben Schlagkraft. Was wohl René davon halten würde, den er jetzt ganz fix aufzusuchen gedachte. Bald wird sich das hanebüchene Trauerspiel seinem verdienten Ende zuneigen. Ermüdet von so vielen Gedankenspielen schnaufte er ordentlich durch, immerhin verbraucht das menschliche Hirn zwanzig Prozent des Energiebedarfs, bei manchen mehr, bei vielen weniger.

Als Herr Schweitzer im Frühzecher eintraf, hatte René schon einiges hinter sich. Gleich nach dem Polizeianruf wollte er zurück in die Gartenlaube, um Fjodor Alenichev zu töten. Earthquake-Werner hatte, obwohl seine innere Regung der seines Chefs entsprach, alle Mühe darauf verwenden müssen, René von dieser Kurzschlußhandlung abzubringen. Man sei doch nicht mehr der Jüngste, das, was sie von den Rabauken von damals unterscheide, seien Souveränität und Würde. Ja früher, als man noch Ambitionen hegte, das Frankfurter Rotlichtmilieu zu kontrollieren, waren solche Methoden vielleicht adäquat gewesen. René solle doch bitteschön mal kurz überlegen. Das hatte er dann auch getan, doch das Ergebnis war, daß René sich sofort aufmachen wollte, statt Fjodor die Hintermänner, deren Adressen man nun ja dank Herrn Alenichevs Redseligkeit besaß, der Reihe nach umzunieten. Das könne er sich doch nicht bieten lassen, wenn er damit erstmal anfange, tanzten ihm bald alle auf dem Kopf herum. „Guck dich doch mal um, die Fensterscheibe, der Fußboden ... Kaputt." „Hör zu", hatte ihm Earthquake-Werner daraufhin entgegnet, „du legst dich jetzt erstmal schlafen, und wenn du hinterher immer noch alle umnieten willst, Albert und ich helfen dir dabei." Anfangs hatte René noch Widerstand geleistet, gesagt, das sei gehupft wie gesprungen, ob er vor seinem Gemetzel noch schlafe oder nicht, war dann aber doch nach oben gegangen, um sich auf seinem Notbett im Büro hinzulegen.

Als René dann am späten Nachmittag wieder nach unten gekommen war, hatte er sich zwar etwas beruhigt, sprach auch nicht mehr von wahlloser Abmurkserei, war aber dennoch so aufgewühlt, daß er am liebsten losgezogen wäre, den Russen eine „Abreibung, aber eine gewaschene" zu verpassen. Earthquake-Werner kannte seinen Chef bestens und wußte, was half. Tequila.

Nun, da Herr Schweitzer sich an Renés Tisch niederließ, hatte der Frühzecher-Wirt bereits einen signifikant hohen Alkoholisierungsgrad erreicht. Eine Glaserei setzte gerade neue Scheiben ein, eine Rolladenfirma ein paar neue Lamellen, und ein Versicherungsagent notierte den Schaden. Die Brandspuren auf dem Boden waren bereits restlos entfernt.

„Setz dich."

Herr Schweitzer saß bereits.

„Magst du einen Tequila? Geht aufs Haus."

Gebranntes Kind scheut das Feuer, dachte sich Herr Schweitzer, und lehnte dankend ab. „Nein, heute keinen Alkohol."

„Wie du meinst. Die haben versucht, mir den Laden abzufackeln."

„Wer?"

„Wer, wer? Die halt", entgegnete René unwirsch.

Herr Schweitzer verstand, René dürfte also momentan sehr empfänglich für seine Vorschläge sein. Bei Herrn Schweitzer selbst hatten sich nämlich schon erste Zweifel eingeschlichen. In den nächsten sieben bis acht Minuten erläuterte Herr Schweitzer seine Gedanken dem Frühzecher-Wirt. Natürlich, im großen und ganzen müsse noch immens an den Feinheiten gearbeitet werden, doch langfristig gesehen winke eine aller Sorgen ledige, rosige Zukunft, erklärte Herr Schweitzer abschließend.

René, der dem Vortrag erst gelangweilt, dann mit offenem Mund zugehört hatte, schüttelte sich wie ein Hund, der gerade aus dem Wasser kam. Herr Schweitzer fürchtete schon als Spinner abgetan zu werden, doch René sagte nichts, starrte ihn nur mit großen Augen an.

Herr Schweitzer war es nicht gewohnt, so angestarrt zu werden. Er fühlte sich unbehaglich. Fast hatte er sich schon damit abgefunden, daß es nun nichts werde mit seinem Plan, Sachsenhausen aus der Misere auferstehen zu lassen.

Umso überraschender Renés Antwort: „Simon, Mensch Simon. Wer hätte das gedacht, unser Simon, kommt immer daher als könne er keiner Fliege was zuleide tun, und dann sowas. Mensch Simon, magst du nicht doch einen Tequila?"

„Nee, laß mal, gestern war noch heftig."

„Aber wie du bereits sagtest, die Feinheiten ..."

„Ich weiß, die Feinheiten ..."

„Noch nicht dramatisch genug."

„Noch nicht dramatisch genug?"

„Nein, überhaupt nicht. Guck dich um." René deutete auf die Aufräumarbeiten. „Das ist Dramatik, verstehst du?"

„Äh, ehrlich gesagt ...”

„Den Frühzecher abfackeln, das ist Dramatik pur. Darauf verstehen die sich. Auf Dramatik.”

„Aber so ein Gemetzel im Ebbelwei-Expreß ...”

„... ist ja auch nichts zu sagen gegen, glaub mir, bin ich absolut dafür. Aber ...”

„Aber was?”

„Der Ort, Simon, Mensch Simon, der Ort.”

„Was soll mit dem sein?”

René hatte sich nachgeschenkt, das Salz der Tequilaprozedur war bereits auf die Hand gestreut, als er bemerkte, daß noch was fehlte. „Werner, ich brauch noch Zitronen. Beeil dich.”

Und Earthquake-Werner, der froh war, seinen Chef nicht mehr vor unüberlegten Handlungen bewahren zu müssen, beeilte sich.

„Ja, Simon, der Ort. Hat nichts Dramatisches an sich. Da fehlt die Würze, sag ich dir, ich kenn mich da aus. Von früher noch, du weißt.”

Herr Schweitzer kam da nicht ganz mit. Gewürzte Orte waren ihm doch sehr fremd. „Nein, ich weiß nicht.”

„Mensch Simon, wenn du ein Fanal setzen willst, und das wollen wir doch, dann machst du das nicht in einem einsamen Waldstück, wo keine Sau zuguckt. Damals, als die Albaner unseren Puff in der Elbestraße ... ach, was rede ich da? Auf jeden Fall, ein Fanal muß her, je größer desto besser.”

„Gut, dann ...”

„Nichts ist gut, mitten in Sachsenhausen muß das passieren. Am Südbahnhof oder am Schweizer Platz. Ja, Schweizer Platz ist prima. Genau wie Napoleon, Arc de Triomphe und so, mitten im Zentrum, der Mann hatte ein Gefühl für große Auftritte, sag ich dir. Aber ansonsten, astrein dein Plan.” Und: „Werner, komm doch mal her.”

Vollkommen außer sich vom Tequila erklärte René seinem Kumpel Herrn Schweitzers Absichten. Der nüchterne Earthquake-Werner war zwar beileibe nicht so stimuliert wie René, doch hin und wieder nickte er anerkennend mit dem Kopf.

„Na, was sagst du jetzt?” wollte René am Ende wissen. „Unser Simon, hab ich nicht immer gesagt, der Kerl ist eine absolute Bereicherung für uns?”

Earthquake-Werner war nicht bekannt, daß Herr Schweitzer eine absolute Bereicherung für wen auch immer sei. „Klar, hast du schon immer gesagt."

„Na also."

Herrn Schweitzer ging das alles zu schnell. In dem Grade, wie René seinen Plan über den grünen Klee lobte, waren ihm immer mehr Zweifel gekommen. Das ist doch absurd, das Ganze, dachte er, das kann doch nicht sein, wir können doch mitten in Sachsenhausen kein Massaker veranstalten, das geht doch bestimmt schief.

„Natürlich müssen wir Bertha noch überzeugen", erklärte René.

„Oh, das dürfte einfach sein." Herr Schweitzer kannte die Weinfaß-Wirtin gut genug, um zu wissen, daß von dieser Seite keinerlei Einwände zu erwarten waren. Ganz im Gegenteil, das Frankfurter Schlappmaul würde das Ganze noch zu toppen versuchen, indem sie ein paar ausrangierte Bundeswehrpanzer oder andere großkalibrige Geschütze organisierte. Auch müßte der Sachsenhäuser Karnevalsverein Requiems spielend den für das Massaker vorgesehenen Ebbelwei-Expreß am Tage der Entscheidung in voller Tracht begleiten. Herr Schweitzer schüttelte unbehaglich den Kopf. „Ich weiß nicht."

„Mensch Simon, mach dir keine Sorgen. Ist doch eins-a, deine Idee. Bei den Angels haben wir noch ganz andere Dinger gedeichselt."

Das glaubte Herr Schweitzer gerne. Bisher war alles in seinem Leben in einem zumindest für ihn überschaubaren Rahmen verlaufen, doch hier würden Grenzen gesprengt werden, von denen er nie geglaubt hatte, sich ihnen auch nur auf Sichtweite nähern zu müssen. Er war niedergeschlagen, vermied jedoch, es nach außen zu zeigen.

„Na gut, René, dann vereinbaren wir ein Treffen mit Bertha, wo wir das Ganze noch mal in Ruhe besprechen können."

Herr Schweitzer ging. Er wollte unbedingt mit Maria sprechen, die würde ihm schon die Flausen austreiben. Darauf hoffte er inständig, einer muß doch hier den Durchblick behalten. Wenn nicht Maria, wer dann?

Maria hatte es sich mit einem Fachbuch über französische Skulpteure in der Spätrenaissance auf dem Sofa gemütlich gemacht, als Herr Schweitzer unerwartet auftauchte.

„Na sowas, Simon, schön dich zu sehen." Küßchen rechts,

Küßchen links. Als sensibles Wesen – nicht wehleidig, sensibel, das wird meist verwechselt, sensibel bedeutet gefühlsbetont auch anderen Menschen gegenüber, wehleidig bedeutet gefühlsbetont ausschließlich sich selbst gegenüber, die meisten, die glauben sensibel zu sein, sind nämlich nichts anderes als wehleidige Jammerlappen – erahnte sie Herrn Schweitzers Seelenpein. „Komm rein und erzähl, was dich bedrückt."

Und Herr Schweitzer erzählte und sparte auch nicht mit geharnischter Kritik am eigenen Plan. Maria stand am Panoramafenster, schaute in den Garten und hörte zu. Als Herr Schweitzer seine Gedanken und Gefühle dargelegt hatte, drehte sie sich um und blickte Herrn Schweitzer intensiv in die Augen. „Simon, ich stimme dir zu, das Ganze ist absurd."

Herr Schweitzer atmete auf, eine Last war von seinen Schultern gefallen. Mit Marias Urteil war die Sache für ihn gestorben. Nie war ihm eine brave, solide, bürgerliche Existenz lohnender erschienen als in diesem Moment. „Gut, daß du das sagst."

„Aber ..."

Oh weia, wenn ein Satz schon mit Aber anfängt, dachte Herr Schweitzer.

„... es gibt kaum Alternativen", erklärte Maria von der Heide mit fester Stimme.

Das hatte er befürchtet, die Alternativen, es gibt sie einfach nicht. Und die Zeit drängte. „Keine Alternativen?"

„Nein, keine, jedenfalls keine, die mir einfallen, Simon. Es ist nun mal so wie es ist. Die Mafia kennt weder Regeln noch Moral. Nur sie selbst und ihre bescheuerten Ehrenkodizes wie Omertà und Vendetta haben Bedeutung. Die Mafia auszurotten haben schon ganz andere versucht, Männer mit mehr Mumm in den Knochen als wir alle zusammen. Und was war das Ergebnis? Sie existiert weiter und ist stärker als je zuvor. Du mußt wissen, die Mafia ist im Laufe zweier Jahrhunderte zu einer festen Größe gewachsen, ohne die in Italien nichts läuft. Sie wird es noch geben, wenn wir beide längst unter der Erde liegen."

Herr Schweitzer wollte nicht unter der Erde liegen. Er ging zu Maria und umarmte sie ganz heftig.

„Dein Plan, lieber Simon, ist zwar ... äh, komisch, aber durchaus praktikabel", sagte sie, nachdem sie sich ein wenig aus Herrn Schweitzers Umklammerung gelöst hatte. „Das Einzige, was wir vielleicht machen können, ist, sie aus Sachsenhausen zu vertreiben, bevor sie sich hier etablieren. Im Anfangsstadium hat jeder seine Probleme und ist anfällig. So auch die Mafia, die mit uns Sachsenhäusern noch keine Erfahrung hat. Das ist unsere Chance, verstehst du? Und nun geh und ruf Bertha an."

Herr Schweitzer fühlte sich gleich viel besser. Wenn Maria mit seinem Plan einverstanden war, dann hatte auch er nichts dagegen. René zählte da nicht. Der war bloß ein einfach gestrickter Ex-Rocker, der sein eigenes Süppchen kochte und Rachegelüsten frönte. Maria und er gingen erstmal ins Bett. Knutschen und so. Das schweißt zusammen und ist wichtig in Zeiten großer Bedrängnis.

Das entscheidende Gespräch fand am selben Abend im Weinfaß statt. Anwesend war alles, was Rang und Namen hatte, als da wären: Bertha, Maria, Herr Schweitzer, René, Buddha Semmler, Karin und Weizenwetter. Berufsbedingt fehlten Earthquake-Werner, der im Frühzecher bediente und Albert, der Fjodor Alenichev, immer wenn dieser aufwachte, eine weitere Spritze Heroin injizierte. Weizenwetter und René hatten Cola, der Rest Wein vor sich stehen. Es war schon weit nach Mitternacht, das Weinfaß für den Publikumsverkehr gesperrt. Herr Schweitzer schwebte zwischen Hoffen und Bangen, was diesen Abend betraf. Manchmal sah er sich mit dem Banner der Freiheit in der Faust auf den Barrikaden, heldenhaft die zweite Résistance anführend, nur um sich einige Sekunden später bibbernd vor Angst mit einer Bettdecke über dem Kopf in der hintersten Ecke vor den Unbilden der Welt zu schützen. Dieses Wechselbad der Gefühle konnte auch Marias Anwesenheit nicht lindern. Erneut war Herr Schweitzer von René aufgefordert worden, seinen Plan zum besten zu geben.

Als er damit fertig war, hatte man allgemein den Eindruck, Herr Schweitzer sei ein abgebrühter Kriegsberichterstatter, so wenig prononciert und bar jedweder Emotion hatte seine Stimme geklungen.

Wie von Herrn Schweitzer erwartet, war es Bertha, die grenzenlose Begeisterung zeigte: „Stark. Das gibt ein Blutvergießen, das die nie nicht vergessen werden."

Buddha Semmler war da schon distanzierter: „Gleiches mit Gleichem vergelten, nur so kommen wir voran."

Bertha: „Jawoll."

Maria: „Stellt sich nur die Frage, wie wir an den Ebbelwei-Expreß rankommen."

René: „Wieso? Ganz normal mieten, was sonst?"

Maria: „Na klar, du gehst einfach hin und legst deinen Personalausweis vor. Und gleich danach läßt du dich verhaften oder tauchst unter oder wie stellst du dir das vor?"

René: „Ach so."

Herr Schweitzer hätte am liebsten das Handtuch geschmissen, so wurde das doch nie was. Doch Weizenwetter, der mehr mit seiner neuen Flamme Karin beschäftigt war als daß er zuhörte, sagte lapidar: „Klaut doch den Ebbelwei-Expreß einfach. Der steht zur Zeit im Depot am Südbahnhof und wird auf die Saison vorbereitet."

„Auf die Saison vorbereitet ...", wiederholte Bertha, „du mit deinem blöden Fußball."

Weizenwetter: „Ich meine, der wird da neu gestrichen und überholt und so."

Gegen seinen Willen entfuhr es Herrn Schweitzer: „Klauen ist gut. Ich kann fahren."

Bertha und René unisono: „Du kannst den Ebbelwei-Expreß fahren?"

Herr Schweitzer war nun doch sehr in seiner Ehre gekränkt: „Warum denn nicht? Schließlich war das mein Beruf, Straßenbahnschaffner."

Maria: „Und du kannst den wirklich klauen?"

„Ich denke schon."

René: „Ausgezeichnet. Dann wäre das also geklärt. Klauen wir den Ebbelwei-Expreß einfach."

Weizenwetter: „Sag ich doch." Er widmete sich wieder Karin.

Maria: „Jetzt müssen wir nur noch die Russen und die Italiener dazu bringen, sich mit uns zu treffen. Das wird schwer."

René: „Ich glaube, das wird sogar sehr einfach."

Herr Schweitzer: „Quatsch, das ist das Schwerste überhaupt. Die sind doch nicht blöd."

René: „Aber geldgeil, und wie. Wir brauchen doch nur zu warten bis die wieder auftauchen, und dann geben wir denen zu verstehen, daß wir sehr gerne Schutzgeld zahlen würden, da komme man heutzutage ja nicht umhin, doch leider wollen die anderen auch kassieren, ob man da nicht mal zu einer Einigung gelangen könne."

„Tja."
„Hmm."
„Vielleicht."
„Könnte klappen."
„Ich weiß nicht."
„Doch, doch."
„Meint ihr?"
„Klar."
„Na dann."
Bertha: „Und wer soll das machen?"

Das Auditorium reagierte unterschiedlich, einige Augenpaare richteten sich auf Bertha, René betrachtete seine Fingernägel, und Herr Schweitzer mußte unbedingt hinter das Geheimnis der Deckenkonstruktion des Weinfaßes kommen.

Es dauerte ungewöhnlich lange, bis es bei Bertha klingelte. „Wie? Ich? Ihr habt doch einen Duppe." Ein Duppe ist ein Knall, mehr oder weniger. Mit dem Mute der Verzweiflung wehrte sich die Wirtin: „Das kann ich nicht. Wie wär's denn mit René?"

René: „Geht leider nicht. Hab schon genug um die Ohren."

Herr Schweitzer: „Stimmt. René hat schon genug um die Ohren."

Buddha Semmler: „Ich kann mir niemanden vorstellen, der das besser könnte als du. So diplomatisch wie du mit deinen Gästen umgehst ..."

Bertha war jetzt doch sehr geschmeichelt. So geschmeichelt, daß sie Semmlers Ironie gar nicht erst bemerkte. „Glaubt ihr wirklich?" Zum Schein zierte sie sich noch ein wenig. „Na gut. Die alte Bertha wird's schon richten, da könnt ihr sicher sein."

René: „Also, Bertha, sieh zu, daß du einen Termin mit denen vereinbarst."

Herr Schweitzer: „Hoffentlich dauert das nicht zu lange. Nicht, daß der Ebbelwei-Expreß dann nicht mehr im Depot steht."

Weizenwetter: „Mach dir darüber mal keine Gedanken. Der steht erst seit gestern dort. Dürfte noch ein bißchen dauern bis der wieder im alten Glanz erstrahlt."

Frohsinn breitete sich aus. Die Majorität wiegte sich bereits in dem Glauben, nun alle Unwägbarkeiten ausreichend berücksichtigt zu haben, ja, man stand kurz davor, die Korken knallen zu lassen, als Maria von der Heide noch ein letztes Mal das ernste

Wort predigte: „Ist ja alles schön und gut, aber wir können die Aktion nicht mitten in Sachsenhausen veranstalten, das ist viel zu gefährlich. Unbeteiligte könnten von einem Querschläger erwischt werden, und dann ... Ich möchte jedenfalls nicht dafür verantwortlich sein. Ich glaube, keiner von uns würde das je mit seinem Gewissen vereinbaren können."

Hab ich doch schon immer gesagt, dachte Herr Schweitzer, wenigstens auf Maria ist Verlaß. Er wollte schon ansetzen und abermals verlautbaren lassen, ihm schwebe das bereits erwähnte einsame Waldstück zwischen Neu-Isenburg und der Louisa vor, da habe man schön seine Ruhe und könne gegebenenfalls die toten Mafiosi an Ort und Stelle verbuddeln. Doch René kam ihm zuvor, es stimme zwar, was Maria gesagt habe, aber ein Fanal sei nun mal ein Fanal, und ein solches sei wirklich unabdingbar, wolle man der Mafia wirkungsvoll und vor allem auf Dauer verklickern, sie könne sich ihre Dummen anderswo suchen, aber keineswegs in Sachsenhausen, hier treibe nämlich die gefährlichste Widerstandsbewegung seit der Weißen Rose ihr Unwesen. Außerdem sei zumindest die italienische Mafia nicht die klügste, rekrutiere sie ihr Fußvolk doch überwiegend aus sizilianischen Ziegenhirten bar jedweder Schulbildung. Die brauche man sich bloß mal genau anzuschauen, da wisse man doch schon Bescheid. Und wie die neulich bei Bertha ihre Rechnung aufgestellt haben, einfach lachhaft, dumm sei gar kein Ausdruck. Die brauchen gewissermaßen ganz dringend ein Fanal, um wenigstens ein bißchen zu kapieren. Aber auch beiden Russen käme man um ein Zeichen nicht umhin. Zwar wisse man noch sehr wenig über deren Charakter, so lange sind die Grenzen ja noch nicht offen, als daß man da großartig von Erfahrungswerten sprechen konnte, auch in der Literatur gebe es kaum Verwertbares darüber, doch soweit ihm, René, bekannt sei, beherrschen einige von denen bereits die deutsche Sprache, so blöd wie die Italiener können die also gar nicht sein, doch benötige man auch hier ein Fanal, zur Abschreckung, versteht sich.

Was René sagte, war so falsch nicht. Doch auch Marias Argumente waren schwerlich von der Hand zu weisen. Eingedenk dessen entbrannte eine lebhafte Diskussion darüber, welcher Ort für ein Fanal denn nun der beste sei. Vieles mußte berücksichtigt werden. Buddha Semmlers Vorschlag, den Ebbelwei-Expreß nach Offenbach zu lenken, dort treffe es zur Not nur Offenbacher, wurde vom Rest als menschenverachtend abgetan, so dürfe man nicht denken, sie seien doch keine Rassisten. Semmler zuckte gleichgültig mit den Schultern, nein, Rassist sei er bis auf diese winzige Ausnahme auch keiner, nicht mal Ebbelweikneipen hätten die in Offenbach, von was leben die überhaupt, aber gut, wenn ihr meint, dann halt nicht. Doch auch andere, weniger originelle Ideen brachten es nicht bis zur endgültigen Akzeptanz.

Wie so oft war es wieder mal Herr Schweitzer, der durch innovative Geistesgaben auf sich aufmerksam machte, indem er erklärte, daß, wolle man Aufmerksamkeit und trotzdem keine Unschuldigen erschossen haben, dafür eigentlich nur eine Brücke in Betracht zu ziehen sei, da stünden rechts und links keine Häuser, eventuelle Querschläger würden also wirkungslos irgendwo im Nirgendwo verpuffen, und Passanten habe es da auch nicht viele, zumal dann nicht, nehme man als Tag X einen Sonntag, am besten vor dem Mittag, da schlafen noch alle, kaum einer sei schon auf den Beinen. Das alles setze natürlich ein ausgezeichnetes Timing voraus, so eine Brücke sei ja nicht ewig lang, ganz im Gegensatz zu seinem Vorschlag, dem Waldstück zwischen Isenburg und der Louisa, aber das habe man ja leider abgelehnt, was er nicht so recht verstünde, Fanal hin, Fanal her. „Aber ich bin ja nicht nachtragend, ich doch nicht."

Da überhaupt nur zwei schienenbewährte Brücken über den Main führten, die Friedensbrücke fast schon zu Niederrad gehörte, einigte man sich auf die Ignatz-Bubis-Brücke, ehemals Obermainbrücke, woraufhin Buddha Semmler noch beilaüfig hinzufügte, er kämpfe nicht aus dem Glauben an das Gute im Menschen, sondern weil er nicht gegen seine Überzeugung leben kann, das sei von Selim Özdogan, den habe er gerade gelesen. Und dann knallten die Korken wirklich.

Fast, aber nur fast wäre es drei Tage später soweit gewesen. Doch wie so oft, wenn es galt, sich unangenehmer Dinge zu entledigen, kam man nicht so recht voran, was aber, der Fairneß halber sei das mal erwähnt, nicht an den Russen lag. Die waren nämlich schon des Freitags im Weinfaß aufgekreuzt, obgleich die Mai-Rate noch gar nicht fällig war. Möglicherweise wollten sie einfach nur mal so vorbeischauen und sich amüsieren, schließlich sind das ja auch nur Menschen, wenngleich so überflüssig wie Schmeißfliegen. Jedenfalls hatte Bertha die Gelegenheit beim

Schopfe gepackt, um mit den Heinis mal Tacheles zu reden, daß sie nun, da sie Schutzgeld bezahle, von dem Vertragspartnern auch Schutz erwarte. So laufe das nun mal in der Marktwirtschaft, hier könne man sich nicht auf Kosten anderer einen faulen Lenz machen wie im Kommunismus mit seinen Fünfjahresplänen, wo sowieso alles drüber und drunter gegangen war, wie man im Nachhinein wußte.

Dies hatte Bertha mit der ihr eigenen Vehemenz vorgetragen, doch getreu dem Zuckerbrot-und-Peitschen-Motto biederte sie sich zeitweise auch an, als sie nämlich Verständnis dafür aufbrachte, daß man in der postindustriellen Gesellschaft von heute zusehen müsse, wo man bleibe, und so Schutzgelder hätten ja auch ihr Gutes, man fühle sich da gleich viel geborgener, vor allem, wenn einem die Italiener im Nacken sitzen. Apropos Italiener, die seien eine echte Landplage und schlügen permanent über die Stränge, und wenn sie, die Russen, sich ernsthaft auf dem Markt etablieren wollten, bliebe ihnen gar nichts anderes übrig, als sich mit diesem Eitergeschwür von Cosa Nostra auseinanderzusetzen. Sie, Bertha, wäre bereit, ein Treffen zu arrangieren, das sei ganz klar im Interesse aller.

Wie nicht anders zu erwarten, hatte sie mit den Russen leichtes Spiel, wohnten ihnen erstens noch ein gewisser Amateurcharakter inne, waren sie zweitens um Fjodor Alenichev dezimiert, mußten drittens die Möglichkeit im Auge behalten, ihre entwischte Ex-Geisel Herr Schweitzer sei von der Polizei und viertens war da noch ihre verkohlte Führungskraft, die man vor einigen Wochen in einem ausgebrannten Autowrack am Monte Scherbelino gefunden hatte. Weder von den Russen selbst noch von Polizeiseite her war dieses Rätsel inzwischen gelöst worden. In Russenkreisen vermutete man hinter der Hinrichtung eigenmächtige Geschäfte des Betroffenen, die Kripo Frankfurt lag aber richtig mit ihrer Vermutung, es könnte sich um einen Racheakt rivalisierender Banden handeln, die Handschrift trage eindeutig albanische Schriftzüge, wahrscheinlich läge des Rätsels Lösung im Frankfurter Rotlichtviertel, wo sich so viele Gruppierungen und Connections tummeln, daß selbst Insider den Überblick verloren haben.

Wie dem auch sei, Bertha gab den Russen ihre Telefonnummer, bat um Rückruf und unterstrich abschließend despektierlich ihre Drohung, ohne gewährten Schutz die Schutzgeldzahlung unverzüglich einzustellen.

Da es sich bei den drei Russen im Weinfaß um subordinierte Kräfte ohne Prokura handelte, konnte eine Zusage natürlich nicht sofort gemacht werden. Brav nickten die Jungs, einer verbeugte sich sogar beim Verlassen des Weinfaßes.

Der entscheidende Anruf war keine zwei Stunden später erfolgt, offenbar hatte man sich schon zuvor mit dieser Problematik auseinandergesetzt. Ja, man sei bereit und werde Bertha von nun an täglich anrufen, ob die Italiener zu Verhandlungen bereit seien, andernfalls man sie, die Italiener, gnadenlos abschlachten werde, was aber nach einschlägigem Machogehabe roch.

Mit den Italienern war es weit weniger simpel, sie ließen sich einfach nicht blicken, geradenwegs so, als hätten sie Besseres zu tun. Vielleicht Betriebsferien oder so.

Man schrieb den 30. April. Herr Schweitzer hatte gerade erfolgreich ein Powernapping absolviert, wie fortschrittliche Firmen es ihren Mitarbeitern nahelegten. Hinter diesem hochtrabenden Begriff versteckte sich nichts anderes als ein ordinäres Mittagsschläfchen, also exakt das, was Herr Schweitzer seit Jahr und Tag auch ohne Befehl von oben praktizierte. Gutbezahlte Wissenschaftler hatten nämlich herausgefunden, ein kurzer Büroschlaf fördere die Schaffenskraft und Produktivität immens. Um ihre geistige Überlegenheit dem gemeinen Volk gegenüber Ausdruck zu verleihen, verbot es sich von selbst, das Mittagsschläfchen Mittagsschläfchen zu nennen, das wäre zu profan dahergekommen und weckte nicht den Anschein von etwas ganz Neuartigem, sondern es mußte ein dynamischer Ausdruck her, ein Ausdruck, der Progressismus vermittelte. Seitdem bereichert Powernapping den deutschen Sprachgebrauch. Und gewißlich hatten diese Wissenschaftler viel Ruhm zu ernten, wie es sich für Geistesgrößen dieser Kategorie gehörte.

Herr Schweitzer jedenfalls fühlte sich gestärkt und rieb sich den Schlaf aus den Augen. Da man sich in der Mafiasache seit einer Woche auf der Stelle bewegte, hatte er sich schon fast an diesen Zustand gewöhnt, seine Gedanken kreisten mehr und mehr vornehmlich um ganz banale Alltagsgeschichten.

Heute war Freitag, Laura Roth hatte endlich mal pünktlich Feierabend. Da Herr Schweitzer die letzte Woche fast ausschließlich zu Hause verbracht hatte, war ihm Lauras neuer Zeitvertreib nicht verborgen geblieben. Vipassana. Herrn Schweitzers Mitbewohnerin hatte seit jeher einen heißen Draht zu esoterischen und metaphysischen Dingen aller Art. Sie brauchte bloß einen entsprechenden Artikel in einer ihrer zahlreichen Frauenzeitschriften zu erspähen und zack ... widmete sie sich mit aller Macht dieser in den schillerndsten Farbtönen gepriesenen Methode. Meist wurde versprochen, man fühle sich hernach ganz dufte und sei ein völlig neuer Mensch. Und ein völlig neuer Mensch wollte Laura schon immer sein, das konnte man auch an ihrem ständig wechselnden Outfit erkennen. Völlig neue Menschen üben nämlich auf das andere Geschlecht, in diesem Fall die Männer, eine geradezu unwiderstehliche Anziehungskraft aus. Und genau dort lag die Wurzel allen Übels. Lauras Paarungsversuche endeten in schöner Regelmäßigkeit in schweren Katastrophen. Davon konnte Herr Schweitzer, der schon so einiges von Lauras Liebesleben miterlebt hatte, ein Lied singen.

Nun also Vipassana. Herr Schweitzer hatte es gestern Abend von Laura in aller Ausführlichkeit erklärt bekommen. „Das mußt du unbedingt mal ausprobieren, Simon. Vipassana gibt's schon seit zweieinhalbtausend Jahren und bedeutet die Kunst zu leben. Komisch, daß ich erst jetzt drauf gestoßen bin. Goenka sagt", wahrscheinlich ist das der Name der Obergururs, hatte Herr Schweitzer gedacht, „mit Vipassana erlangst du Frieden und Harmonie. Voraussetzung ist die richtige Atemtechnik, die kann man lernen. Spürst du zum Beispiel Ärger herannahen, fängst du sofort mit der richtigen Atemtechnik an. Guck, so." Und Laura demonstrierte ihm die richtige Atmung, gleichmäßig und leicht sog sie die Luft ein. Herr Schweitzer fragte sich, ob die Mafia sich trollen würde, sobald er, Herr Schweitzer, zur Abschreckung für alle sichtbar richtig zu atmen begänne. Irgendwie haperte es mit seiner Phantasie, er konnte es nicht so recht glauben. „Und du meinst das reicht?" hatte er sich vergewissert. „Na klar, Simon, durch die richtige Atmung löst sich automatisch der innere Knoten und du fängst an, dich zu entspannen." Okay, hätte er sich auch denken können, dachte Herr Schweitzer, die Mafia würde sich nicht trollen, allenfalls würde er mit einem Lächeln auf den Lippen sterben, weil er innerlich nicht mehr ganz so fürchterlich verknotet war. „Ganz wichtig dabei ist, die sich einstellende Unreinheit des Geistes sofort zu erkennen, Simon, ganz, ganz wichtig." Oh, damit habe ich keine Probleme, eine Pistole zu erkennen ist nicht so schwer. „Und wenn du erst einmal so weit bist, Simon, daß du das erkennen kannst, dann ist es nicht mehr weit und du besitzt die Herrschaft über den eigenen Geist. Nehmen wir zum Beispiel die Telefonrechnung." Herr Schweitzer nahm die Telefonrechnung, die zufällig heute eingetrudelt war, in die Hand. „Nein, so natürlich nicht, ich meine, du öffnest den Briefumschlag und hast das Gefühl, da haben die von der Telekom dich aber wieder mächtig abgezockt." Herr Schweitzer nickte, ja, das sei schon vorgekommen. „Siehst du, und die richtige Atemtechnik bringt dich dazu, die Dinge gelassener zu sehen, weil sie dazugehören und du sie sowieso nicht ändern kannst, so einfach ist das." Schade, hatte Herr Schweitzer noch gedacht, Vipassana ist halt doch kein probates Mittel, keine echte Alternative zum Ebbelwei-Expreß, aber nach jahrelangem Zusammenleben wußte er, was Laura zu hören wünschte: „Logo, hört sich gut an, werde ich bestimmt demnächst mal ausprobieren, dieses Vipassana."

Und so vermutete er heute richtig, im Nebenzimmer fand Vipassana statt, er hörte es förmlich atmen. Als einfühlsamer Mensch wollte er nicht stören, so verzog er sich mit seinem heißen Kaffee wieder ins Bett. Sitzend ließ er wieder einmal die Frankfurter Skyline auf sich wirken. Das war heute besonders gewinnbringend, denn die liebliche Abendsonne verlieh den Geldpalästen eine fast schon pittoreske Ausstrahlung. Seine Gedanken verfolgten kein bestimmtes Ziel, streiften mal dies, mal jenes. Auf zielorientierte Menschen mag solch ein planloses Freizeitverhalten vielleicht unseriös wirken, für Herrn Schweitzer aber war es eine helle Freude, sich einfach nur treiben zu lassen, auch ohne Vipassana.

In den letzten Tagen hatte er das Weinfaß gemieden, einfach um Abstand zu gewinnen, und sich lesend hauptsächlich im Bett getummelt. Doch auf Dauer war das langweilig und so befaßten sich seine Gedanken kurz mit dem Thema Abendgestaltung. Zum Kochen hatte er keine große Lust. Vielleicht sollte ich mal wieder zum Griechen gehen, überlegte er, als das Telefon klingelte.

„Simon Schweitzer, guten Abend."

Es war seine Liebste, die vorschlug, heute doch mal tanzen zu gehen, da habe sie großen Bock drauf. Überall gäbe es Veranstaltungen, Tanz in den Mai stand auf den Programmen. Maria präferierte den Südbahnhof, das sei nicht so weit, Simon habe ja auch schon ein paar Jährchen auf dem Buckel.

In Herrn Schweitzers Dasein hatte die Tanzerei noch nie eine Rolle gespielt, stets hatte ihm Terpsichore ihren Kuß verweigert, was dazu führte, daß selbst ein einfacher Viervierteltakt ihn ins Stolpern bringen konnte. Nur allzugut, als wäre es gestern gewesen, erinnerte er sich an seinen ersten und letzten Tanzkurs, als beim Abschlußball die Mutter der Tanzpartnerin, die zum Walzer aufzufordern er aufgefordert worden war, ihn am Ende des Tanzes gefragt hatte, ob er, junger Mann, denn nicht mal tanzen lernen wolle. Selbstverständlich war der kleine Herr Schweitzer errötet, denn die kein Blatt vor den Mund nehmende Dame hatte in vollem Umfange recht, weil das, was ein Walzer hätte sein sollen, nichts anderes als ein auf einer Linie stattfindendes Hin-und-her-Geschaukel war. Seitdem stand Herr Schweitzer mit dem Tanzbeinschwingen auf Kriegsfuß. Geschickt hatte er sich während seiner Beziehungskisten mit den abenteuerlichsten Ausreden vor derartigen Auftritten drücken können. Mal zwickte die Hüfte, mal war ein Hühnerauge im Werden und ein anderes Mal hatte er eine äußerst heimtückische tropische Magendarmkolik vorgetäuscht. Aber heute war die Sachlage eine andere, hatte er doch unbedachterweise gestern am Telefon Maria gegenüber erwähnt, er fühle sich quicklebendig. Aus purem Reflex heraus durchforstete Herr Schweitzer sein medizinisches Rudimentärwissen nach brauchbaren Gebrechen, welche sich je nach Bedarf in kürzester Zeit wieder verflüchtigen konnten. Doch da war eine gähnende Leere.

„Oh ja", würgte er hervor. „Tolle Idee. Tanz in den Mai, hatte ich schon immer mal vor."

„Stimmt was mit dir nicht?"

„Nein. Wieso? Tanzen. Logisch."

„Du klingst so komisch. Gut, dann hol ich dich später ab. Ich hab dich lieb."

„Ich dich auch", säuselte Herr Schweitzer in die Muschel. Er probierte gar nicht erst, eine Tanzleidenschaft zu entfachen. Disco bedeutete Horror, so einfach ist das. Was ihm blieb, war die Vorbereitung. Schnurstracks ging er in die Küche eine Flasche Rotwein köpfen. In Vino veritas et Tanzgeist, brabbelte er.

Eine Stunde später hielt er sich für das Inbild eines Mannes, für den Prototypen einer neuen Generation von Eintänzern. Die Rotweinflasche war bis zur Neige leer. Um sich auf das bevorstehende Ereignis einzustimmen, zauberte Herr Schweitzer eine gewagte

Schrittfolge auf den Küchenboden. Ein neutraler Beobachter hätte Epilepsie diagnostiziert.

Laura Roth hatte mit einem entrückten Vipassana-Lächeln ihr Zimmer verlassen. Zwei Sekunden und ein paar Zehntel später stand ihr bereits blankes Entsetzen ins Gesicht geschrieben. Noch auf der Schwelle zur Küche beschleunigte sie ihre Schritte, um Herrn Schweitzer zur Hilfe zu eilen. Mit medizinischer Erstversorgung kannte sie sich aus, seit sie in jungen Jahren mal ein Praktikum beim Arbeiter-Samariterbund absolviert hatte.

„Simon, was ist los? Setz dich um Himmels Willen erst einmal auf den Stuhl."

Herr Schweitzer, gedanklich schon beim argentinischen Tango, fuhr erschrocken zusammen. Wie damals beim Abschlußball schoß ihm das Blut ins Haupt, obgleich er schon lange der Meinung war, einem so in sich gefestigten Menschen wie ihm brächte nichts mehr aus der Fassung. Daran ist bestimmt der Rotwein schuld, redete er sich ein.

„Du bist ja ganz rot."

„Ja? Ich setz mich lieber mal. Vielleicht fehlen mir Vitamine."

„Ein Mann in deinem Alter sollte nicht mehr so rumtollen", erklärte Laura energisch. Sie war froh, daß es offenbar nichts Ernstes war.

Herr Schweitzer sackte deprimiert in sich zusammen. Die Generalprobe war wohl doch nicht so gut verlaufen. Nachdem er das von Laura verabreichte Glas Wasser leergetrunken hatte, klingelte es.

„Ach, das ist bestimmt Maria. Wir wollen nämlich heute ...", Herr Schweitzer stockte, „... ausgehen."

Und während er die Jacke über die Schulter warf und sich entfernte, schaute Laura irritiert hinterher. So hatte sie ihren Wohnungsgenossen noch nie erlebt. Egal, sagte sie sich, jetzt kann ja Maria auf ihn aufpassen.

Um es kurz zu machen: Keine dreiviertel Stunde später unterbreitete Maria von der Heide von sich aus den Vorschlag, vielleicht doch besser ins Weinfaß zu gehen. Nach einem auf ex hinter die Binde gegossenen großen Bier hatte sich Herr Schweitzer mit ihr auf die Tanzfläche des Saals im Südbahnhof gewagt. Vergessen war die ewige Schmach seines Tanzkurses, vergessen war die Generalprobe. Bis dahin hätte sich Maria, wäre sie danach gefragt worden, als immens abgebrüht eingestuft. Nun mußte sie ihr

Selbstbildnis von Grund auf revidieren. Nach genau drei Takten hafteten nämlich sämtliche Blicke sämtlicher Tänzer und Tänzerinnen, es mögen so um die vierzig gewesen sein, auf Herrn Schweitzer. Einige hatten sogar mitten in der Bewegung innegehalten, denn was ihnen geboten wurde, hatte die Welt noch nicht gesehen. Ein menschenähnlicher großer, unter Starkstrom stehender Fisch zappelte wie wild mit geschlossenen Augen auf der Stelle. Auch glaubten ein paar Leute, in Herrn Schweitzer einen Wackeldackel bei einer rasanten Fahrt über's Kopfsteinpflaster zu erkennen. Fernando von ABBA dröhnte aus den Boxen. Selbst der mit allen Wassern gewaschene DJ starrte mit offenem Mund auf die Tanzfläche. Maria tat, als kenne sie das beschwipste Monstrum mit den rudernden Armen nicht, was aber inkonsequent war, denn schließlich hatten sie und Herr Schweitzer sich einst gelobt, auch in schweren Zeiten zusammenzustehen. Nun deuchte ihr auch, warum ihr Liebster sich immerfort mit den fadenscheinigsten Ausreden vor dem Tanzen gedrückt hatte. Sie hatte ihre Lektion gelernt. Als Herr Schweitzer stolz wie Oskar an den Tisch zurückkehrte, bereitete sie schon die Flucht vor. Diesmal war es an Maria, Kniebeschwerden vorzutäuschen. Auch sagte sie sich, Simon besitze so viel innere Werte, daß es auf so ein bißchen Amotorik nicht ankomme. Trotzdem war sie heilfroh, endlich wieder draußen zu sein, nicht mehr die ungläubigen Blicke im Rücken zu spüren. Am Himmelszelt strahlte die silberne Schleppe des Mondes.

„Da seid ihr ja endlich", wurden sie von Bertha begrüßt. „Ich versuch schon die ganze Zeit, euch zu erreichen. Die Italiener waren da und sind mit einem Treffen einverstanden. Am Sonntag schon. René und Semmler kommen auch gleich vorbei. Wo wart ihr denn?"

„Tanzen", sagte Herr Schweitzer.

„So ähnlich", sagte Maria.

„Mit deinem Bauch wär Bauchtanz vielleicht besser", sagte Bertha.

Mist, dachte Herr Schweitzer und sah an sich herunter, hab ich doch die letzten Tage mein Sportstudio glatt verschwitzt.

Als erster erschien René. „Ab sofort herrscht Alkoholverbot", verkündete er ohne jede einleitende Begrüßung.

„Haben sie dir ins Hirn geschissen?" erkundigte sich Bertha.

Herr Schweitzer wandelte auf den Spuren der Wirtin: „Wieso

denn das?"

„Weil sich in den nächsten achtundvierzig Stunden alles entscheidet. Da halte ich es für unumgänglich, einen klaren Kopf zu behalten. Ich meine das ernst, wir dürfen uns nicht den geringsten Fehler erlauben, wollen wir überhaupt eine Chance haben. Ich brauche wohl nicht extra zu betonen, wie hundsgemein unsere Gegner sein können."

Das war vernünftig. Bertha eingeschlossen machte sich eine allgemeine Zustimmung breit, auch wenn hundsgemein eher euphemistisch klang.

Zaghaft fragte Maria, die René ob seiner dramatischen Worte sogleich die Chefrolle zubilligte: „Aber austrinken wird man wohl noch dürfen?"

„Natürlich", antwortete René, der ziemlich geschafft aussah. „Ich habe die letzten Tage ein paar Dinge vorbereitet, die uns sehr nützlich sein können."

„Was denn?" wollte Herr Schweitzer wissen.

„So dies und das. Unter anderem habe ich ein paar Jungs damit beauftragt, bei den russischen Hintermännern in die Wohnung einzubrechen."

Maria: „Wozu das denn?"

René lächelte verschmitzt. „Um dort Heroin zu verstecken."

Herr Schweitzer: „Kapier ich nicht."

„Mensch, Simon, ist doch logisch. Während wir übermorgen mit dem Ebbelwei-Expreß beschäftigt sind, durchsuchen die Bullen gleichzeitig die Wohnungen von diesen Pennern. Und was werden sie finden?"

Herr Schweitzer: „Heroin?"

„Genau."

Bertha: „Arbeiten wir jetzt doch mit den Bullen zusammen? Ich dachte, das bringt nix."

„Nein, nein. Vom Ebbelwei-Expreß wissen die natürlich nichts, das ist ganz allein unser Ding. Aber bei den Angels mischt auch ein Oberkommissar mit. Dem hab ich vor drei Tagen die Adressen zugesteckt. Der hat das seinen Kollegen dann als anonymen Tipp verkauft. Er mußte mir versprechen, daß die Durchsuchung am Sonntag läuft."

Herr Schweitzer hatte das Gefühl, von den Ereignissen überrollt zu werden. Eben hatte er noch unbedarft das Tanzbein geschwungen und jetzt ging es auf einmal um Leben und Tod. Er wünschte sich, es wäre schon Montag. Das wäre schön, den ganzen Schlamassel hinter sich zu haben. Gedankenverloren nippte er an seinem Rotwein.

Und dann erschien Buddha Semmler. Was heißt erschien? Glasigen Blickes torkelte er herein. „Hallöchen alle miteinander. Komm gerade von zu Hause."

Bertha zu René: „Das mit dem Alkoholverbot hast du unserem Semmler wohl vergessen zu sagen, hä?"

„Der darf das."

Herr Schweitzer: „Fair ist das nicht. Der darf das und wir sitzen gleich auf dem Trockenen."

Buddha Semmler: „Was darf ich?"

Herr Schweitzer: „Saufen."

Buddha Semmler: „Ach nee. Hicks. Bertha, eine Flasche Roten für's Geburtstagskind."

Maria: „Du hast Geburtstag? Herzlichen Glückwunsch auch."

„Nein, nein, nein, noch nicht. Am Montag aber. Günther ist wieder auf dem Damm. Und zur Belohnung, weil ich ja, äh, weil ich ja die ganze Zeit den Schoppepetzer so astrein, nun, so aller erste Sahne geschmissen hab, hat mir Günther eine Woche freigegeben. Klasse, was? Hicks."

René: „Laßt den Kerl mal trinken. Der ist sowieso nicht eingeplant."

Ein eingeschnappter Buddha: „Wie, nicht eingeplant? Wobei denn?"

Bertha: „Die Mafia fertigmachen."

Buddha Semmler: „Oh, oh, das riecht nach Tod."

Bertha: „Das kannst du laut sagen."

Herr Schweitzer: „Nur mal so, glaubt ihr an ein Leben nach dem Tod?"

Buddha Semmler: „Wer an ein Leben nach dem Tod glaubt, hicks, entzieht sich meist der diss ... disshicks ... diesseitigen Verantwortung. Ist von mir. Glaub ich jedenfalls."

Herr Schweitzer: „Das muß ich mir merken, beantwortet aber meine Frage nicht."

Maria: „Darüber mach ich mir Gedanken, wenn's soweit ist."

René: „Bin ich Jesus? Hab ich Löcher in den Händen?"

Bertha: „Ich glaub nicht dran. Was vorbei ist, ist vorbei."

Buddha Semmler: „Ich bin ja noch jung, aber wenn's bei mir

soweit ist, freu ich mich drauf, endlich mal so richtig auspennen zu können."

Zwei offenbar auf Männerfang eingerichtete Damen mit fatalen Ausschnitten betraten das Lokal und stellten sich an ein Faß. Lüsternen Blickes übersahen sie Herrn Schweitzer und musterten René, dessen hautenge, schwarze Jeans einen knackigen Hintern konturenreich zur Schau stellte. Herr Schweitzer ließ kurzerhand von seinen Todesgedanken ab und befaßte sich mit der These, daß je größer die Fertilitätsprobleme der Männer seien, desto tiefer sich die Dekolletés der Damenwelt gestalten. Quod, wie man sehen konnte, erat demonstrandum.

Herrn Schweitzers empirische Abhandlung über weibliches Sendungsbewußtsein wurde von René unterbrochen: „Und für unsere Geisel hab ich mir was ganz Besonderes einfallen lassen."

Bertha: „Vierteilen? Rädern? Oh ja."

René: „Nein, nichts dergleichen. Der bleibt am Leben, aber wie."

Maria: „Ja, wie denn?"

René senkte die Stimme hinter seiner vorgehaltenen Hand: „Den hab ich süchtig gemacht. Heroinsüchtig."

Buddha Semmler: „Wow."

René: „Morgen Nacht legen Albert und ich Fjodor mit Heroin vollgepumpt einfach in der Nähe des Polizeireviers ab. Sicherheitshalber ruf ich die Bullen noch an, Mörfelder Ecke soundso läge eine hilflose Person."

Buddha Semmler: „Wow, aber hallo."

Auch Herr Schweitzer war nachhaltig beeindruckt. „Nicht schlecht, Herr Specht. Respekt. Aber was ist mit der Presse?"

René: „Die Presse, was soll damit sein?"

Herr Schweitzer genoß den Augenblick. Alle waren gespannt, was jetzt kommen würde. Bevor er loslegte, räusperte er sich ausgiebig. „Na ja, stellt euch doch einfach mal vor, es ist Montag und alles ist nach Plan verlaufen. Aber was haben wir von einem Fanal, wenn kein Schwein weiß, was es bedeutet. Ein Fanal ohne Bedeutung ist doch ziemlich dämlich, oder?" Herr Schweitzer wartete bis alle Köpfe genickt waren. „Wir alle kennen doch die Presse. Frau mit Plastikbesteck ermordet und so. Möchte nicht wissen, was am Montag in der Bild zu lesen sein wird. Dem können wir entgegensteuern. Ich kenne da zum Beispiel den Herausgeber vom Sachsehäuser Käsblättche. Wir geben ihm die Informationen, die wir für wichtig erachten, und das Käsblättche hat einen Aufmacher, der die Konkurrenz um Längen hinter sich läßt. Ist doch gar nicht so dumm, oder?"

René: „Hmm."

Maria: „Dann weiß aber doch jeder, daß wir dahinterstekken."

Herr Schweitzer: „Wieso denn? Selbst der Spiegel benutzt oft nebulöse Formulierungen. Wie aus gutunterrichteten Kreisen zu hören ist ... Sowas liest du da andauernd. Ist zwar kein seriöser Journalismus, aber den gibt's eh nicht. Wenn am Montag im Käsblättche zum Beispiel stünde: Wie aus Polizeikreisen zu vernehmen ist, besteht ein Zusammenhang zwischen den Todesschüssen im Ebbelwei-Expreß und dem Bemühen einiger Sachsenhäuser Wirte, sich gegen die Schutzgeldmafia zur Wehr zu setzen, undsoweiter, dann hätten wir erstens ein Fanal und zweitens kann uns keiner was. Pressegeheimnis. Wohlgemerkt, wenn alles exakt so über die Bühne geht, wie wir uns das vorstellen."

Der Schlag, der folgte, war fast ebenso hart wie der von der dicken Gertrud damals. Diesmal kam er jedoch von René: „Mensch, Simon, das ist ja der absolute Hammer. Hat echt Klasse, dein Vorschlag. Daß so einer wie du nicht bei der Kripo ist..."

Herr Schweitzer behauchte seine Fingernägel: „Jaja, wundert mich selbst manchmal."

René: „Bertha, mach doch bitte mal eine Runde auf mich."

Herr Schweitzer: „Ich dachte, wir trinken nichts mehr."

Buddha Semmler: „Quatsch da." Liebevoll streichelte er seine Wampe. „Da geht noch jede Menge rein, voll bin ich noch lange nicht."

Bertha schenkte nach. Die Flasche ließ sie für alle Fälle gleich stehen.

René: „So. Jetzt laßt uns alle mal nachdenken, ob wir noch was vergessen haben." Mit der Hand strich er sich die langen Haare hinters Ohr, denn er hatte die Blicke der Dekolletédamen bemerkt und fand, daß er im Profil mehr hermachte. Mit Barbara lief es nicht so gut, schon seit Tagen war sie nicht mehr im Frühzecher erschienen und man mußte ja auch sehen, wo man blieb.

Alle bis auf René überlegten, wo noch eine Schwachstelle sein könnte, indes der Frühzecher-Wirt mit der Möglichkeit liebäugelte, sich von einer der beiden abschleppen zu lassen. Oder, noch besser, von beiden auf einen Streich.

„Tja, ich hätte da noch zwei Dinge", sagte Herr Schweitzer. „Eines davon käme eventuell meinem Leben zugute."

Maria: „Deinem Leben? Wie muß man das verstehen?"

„Na ja. Nehmen wir mal an, bei den Russen ist am Sonntag einer von denen dabei, die mich gekidnappt haben. Wenn der mich trotz der Schaffneruniform erkennt, sitz ich aber ganz gewaltig in der Tinte. Die wittern dann vielleicht eine Falle und knallen mich über den Haufen. Fänd ich echt nicht lustig, das."

Buddha Semmler: „Nee, lustig wär das nicht."

Maria drückte Herrn Schweitzers Arm. „Dann verkleide dich doch."

Herr Schweitzer: „Mach ich doch schon, als Straßenbahnschaffner."

Maria: „Menno, so mein ich das doch gar nicht. Ich kümmere mich drum. Schminksachen sind genug zu Hause."

Herr Schweitzer war skeptisch, doch ein Blick in Marias lächelndes Gesicht überzeugte ihn.

René: „Und was noch?"

Herr Schweitzer: „Die Flucht. Wir müssen von der Brücke runter, bevor die Polizei auftaucht."

René: „Stimmt. Hab ich schon geregelt. Zwei Jungs von den Angels werden mit ihren Böcken vorbeibrettern und euch auflesen."

Herr Schweitzer: „Ich weiß nicht. Ist das nicht total auffällig, ein Uniformierter und eine ältere Dame auf den Sozii von chromblitzenden Harleys?"

Bertha, die gerade die zwei Damen bedient hatte, und nun auf dem Weg zurück zum Tresen war: „Ich hab genau gehorcht. Ältere Dame, ich geb euch gleich was. Noch net einmal siebzig bin ich. Von mir aus könnten wir nämlich auch zu Fuß flüchten, fragt sich nur, ob der Dicke da mithalten kann."

Herr Schweitzer wußte sehr wohl, wer mit dem Dicken gemeint war. „Dich will ich sehen. Nach zehn Metern kriegst du doch einen Herzkasper. Ich hingegen geh ins Sportstudio und bin voll durchtrainiert."

Buddha Semmler: „Du gehst in die Muckibude?" Er konnte nicht anders als auf Herrn Schweitzers Bauch zu starren.

Was von diesem aber bemerkt wurde. Instinktiv zog er diesen ein. „Jawohl, ich hab eine Jahreskarte."

Maria: „Hat er."
Buddha Semmler: „Dann will ich mal nichts gesagt haben."
Maria: „Ferdi."
Herr Schweitzer, René, Semmler, Bertha: „Ferdi?"
Maria: „Ihr steigt danach einfach in Ferdis Taxi, und der bringt euch dann in Sicherheit. Das ist bei weitem nicht so auffällig wie knatternde Motorräder."

Herr Schweitzer war stolz auf seine intelligente und mutige und ganz tolle Freundin, schließlich färbt solch ein Rasseweib auch auf einen selbst ab, dachte er. Die meisten Frauen stünden zwar gerne im Mittelpunkt, somit aber auch im Wege. Nicht so seine Maria. Dabei wünschte sich Herr Schweitzer manchmal, sie hielte ihn zurück, das würde er aber nie zu sagen wagen, Frauen lieben nämlich Helden. Vielleicht keine toten Helden, lebende dafür aber um so mehr, mögen sie auch noch so sehr das Gegenteil predigen. Aber Liebling, ist doch nicht so schlimm, wenn du dich vor Mäusen ängstigst, ich liebe dich trotzdem. So einen Schwachsinn würden Frauen zwar behaupten, aber nie und nimmer ernst meinen. Und am Leben bleiben wollte Herr Schweitzer unbedingt. „Na, dann mal auf in den Kampf."

Buddha Semmler: „Der Kampf ist die Gesetzmäßigkeit des Lebens. Heraklit."

Bertha: „Kannst du mal die Klappe halten?"

Nun, da alle vermeintlichen Risiken besprochen waren, man glaubte, alles berücksichtigt zu haben, wurde es fast noch ein normaler Abend im Weinfaß. Das angesprochene Alkoholverbot mutierte zu einem Alkoholgebot. Die Anwesenden waren felsenfest davon überzeugt, Gott habe am siebenten Tage nicht geruht, sondern in einer letzten großen Kraftanstrengung sein Meisterstück, den Sachsenhäuser, abgeliefert. Das sei bis heute falsch überliefert, aber die Bibel ist ja sowieso bloß eine Auswahl von damals niedergeschriebenen Texten. Eine Best of Evangelien, sozusagen.

Später sollte René noch in einem Dekolleté verschwinden.

Was zum damaligen Zeitpunkt noch niemand wissen konnte: Die Tage der Mafia in Sachsenhausen waren gezählt, doch es sollte knapp werden. Knapper als den meisten lieb war.

Der Schock kam kurz nach dem Erwachen. Das geht zwar vielen Frauen und Männern so, die nach durchzechter Nacht in diffusen Kneipen oder nikotingeschwängerten Tanzclubs ihre neuen Eroberung im harten Licht des Morgens erblicken, doch war im vorliegenden Fall nicht Marias Aussehnen der Auslöser, sondern das, was sie sagte.

Nach dem obligaten Morgenkuß, während sie noch an Herrn Schweitzer herumfummelte, erzählte sie mit überbordender Freude: „Simon, Schatz, hab ich dir gestern ganz vergessen zu sagen, ich treffe mich heute nachmittag mit meinem neuen Verleger. Du weißt schon, ich hab dir von ihm erzählt."

So weit, so gut. Herr Schweitzer erinnerte sich.

Doch dann überreichte Maria ihm ein Buch mit den Worten: „Da, das hat er mir geschickt. Hat er selbst geschrieben. Ist das nicht süß?"

Herr Schweitzer freute sich mit seiner Liebsten. Voller anteilnehmendem Glück nahm er das Werk entgegen und betrachtete den Umschlag.

Das Lächeln erstarb und wich einer Grimasse. Lieber Gott, mach, daß das nicht wahr ist, dachte Herr Schweitzer. Doch der liebe Gott hatte Feierabend. Scheiße, dachte Herr Schweitzer, ich hätte das verhindern können, wenn ..., ja, wenn die Mafia nicht all meine Gedanken absorbiert hätte. Ausgerechnet dieses Arschloch. Der größte Idiot von ganz Sachsenhausen. Wilhelm de Chriso. Ein Verleger holländischer Provenienz, der, wie Insidern bekannt, seine Autoren regelrecht abzockte, indem er ihnen kein Autorenhonorar zahlte, wie es bei seriösen Verlagen üblich ist, sondern von den meist unerfahrenen Schriftstellern Geld verlangte, damit deren Werke überhaupt veröffentlicht werden. De Chrisos Gewinn fiel bei diesem Verfahren so hoch aus, daß er davon seinen aufwendigen Lebensstil finanzieren konnte. Soweit Herr Schweitzer wußte, nannte er diese Forderungen Druckkostenzuschuß. Und ausgerechnet an diesen pfeifenrauchenden Schmarotzer, der sich für den Salvator deutscher Gegenwartsliteratur hielt, war seine Maria geraten. Das Pfeifenrauchen, dieses ridiküle Intellektuellengehabe, hatte er von seiner Frau empfohlen bekommen, damit sähe er Günter Grass ähnlicher. Zwei-, dreimal war er ihm in der Kladde, de Chrisos Stammkneipe, begegnet, wo er immerfort große Reden schwang und glaubte, mit seinen Worten Massen zu elektrisieren. Er war dermaßen von sich überzeugt, daß er annahm, sogar Nobelpreisträger müßten vor ihm in Ehrfurcht erstarren, da selbst die Poesie, die aus seiner Feder floß, wenn er nur ein Kreuzworträtsel löste, alles andere um ihn herum zur Gewöhnlichkeit degradierte. Dabei waren seine Ergüsse nichts anderes als erbarmungswürdiger Schrott. Herr Schweitzer hatte mal eines seiner Bücher in der Hand gehabt – eine Autobiographie, Wilhelm de Chriso schrieb permanent Autobiographien –, eine Seite gelesen, und das Elaborat dann voller Zorn in die Ecke gefeuert. Selbst ein Arztroman, mit denen frau sich so gerne eine heile Welt erträumt, besaß dagegen einen höheren literarischen Anspruch. Und das ausgerechnet jetzt, dachte Herr Schweitzer, da wir alle Hände voll zu tun haben.

Was sollte er nun, da seine Freundin so erwartungsfroh einen anerkennenden Kommentar von ihm erwartete, wohl sagen? Hoffentlich war die Sache noch nicht so weit gediehen, daß sie nicht mehr rückgängig zu machen war. „Hast du den Vertag schon unterschrieben?"

„Nein, mach ich nachher, wieso? Ist was mit dir? Komm, sag schon, irgendwas stimmt doch nicht. Ich merk das doch."

Mit mir ist soweit alles in Ordnung, dachte Herr Schweitzer. Fieberhaft suchte er nach schonenden Worten. „Hör zu, Schatz."

Maria richtete sich auf.

„Dieser de Chriso, wie soll ich sagen ... ist nicht ganz koscher."

„Du kennst ihn?"

„Ja leider. Paß auf, ich erledige das für dich und verspreche dir, Geiseldrama in Dribbdebach wird in spätestens zwei Monaten erscheinen. Vertrau mir bitte, Schatz."

„Aber ..."

„Kein aber. Liebe ist auch, den anderen vor Unheil zu schützen."

Herr Schweitzer merkte, wie Maria mit sich kämpfte. Dann gab sie ihm überfallartig einen Kuß und er wußte, er hatte die richtigen Worte gewählt. Zwar hatte er noch keinen blassen Schimmer, wie er sein Versprechen einlösen sollte, doch im Vergleich zur Mafia sollte dies doch ein Klacks sein.

Bei bilderbuchhaftem Frühlingswetter hatte sich Herr Schweitzer zu Fuß auf den Weg in die Kladde begeben. Auf der Suche nach einer verlorenen Socke war er vorhin auf die vergessene Pistole im Nachtschränkchen gestoßen. Ohne daß Maria davon etwas mitbekam, hatte er die Browning einfach eingesteckt. Damit ließe sich trefflich de Chriso niederstrecken, dachte er scherzhaft, das wäre ein prima Verwendungszweck.

Gerade hatte er die Sachsenhäuser Warte passiert und befand sich nun fast auf Höhe des Hotels Holiday Inn auf der Darmstädter Landstraße. Schon von weitem sah er den Nackten Jörg auf sich zukommen, den er schon lange nicht mehr gesehen hatte und der verläßlichen Informationen zufolge neuerdings meist mit dem Fahrrad unterwegs sei. Doch heute schien er eine Ausnahme zu machen. Der Nackte Jörg ist kein Hirngespinst, es gibt ihn wirklich. Vor ein paar Jahren wurde im Fernsehen sogar mal ein Beitrag über ihn gesendet, den Herr Schweitzer zu seinem Leidwesen nicht gesehen hatte. Bereits seit zwanzig Jahren lief der Nackedei mit derselben Verkleidung – Bekleidung wäre nicht ganz passend – durch Sachsenhausen. Nie hatte ihn jemand anders als mit Badelatschen und Walkman erblickt. Und kein Sachsenhäuser nahm mehr Anstoß daran. Ganz im Gegenteil, auf offener Straße grüßte man sich höflich, wenn man einander begegnete. Herr Schweitzer erinnerte sich noch gut an sein erstes Aufeinandertreffen mit ihm. Es war spätabends, der Nackte Jörg lief parallel zu ihm auf der anderen Straßenseite. Zuerst dachte Herr Schweitzer, der Herr da drüben laufe in einer schwuchteligen fleischfarbenen Tänzerstrumpfhose herum. Das dachte er so lange, bis er es baumeln sah. Was die Sache so über alle Maßen verzwickt machte, war die Tatsache, daß Herr Schweitzer an diesem Abend mächtig einen getankt hatte. Und dann war er noch gegen einen Laternenpfahl gerauscht, weil er seinen Blick nicht von dem Gebaumel loseisen konnte. Tschuldigung, wo kommen Sie denn her, hatte er in seinem völlig aus der Bahn geworfenen Verstand der Laterne nachgerufen, ehe er sich wieder der mutmaßlichen Luftspiegelung widmete. Noch komplexer gestaltete sich die Angelegenheit, als ein händchenhaltendes Pärchen den Nackten Jörg passierte, ohne sich auch nur umzudrehen. Herr Schweitzer, wer wollte es ihm verdenken, hatte daraufhin beschlossen, bis auf weiteres vom Alkohol Abstand zu nehmen. Es behagte ihm ganz und gar nicht, in so jungen Jahren schon dem Säuferwahnsinn anheimgefallen zu sein. Erst als er Wochen später dem Nackten Jörg abermals begegnet war, und er durch Befragen von Bekannten und Freunden dessen tatsächliche Existenz bestätigt wußte, beendete er seine Abstinenzphase.

Es ist durchaus nicht ungewöhnlich, daß Hotels Touristen

beherbergen. Ebenso kann es vorkommen, daß diese Touristen mittels Reisebus den Weg zum Hotel finden. Von daher ist an einem vor einem Hotel haltenden Reisebus nichts auszusetzen, ja, bei größeren Hotels erwartete man dies sogar geradezu. Und das Holiday Inn ist ein großes Hotel, von vielen Punkten Frankfurts aus ist es zu sehen, zumal es auf der Anhöhe Sachsenhäuser Berg erbaut wurde. So kam es, daß Herr Schweitzer den schwarzlakkierten Reisebus eines madrilenischen Veranstalters einfach nicht wahrnahm. Auch dann noch nicht, als Busfahrer und Reiseleiterin aus der Tür stiegen und die Ladeklappe für das Gepäck öffneten. Spannend wurde es erst, als dem Fahrzeug eine große Gruppe asiatischer Touristen entströmte. Nur noch etwa fünfzehn Meter trennten den Nackten Jörg vom Schauplatz kommender Ereignisse, Distanz abnehmend. Herr Schweitzer wurde sofort aus seinen Gedanken gerissen und blieb stehen. Es war quasi ein Theaterstück mit Vorankündigung, da nicht davon auszugehen war, daß die Asiaten aus Sachsenhausen stammten und dem Nackten Jörg schon einmal begegnet waren. Als erster hielt ein männlicher Asiate mit Brille und Tirolerhut beim Kofferausladen inne und verkrampfte sichtlich. Jaja, dachte Herr Schweitzer, das kenne ich, denkst wohl, der Reisschnaps hat dir dein Hirn weggepustet. Besagter Asiate kommunizierte mit seinem Nachbarn, indem er ihm den Ellenbogen in die Rippen stieß. Aber der Nachbar war darob erst mächtig erzürnt, war ihm deswegen doch der Koffer auf die Füße geknallt, bis auch er das Sachsenhäuser Unikum sah. Was Herrn Schweitzer dann geboten wurde, ähnelte einer Reihe umfallender Dominosteine. Als auch die letzte Asiatin des Nackten Jörgs ansichtig geworden war, fingen die ersten bereits zu kichern an. Wer je Asiaten hat kichern hören, weiß, welch hohe Oktaven sie zu erreichen imstande sind. Das Kichern war bis rüber zum Südfriedhof zu hören. Statistisch gesehen hängen an jedem asiatischen Touristenhals eins Komma zwei drei Fotoapparate, Videokameras nicht mitgerechnet. Und diese eins Komma zwei drei Fotoapparate kamen nun dermaßen fix zum Einsatz, so daß einjeder Asiate des Nackten Jörgs nun wirklich nicht erwähnenswerte Vorderansicht in den Kasten bekam. Um etwaigen Fragen der Daheimgebliebenen vorzubeugen, wurde auch die Kehrseite des Objekts ins Visier genommen. Der splitterfasernackte Mann fühlte sich pudelwohl. Wie ein olympischer Athlet beim Zieleinlauf winkte er seiner neuen Fangemeinde zu, was abermals ein großes

Gekichere hervorrief. Der livrierte Portier, der zum Kofferaufladen mit einem Wägelchen herbeigeeilt war, bedachte Herrn Schweitzer mit einem kumpelhaften Verschwörerblick.

Als der Nackte Jörg an der Aral-Tankstelle um die Ecke gebogen war, rückten die Asiaten zusammen und begutachteten gegenseitig ihre Fototrophäen, die neue Technik macht's möglich. Herr Schweitzer war sich sicher, dies war nicht die erste Begebenheit dieser Art, folglich dürfte der Nackte Jörg in asiatischen Fotoalben eine ähnlich dominante Rolle spielen wie etwa der Römer oder der Dom. Wurde Zeit, daß die Frankfurter Oberbürgermeisterin ihrem Amt gerecht wird und dem Nackten Jörg den Status eines würdigen Stadtrepräsentanten verlieh.

Frohgemut hatte Herr Schweitzer seinen Weg fortgesetzt. Nun betrat er die Kladde. Am Tresen, genauer gesagt, in der Westkurve, wie der vom Eingang aus gesehene rechte Tresenabschnitt intern auch genannt wurde, hockten die üblichen Gestalten auf ihren Hockern, darunter auch ein wenig bekannter Schriftsteller, der in letzter Zeit in den unmöglichsten Klamotten herumlief, um irgendeinem schwer zu deutenden Image gerecht zu werden. Karl hantierte am Zapfhahn und grüßte Herrn Schweitzer, indem er kurz die Hand hob.

Er entdeckte Wilhelm de Chriso an einem Tisch in der Nähe des Kücheneingangs. „Herr de Chriso?" fragte Herr Schweitzer, obschon er wußte, daß dem so war.

„Ja?"

Herr Schweitzer war sich nicht sicher, ob der Verleger ihn kannte. Vom Sehen, vielleicht, das würde ihn nicht überraschen, Sachsenhausens Kneipenszene war außerhalb des heruntergekommenen Altstadtviertels doch eher überschaubar. Wer wie Herr Schweitzer viel unterwegs war, traf auf seinen Streifzügen unweigerlich auf bekannte Gesichter.

Wilhelm de Chriso wirkte irritiert, hatte er doch eine Frau erwartet. Herr Schweitzer sagte nichts, sah seine ausgebuffte Taktik doch vor, de Chriso, der von sich glaubte, er sei die Antwort auf alle Gebete, nervös zu machen. Wortlos setzte sich Herr Schweitzer und suchte sofort Augenkontakt.

„Entschuldigung, Herr ..."

„Schweitzer, mit tz, wie der Tropenarzt in Lambarene."

„Herr Schweitzer, ich glaube nicht, daß wir uns kennen. Außerdem bin ich mit einer Dame verabredet." Noch während er sprach, begann er, seine Günter-Grass-Pfeife zu stopfen.

Herr Schweitzer indes betrachtete die Bilder an der frischgestrichenen, zartvioletten Wand, die von dezenten Strahlern in ein angenehmes Licht getaucht waren. Natürlich nahm er weder Farbgebung noch Motiv wahr, denn sein Streben war einzig und alleine darauf ausgerichtet, diesem Möchtegern von einem Literaten die Flausen aus dem Kopf zu treiben. Dabei hätte es sich durchaus gelohnt, stammten die Ölgemälde doch von dem einzigen der sich hier zum Stammpublikum zählenden Künstler, der wirklich was drauf hatte. Die anderen glaubten in ihrer Einfalt bloß, sie wären von den Göttern mit Talent gesegnet. Als Herr Schweitzer meinte, genügend Zeit sei verstrichen, erklärte er ausführlich: „Ich weiß."

„Was wissen Sie?" wollte de Chriso wissen.

Na also, dachte Herr Schweitzer, klappt doch prima, der Typ ist so doof, daß es fast schon keinen Spaß mehr machte.

Beim vierten Versuch hatte die Pfeife endlich Feuer gefangen.

„Daß Sie hier mit einer Dame verabredet sind."

Des Verlegers Gesicht verkrampfte sich. Er mußte husten, unterdrückte es aber, weil ein Günter Grass bestimmt auch nie husten muß, weil ein Günter Grass sich solch sekundäre Sachen wie Pfeifenrauchen bestimmt ganz locker vom Hocker aus dem Ärmel schüttelt, genau wie das Tangotanzen nach richtig adressierten literarischen Nobelpreisverleihungen. Doch de Chriso arbeitete daran, er gab sich sichtlich Mühe mit dem Nichthusten, allein, es nutzte nichts. Das rundeste Gesicht, das die Welt je gesehen hatte, wurde rot und röter und drohte zu platzen. Tränen standen in den Augen. Herr Schweitzer fragte sich, wie man dermaßen bescheuert sein konnte.

Und wie das so ist, wenn man krampfhaft etwas zu unterdrükken versucht, es gewinnt die Oberhand, ob man will oder nicht. Nachdem Wilhelm de Chriso sich ausgehustet und die Tränen mit einer Serviette abgetrocknet hatte, suchte er den verlorenen Faden. Vergebens. Der gewiefte Taktiker Herr Schweitzer nutzte die Gunst der Stunde und der Verwirrung und fragte: „Sie sind doch Verleger?"

„Ja, und ob."

„Sagen Sie mal, wie gründet man eigentlich einen Verlag?"

Dankbar ergriff de Chriso die Gelegenheit, das zu tun, was er am liebsten tat. Auf die Pauke hauen. Mit einer übertrieben lässigen Handbewegung deklamierte er: „Oh, das ist ganz easy. Einfach zum Gewerbeamt gehen und anmelden. Kostet keine zwanzig Euro, die Chose."

Oh, dachte Herr Schweitzer, ist ja stark, Englisch kann der Typ auch noch. Er hatte Menschen noch nie gemocht, die andauernd glauben, Anglizismen verwenden zu müssen, nur weil das in gewissen Kreisen besonders hip ist. Absolut peinlich sind in dieser Beziehung oft Banker, die auf diese Weise mit ihrem Shareholder Value und Return on Investment intektuelle Überlegenheit demonstrieren müssen. „Das ist alles?"

„Right, that's all."

„Ach, übrigens ... ich bin der Agent von Maria von der Heide. Sie läßt sich entschuldigen. Termine."

Wilhelm de Chriso, in Literaturkreisen auch Krisen-Willi genannt, war von dieser Entwicklung überhaupt nicht angetan. Sein Kinnlade fiel herunter. Er war es gewohnt, seine Opfer allein durch die Aussicht, ihr Buch veröffentlicht zu sehen, zu ködern und nach allen Regeln der Kunst auszunehmen. Daß er hier einem Agenten, einem Profi also, gegenübersaß, verringerte seine Chancen auf Null, denn sein erklärtes Ziel war es ja, die Autoren bluten zu lassen, und ein Agent lebt nun mal von einer Beteiligung am Autorenhonorar, was Herr de Chriso aber noch nie gezahlt hatte. Und auch nie vorhatte. Er setzte da ganz auf die Eitelkeiten seiner Klientel. „Ach so", war alles, was er hervorwürgte.

„Herr de Chriso, ich will es kurz machen, Frau von der Heide liegt bereits ein Angebot von einem anderen Verleger vor. Fünfzehn Prozent Honorar, sind Sie in der Lage, mehr zu bieten?" Herr Schweitzer investierte viel Kraft, nicht zu grinsen.

Wenigstens einen stilvollen Abgang wollte de Chriso sich sichern. „Oh, too much. Die Höchstgrenze bei mir ist zwölf Prozent."

Eigentlich hatte sich Herr Schweitzer vorgenommen, die Angelegenheit wie ein Gentleman zum Ende zu bringen, doch angesichts der dreisten Lüge, die ihm gerade aufgetischt worden war, sprach er: „Aber Willi, tz tz tz, glauben Sie allen Ernstes, es hätte sich in unserer Branche nicht längst herumgesprochen, wie Sie Ihre Autoren abzocken?" So gerne er auch gewollt hatte, Herr Schweitzer konnte nicht anders, als noch einen draufzusetzen: „So Kreaturen wie Ihnen sollte man die Lizenz entziehen."

Er erhob und entfernte sich. Es war alles gesagt. Am Montag

würde Herr Schweitzer, sollte er da noch im Leben verweilen, einen Verlag gründen, um Marias Geiseldrama in Dribbdebach zu veröffentlichen, Geld war noch nie sein Problem gewesen. Hinter sich hörte er ein Lachen wie das Wiehern eines Pferdes. Hoffentlich verschluckt sich Krisen-Willi nicht, dachte Herr Schweitzer, obwohl ihm das, ehrlich gesagt, scheißegal war. Erst als er schon fast beim Ausgang war, fiel ihm auf, daß er gar nichts getrunken hatte. Ob der Wirt angesichts der Mafiaangelegenheit wohl ein bißchen neben sich stand? Immerhin war die russische Geisel noch immer in dessen Gartenhütte versteckt. Das ist bestimmt nicht beruhigend, dachte Herr Schweitzer und nickte Karl zu. Wie zuvor erwiderte dieser seinen Gruß mit einer lässigen Handbewegung.

Draußen wandte er sich nach rechts, um seinem Dealer einen Besuch abzustatten. Was sein Dopevorrat anging, pfiff er auf dem letzten Loch. Giorgio-Abdul, der zur Tarnung und gleichzeitiger Geldwäsche einen Dönerimbiss betrieb, ließ ihm die Wahl zwischen einem Kaschmir und einem Pakistani aus Chitral. Laut dem Italo-Tunesier törne ersteres diesmal extrem gut, es sei mit Abstand die beste Lieferung aus dieser Gegend seit langem. Herr Schweitzer nahm sich seines Dealers Empfehlung zu Herzen und legte hundert Euro auf die Theke. Nur für den Fall, jemand blickte zufällig durch das Schaufenster, bekam er eine Dose Cola ausgehändigt, so wie ein ganz normaler Geschäftsvorgang in einer seriösen Dönerbude eben auszusehen hatte.

Anschließend ging er zum Redaktionsbüro des Sachsenhäuser Käsblättchens und warf einen Brief ein, in dem Herr Melibocus, so der Name des verantwortlichen Redakteurs, angehalten wurde, am Sonntagabend nochmals dringend in seinem Briefkasten nachzuschauen, dort steckten dann detaillierte Informationen für die Story seines Lebens. Selbst wenn Melibocus es nicht für bare Münze nahm, so würde er mit Sicherheit den Briefkasten öffnen, Journalisten können nun mal nicht aus ihrer Haut, die Story ihres Lebens zu verschwitzen wäre eine Horrorvision ohnegleichen.

Danach lenkte Herr Schweitzer seine Schritte zum Depot am Südbahnhof. Dort stand er und erstrahlte in frischer Farbenpracht, der Ebbelwei-Expreß, geradenwegs so als könne auch er sich aufkeimender Frühlingsgefühle nicht erwehren. Der mit Aberglauben nichts am Hut habende Herr Schweitzer hauchte der alten Straßenbahn einen Handkuß zu, auf daß morgen um diese

Uhrzeit die Gerechtigkeit triumphiert haben möge. Dann nahm er sein Handy aus der Tasche. Leider war der Akku leer. Daran muß ich mich wohl erst noch gewöhnen, dachte Herr Schweitzer daraufhin, ist doch bei seinem Festnetzanschluß die Energieversorgung integrativer Bestandteil der Funktionalität. Ferdi anzurufen war das Einzige, was noch zu erledigen war, dann konnte der Sonntag kommen. Im Rahmen dessen, was möglich war, hatte Herr Schweitzer seinen Teil der Vorbereitungen abgeschlossen. Morgen würde des einen Tod des anderen Leben bedeuten. Darauf lief es wohl hinaus, so hart das auch klingen mag, dachte Herr Schweitzer und ging nach Hause.

Wie vereinbart, übernachtete Maria heute bei ihm im Mittleren Hasenpfad. Das lag viel näher als Marias Villa am Südbahnhof, wo Herr Schweitzer in weniger als zwölf Stunden den schwersten Job seines Lebens antreten sollte. Die öffentlichen Verkehrsmittel fuhren sonntags nicht so häufig wie sonst und auf ein Taxi wollte sich Herr Schweitzer auch nicht unbedingt verlassen müssen, nicht an einem Tag wie diesem – Ferdi wurde ja erst später gebraucht, und den wollte Herr Schweitzer damit nicht auch noch belästigen, sollte der ruhig ausschlafen.

Herr Schweitzer war gar arg erstaunt, wie gelassen er die Dinge nahm. Nicht im mindesten war er aufgeregt. Maria hatte angeboten, die Nacht bei ihm zu verbringen, weil man davon ausgegangen war, das würde ihn beruhigen, ihm etwas von seiner Angst nehmen, von der sie erwarteten, sie müßte sich unweigerlich einstellen. Nun saßen sie im Schneidersitz auf seinem Bett und futterten Gummibärchen. Da Herr Schweitzer nichts sagte, schwieg Maria auch, denn es war sein Abend. Sie stellte sich ganz auf ihn ein, würde tun, was er wollte, denn schließlich war es ihr Liebster, auf den ein harter Tag wartete, der sich in Gefahr begab, auch wenn diese, objektiv betrachtet, eher gering war. Immer konnte noch etwas dazwischenkommen, irgendein blöder Zufall die gesamte Planung über den Haufen werfen. Maria hatte das Gefühl, ihrer beider Liebe zueinander noch nie zuvor so intensiv verspürt zu haben. Sie schürzte die Lippen zu einem Kuß, der von Herrn Schweitzer auch prompt kam.

Einige Stunden zuvor hatte Herr Schweitzer ihr von seinem Vorhaben erzählt, gleich am Montag einen Verlag zu gründen, um ihr Buch auf den Markt zu bringen. Maria hatte sich hocherfreut gegeben und sich von Herrn Schweitzer haarklein dessen Treffen mit diesem unsäglichen Verleger schildern lassen. Doch eigentlich hatte Maria das Buchprojekt bereits abgehakt, es war ihr schlichtweg egal, wer das Werk veröffentlichte. Von Natur aus war ihr eine Arbeit nur so lange wichtig bis sie damit fertig war. Dann erfüllte sie Genugtuung über das Gelingen, alles andere war ohne Belang. Ob eine Skulptur nun sofort einen Käufer fand oder nicht, interessierte sie nicht im geringsten. Sie hing nicht an ihren Kunstwerken, jederzeit konnte sie ein neues erschaffen. Trotzdem freute es Maria natürlich, daß ihr Freund soviel Vertrauen in sie setzte, daß er deswegen sogar unter die Verleger ging.

„Sag mal, Schatz, bist du wirklich so ruhig oder tust du nur so?"

Nolens volens mußte Herr Schweitzer lachen, denn das Angenehme an ihrer Beziehung war von Anfang darauf begründet, sich einander nichts vormachen zu müssen. War der eine mal schlecht drauf, was eh sehr selten vorkam, konnte er dies ohne Rücksicht auf den anderen ausleben, der Partner ließ ihn dann in Ruhe oder kümmerte sich um ihn, je nach dem, was derjenige mit dem schlechten Tag wünschte. Da dies wie gesagt nicht allzu häufig vorkam, ergaben sich dadurch auch keinerlei Probleme.

„Ich versteh's selbst nicht so genau", antwortete Herr Schweitzer. „Vielleicht liegt's an deiner Anwesenheit."

Abermaliges Geknutsche.

„Dir geht's also gut?"

„Ja, kann man so sagen."

„Das ist schön."

„Eigentlich mache ich mir mehr Sorgen um Berthas Nervenkostüm, immerhin ist sie es, die direkt mit den Mafiosi zu tun hat. Ich bin ja bloß der Schaffner."

„Simon, Simon, Simon, jetzt bist du bald fünfzig und verstehst die Frauen immer noch nicht."

„Doch schon", druckste Herr Schweitzer herum, „aber Bertha ..."

„... ist auch eine Frau. Obwohl schon älter, ist sie immer noch eine Frau."

„Jetzt bin ich aber gespannt."

„Wenn wir Weiber uns was vorgenommen haben, dann ziehen wir das auch konsequent durch. Erinnerst du dich noch, wie ich dich damals abgeschleppt habe?"

„Nein, ich hab dich abgeschleppt."
„Denkst du."
„Ich weiß doch noch, was ich getan habe."
„Siehst du, auch das gehört dazu, die Mannsbilder immer schön im Glauben lassen, sie wären diejenigen, welche."
„Aber wenn dem tatsächlich so sein sollte, warum hast du dann zugelassen, daß ich dermaßen in die Sache verwickelt werde?" fragte Herr Schweitzer, nun doch sehr erpicht darauf, Neues vom Männlein-Weiblein-Thema zu erfahren.
„Die Frage, lieber Simon, ist falsch gestellt. Was wäre passiert, wenn du dich da rausgehalten hättest?"
„Und was wäre passiert?"
Maria kniff Herrn Schweitzer in die Wange. „Mein kleiner Simon wäre total unzufrieden mit sich gewesen und ich hätt's ausbaden müssen."
„Ich bin nicht klein."
„Beweis mir das bitte." Lasziv entledigte sich Maria ihres T-Shirts. „Kleiner."

Herr Schweitzer hatte, man mag es kaum glauben, gut geschlafen. Fünf Minuten vor dem Wecker erwachte er und rieb sich die Augen. Maria lag entspannt neben ihm. Ihre Beine lugten unter der Decke hervor. Er deckte sie zu. Positive Schwingungen erfüllten sein Zimmer. Er drückte die Wecktaste herunter und schlich auf den Flur. Lauras Tür stand sperrangelweit offen, was bedeutete, sie war gestern nacht wieder auf der Piste gewesen. Ob erfolgreich oder nicht, ließ sich daraus nicht deuten, oft kam sie auch erst morgens aus der Disco zurück. Am liebsten würde Herr Schweitzer ihr einen Adonis backen, wenn er nur wüßte, auf welche äußerlichen Merkmale Laura bei Männern Wert legte. Was er so mitbekommen hatte, war sie wahllos, Hauptsache der Lover hatte vage ein Auge auf sie geworfen. Scheint ein schwieriges Alter zu sein, dachte Herr Schweitzer, Anfang dreißig und dann auch noch Torschlußpanik.
Nach dem gemeinsamen Frühstück im Bett mit Maria begaben sie sich ins Bad. Er mußte sich vor Lauras Schminkspiegel setzen und Maria packte ihre Utensilien aus.
„So, Schatz, jetzt machen wir aus dir mal einen hübschen Kerl."
„Noch hübscher? Willst du mir etwa den Bauch absaugen?"

„Das mußt du schon selbst tun. Ich sag nur Sportstudio."

Ach ja, Sportstudio, dachte Herr Schweitzer, ab morgen wieder.

Dann mußte er stillsitzen. Fachfräuisch bearbeitete sie seine Wimpern so lange mit Wimperntusche bis er Theo Waigel ähnelte. „Ich dachte, du willst, daß ich hübsch aussehe?"

„Und ich dachte, du willst, daß dich niemand erkennt."

„Auch wieder wahr."

Dann bekam Herr Schweitzer noch einen kleinen Anflug von Oberlippenbart verpaßt. „Fehlen nur noch die Dauerwelle und ein paar blonde Strähnchen, dann könnt ich auf den Feuerwehrfesten in der Wetterau die Dorfschönheiten reihenweise flachlegen."

Solange du nicht anfängst zu tanzen, dachte Maria, sagte aber: „Damit du da auch hinkommst, hab ich dir schon mal einen schwarzen 3er BMW gemietet. Steht vor der Tür."

„Danke, Schatz. Ich weiß, du willst nur mein Bestes."

„Dein Bestes bin immer noch ich. Aber wenn der Herr auf wasserstoffperoxidbehandelte Hasen steht, nur zu, nur zu."

„Ach nee, laß mal."

„Jetzt halt still, ich bin noch nicht fertig."

Und als Maria dann fertig war, sah Herr Schweitzer im Spiegel noch immer Herrn Schweitzer. Als er aber in Unterhose und probehalber aufgesetzter Schaffnermütze erneut hinsah, glaubte er sich im Darkroom der frivolsten aller frivolen Schwulenschuppen und allen Schwuchteln lief der Sabber runter. „Meinst du, ich kann so gehen?"

„Ich wäre neugierig, wie weit du kommst."

„Der Nackte Jörg darf auch rumlaufen wie er will."

„Stimmt. Und vom Bauch her käm's auch hin."

„Blödmann."

„Blödfrau. So, mein Kleiner. Jetzt ziehen wir uns noch brav die Uniform an."

Es war erschütternd. Herr Schweitzer hatte ein Parademannsbild in Paradeuniform erwartet, als er sich anzog. Was heißt anzog? Der Reißverschluß der Hose ließ sich gerade einmal zu einem Drittel schließen, und der Abstand zwischen Knopf und Knopfloch seiner Jacke hätte größer nicht sein können, da half auch alles Luft-aus-der-Lunge-pressen nichts. Was so zehn Kilo doch alles ausmachen, dachte Herr Schweitzer. „Und was jetzt?"

„Sportstudio."
„Sehr witzig."
„Hast du Hosenträger?"
„Seh ich so aus?"
„Ja."
„Oh, amüsiert sich die Dame sehr?"
„Ja", wiederholte Maria und hielt sich die Hand vor den Mund. Klar, es war nicht der richtige Zeitpunkt dafür, aber was sollte man machen? Sie setzte sich auf den Toilettendeckel und lacht lauthals. „Weißt du, wie du aussiehst?"
Herr Schweitzer wollte es gar nicht erst wissen und schwieg grimmig.
„Wie Obelix als Legionär. Welche Größe, mein Herr? Mittel, hat Obelix gesagt, als er die Uniformgröße angeben mußte. Und weißt du noch, wie Obelix in Mittel aussah?"
Herr Schweitzer wußte. Wie ich.
„Komm, Simon, das kriegen wir schon hin."
Mit zwei Sicherheitsnadeln wurde der Reißverschluß auf halber Höhe fixiert, eine dunkelblaue Unterhose kaschierte den farblichen Unterschied im noch offenen Teil des Hosenlatzes und obendrein mußte Herr Schweitzer einen hüftlangen Pullover anziehen. Bei dem Wetter, hatte er zwar erwidert, aber Maria kannte keine Gnade.
„Willst du vielleicht wie ein Lustmörder rumlaufen? Die buchten dich schneller ein als du gucken kannst."
„Nicht, wenn ich hinter dem Nackten Jörg herlaufe."
„Dann bekommst du eine Anzeige wegen sexueller Belästigung."
„Von wem?"
„Vom Nackten Jörg natürlich."
Doch mit der Jacke war nichts zu machen. Kurz erwog man, sie mit einer Kordel zusammenzuzurren. Aber das wäre ja noch auffälliger, also sah man davon ab. „Laß sie halt offen", sagte Maria.
Herr Schweitzer begutachtete sein Spiegelbild. „Ach du liebes bißchen", entfuhr es ihm.
„Es hätte schlimmer kommen können."
Als Maria dann alleine im Bad zurückblieb, um das zu tun, was Frauen immer tun, wenn irgendwo ein Spiegel hängt, steckte sich Herr Schweitzer die Browning in den Bund unter seinem Pullover.

Nur für alle Fälle, dachte er, dabei hätte er gut daran getan, mal nachzuschauen, ob sie überhaupt geladen war.

Der Abschiedskuß dauerte länger als sonst. „Mach's gut, Simon, wir sehen uns nachher."

„Davon gehe ich aus." Er haßte Abschiedsszenen. Abrupt drehte sich Herr Schweitzer um und lief die Treppe herunter. Erst eine Etage tiefer hörte er wie oben die Tür ins Schloß fiel. Kaum, daß er draußen war, schaltete er auf Autopilot. Die nun folgenden Handlungsabläufe waren auf seiner Festplatte gespeichert. Der Zeitplan war bis ins kleinste Detail ausgeklügelt. Nichts konnte mehr schiefgehen. Nichts durfte mehr schiefgehen, andernfalls Sachsenhausens Kneipenkultur mit Mann und Maus untergehen würde. Die Vergänglichkeit irdischen Lebens drang nicht in Herrn Schweitzers Bewußtsein.

Nach wenigen Metern schwitzte er bereits. Das Thermometer stieg hoch und höher, und er lief im Pullover rum. Unter den Ärmeln spannte die Jacke, was ihm bei der Anprobe nicht weiter aufgefallen war. Er wählte einen kleinen Umweg. Es wäre doch sehr töricht gewesen, ausgerechnet heute am Südbahnhof einem seiner ehemaligen Kollegen über den Weg zu laufen. Dem Straßenbahndepot näherte er sich von der Bruchstraße her. Wie vorauszusehen waren kaum Leute unterwegs. Ein Täuberich gurrte einer fliehenden Taube hinterher. Das ist ja wie bei uns Menschen, dachte Herr Schweitzer, bevor er um die Ecke bog und sich seine Lederhandschuhe anzog. Das erste Hindernis erwartete ihn. Würde die kleine graue Eisentür offen sein, wie es René versprochen hatte? Sie war es. Renés Spezialist hatte ganze Arbeit geleistet. Nur die Profis von der Spurensicherung würden die kleinen Kratzer am Schloß als das erkennen, was sie waren. Unter der Woche wäre es einfacher gewesen, da stand das Tor nämlich offen, aber das kleine Häuschen an der Haltestelle Südbahnhof wäre auch von Bediensteten der Verkehrsbetriebe besetzt gewesen.

Auch das nächste Hindernis erwies sich als nichtig. Der Schlüssel hing dort, wo er früher auch immer hing, als Herr Schweitzer, wenn er Frühschicht hatte, seine 14 aus dem Depot holte. Mit dem Knauf der Pistole – für was die Dinger doch alles gut waren – schlug er die kleine Scheibe des Holzkästchens ein. Dann langte er hinein, ergriff den Schlüssel, zog die Hand heraus und verletzte sich am Handgelenk, das vom Handschuh nicht bedeckt war. Verdammichaberauch, fluchte er. Auch wenn die Wunde nicht sehr tief war, blutete sie doch ein wenig. Er leckte sich das Rot von der Haut. Dann brach er die Spitze der Scherbe ab und ließ sie in der Jackentasche verschwinden. Wir wollen der Kripo doch nicht die Freude machen, dem Täter, also mir, dachte er, durch dämliche Blutspuren auf die Schliche zu kommen. Einen Simon Schweitzer hinter Gittern konnte und wollte er sich partout nicht vorstellen, da gab's bestimmt weder Handkäs noch Schoppen noch Marias. Er öffnete das Rolltor und fuhr den Ebbelwei-Expreß nach draußen. Sofort erschien Bertha, und Herrn Schweitzer fielen die Augen aus dem Kopf.

Bertha im schwarzen Faltenrock und gleichfarbigen Schaftstiefeln. Die hellblaue Kostümweste half da auch nicht wirklich.

„Sag mal, willst du anschaffen gehen oder dich mit der Mafia treffen? Für mich siehst du aus wie ..."

„Schnauze, Vollidiot."

„Na, na, na, wer wird denn gleich so ruppig sein?"

„Guck dich doch mal an. Läufst rum wie'n ausgelutschter Faschist. Ich dachte, du machst einen uff Hippie. Und was soll der Pulli überhaupt? Merkst du net, wie heiß es ist?"

„Äh ... doch ... schon. Ich trag nun mal gerne Pullis."

„Da hab ich dich aber auch schon anders gesehn."

Herr Schweitzer leckte sich wieder das Blut vom Handgelenk. Es war schon viel weniger geworden.

„Oh, hat sich unser Dabbes verletzt. Das geht aber schnell bei dir. Wenn du so weitermachst, bist du weg vom Fenster, bevor wir die Mafiosi überhaupt gesehn haben."

„Hast du zufällig ein Pflaster bei dir?"

„Klar Mann. Und einen Kühlschrank und eine Kreissäge."

„Du denkst aber auch an alles."

„Logo. Den Kühlschrank brauche ich für den Kasten Bier in meiner Handtasche und die Kreissäge, falls du die Straßenbahn gegen den nächsten Baum gondelst und ich dich aus'm Blech schneiden muß."

„Auf Schienen pflegen keine Bäume zu stehen, nur so zur Info."

„Bei dir weiß man nie. Warum fährst du denn net los?"

„Weil wir noch warten müssen, bis die 14 durch ist. Der fahren wir dann hinterher."

„Wieso? Hast du den Weg vergessen?"

Okay, dachte Herr Schweitzer, sich wegen Berthas Nerven zu sorgen, ist so überflüssig wie Kondome im Vatikan. Mehr denn je war er von einem guten Gelingen überzeugt. Mit dem Handrücken wischte er sich den Schweiß von den Schläfen. Ratternd und quietschend kam die Linie 14 aus der Brückenstraße gebogen. Herr Schweitzer wartete, bis die wenigen Fahrgäste ein- und ausgestiegen waren, dann setzte er den Ebbelwei-Expreß in Bewegung.

Zur selben Zeit, als Herr Schweitzer sich von Maria verabschiedet hatte, gönnte sich Bernie in seiner Wohnung gegenüber der Pferderennbahn, auf der übrigens 1863 das erste Rennen stattfand, ein exquisites Frühstück. Geräucherter Aal mit Meerrettichsoße, Schwarzwälder Bauernschinken, zwei Eier im Glas, eine selbstgemachte Avocadocreme und ein Bastkörbchen mit Laugen- und Sesambrötchen schmückten seinen antiken Frühstückstisch. Bernie war seit annähernd zwanzig seiner nunmehr fünfzig Jahre ein aus der Not heraus geborener Junggeselle. Doch auf diese Weise umging er geschickt der Frauen Lieblingsfragen wie: Schatz, liebst du mich noch, oder Liebling, wie gefällt dir mein neues Kleid, oder Mausespeck, findest du, ich bin zu dick? Bernie hatte es nämlich mit der Wahrheit und diese korrespondierte nun mal selten bis nie mit den Antworten, die das weibliche Geschlecht sich mit all dieser Fragerei erhoffte. Gelegentlich hatte er Affären, fast ausschließlich mit verheirateten Damen, die gewöhnlich ihre Gatten mit diesem Gesülze malträtierten, und ihn, Bernie, damit in Ruhe ließen. Das hieß aber nicht, daß er gänzlich gegen eine Beziehung eingestellt war. Irgendwo auf diesem Erdenrund mußte es doch eine weibliche Person geben, die genügend Selbstbewußtsein besaß, um auf solche Fragen, vornehmlich aber auf die Antworten nicht angewiesen zu sein. Es schien aber so, als würde die Suche im Sande verlaufen.

Nach dem Frühstück blieb er noch eine Weile sitzen und genoß die Aussicht auf den Hofgarten. Am liebsten hätte sich Bernie, der eigentlich Bernhard hieß, mit einem guten Buch auf den großen Balkon, der fast schon eine Veranda war, gesetzt und den lieben Gott einen guten Mann sein lassen. Er mochte den Sonntagsdienst nicht sonderlich, aber das Leben war ja kein Wunschkonzert. Mit einem Seufzer stand er auf und zog sich die Uniform an. Wenigstens arbeite ich heute mit Jürgen zusammen, dachte er.

Jürgen war sein Lieblingskollege und immer zu Späßen aufgelegt. Die Kundschaft heute würde aus einem Fahrradklub bestehen, der sein sechzigjähriges Bestehen feierte, und den er am Zoo einladen sollte. Er war gespannt darauf, wie sich der Ebbelwei-Expreß, der im Depot am Südbahnhof auf ihn wartete, nach der aufwendigen und bestimmt auch teuren Restaurierung in seinem neuen Kleid wohl präsentierte. Bernie schaute auf die Uhr. Er lag gut in der Zeit.

Auch Herr Schweitzer schaute auf die Uhr, allerdings nicht auf seine eigene, die war ja weg, sondern auf die Stationsuhr der Endhaltestelle Neu-Isenburg. Nur noch wenige Minuten, bevor es ernst wurde. Erstmalig für heute verspürte er so etwas wie Anspannung. In einer halben Stunde oder maximal fünfundvierzig Minuten würde alles vorüber sein. Oder wenigstens das, worauf es ankam. So oder so, dachte Herr Schweitzer, all seine Sorgen gehörten bald der Vergangenheit an. Seine Wunde hatte aufgehört zu bluten, dafür spürte er, wie sein patschnasses Hemd am Rücken klebte. Bei dem Gedanken, nachher noch rennen zu müssen, wurde Herrn Schweitzer ganz anders. Man muß sein Handeln den Gegebenheiten anpassen können, manchmal sogar blitzschnell, gerade bei einem Detektiv wurde das allgemein erwartet, also zog er Jacke und Pullover aus und hängte sie auf den Haken links hinter dem Fahrersitz.

„Wie läuftst du denn rum?" fragte Bertha, als sie das abenteuerliche Konstrukt seiner Hosenlatzbefestigung erblickte. Die Pistole im Hosenbund schien sie als normal zu betrachten.

Nicht schon wieder, dachte Herr Schweitzer bloß. „Paß auf, ich bin zu dick, okay? Die Uniform paßt nicht mehr hundert Prozent, okay? Mein Maßschneider hat sich letzte Woche erhängt, okay? Und ein neuer ..."

„Wieso denn des?"

„Wieso was?"

„Warum der sich erhängt hat?"

„Was weiß ich? Vielleicht war das Heroin schlecht, daß ich ihm immer als Bezahlung gegeben hab."

„Du verarschst mich grade?" Bertha war sich wirklich nicht sicher.

„Das ist jetzt alles nicht wichtig. Das mit meinem Maßschneider erzähl ich dir später einmal. Wir müssen uns jetzt konzentrieren. Guck, die 14 fährt bereits ab." In Herrn Schweitzers Modulation schwang etwas, das selbst Bertha verstummen ließ. „Wir warten jetzt noch eine Minute, dann fahren wir los. Geh schon mal in den hinteren Waggon."

Bertha nahm ihre Handtasche, in der doch kein Kasten Bier steckte, vom Schaltbrett.

„Bertha ..."

„Ja?" Sie drehte sich noch einmal um.

„Es kommt jetzt ganz allein auf dich an. Ich vertrau dir. Wir alle vertrauen dir."

Ernst sagte sie: „Ja, Simon, ich weiß." Es klang sehr, sehr leise.

Im Rückspiegel beobachtete er, wie sich die alte Wirtin entfernte. Im Rückspiegel beobachtet er, wie sich die alte Wirtin umdrehte und noch einmal zurückkam. Jeder andere hätte sie jetzt angepflaumt, was denn nun schon wieder sei, doch Herr Schweitzer war da anders: „Ja, gibt's noch was?"

„Wenn das hier fertig ist, gibst du mir deine Hose, ich näh dir die dann richtig."

Fast hätte Herr Schweitzer lachen müssen, doch er beherrschte sich. „Ist in Ordnung. Danke, Bertha."

„Keine Ursache."

Früher hatte sich Herr Schweitzer immer auf die Strecke durch den Frankfurter Stadtwald, der einst von Kaiser Karl IV an die Stadt verkauft worden war, gefreut, sie lud zum Träumen ein. Nun starrte er geistesabwesend auf die immer schneller unter dem Ebbelwei-Expreß fortgleitenden Schwellen. Auch die Schienen schienen wie ein dahinfließendes Quecksilberrinnsal unter seinen Füßen hindurchzurauschen. Schon von weitem sah er die Silhouetten der drei wartenden Russen, genau so wie Bertha es arrangiert hatte. Er drehte die Kurbel und die Geschwindigkeit nahm ab. Nichts hatte Herr Schweitzer verlernt. Straßenbahn- ist wie Fahrradfahren. Was einmal sitzt, sitzt für immer.

Als Herr Schweitzer die Straßenbahn zum Stillstand brachte, beobachtete er, wie zwei der Russen ihre Hände nicht natürlich bewegten, sie waren in der Nähe ihrer Waffen und offensichtlich bereit, jederzeit davon Gebrauch zu machen. Homo homini lupus – der Mensch ist dem Menschen ein Wolf –, daran gab es kein Rütteln, das wird immer so sein. Der Dritte im Bunde ist wohl der Boß, dachte Herr Schweitzer. Sie stiegen zu Bertha in den hinteren

Waggon. Eine Station später warteten bereits die Italiener. Auch bei ihnen war die Konstellation dieselbe, einer, der das Sagen hatte, und zwei finstere, gewaltbereite Handlanger. Herr Schweitzer hatte auf dieser Teilnehmerbegrenzung bestanden, auf diese Weise würde der Leichenbeschauer den Überblick behalten.

Er wurde von Jürgen mit den Worten „Der Ebbel-Ex ist fort" empfangen.

Bernie starrte auf das leere Depot, das seit geraumer Zeit nicht mehr als solches genutzt wurde. Es war im Gespräch, in diesen Hallen den Wochenmarkt am Südbahnhof unterzubringen, dann wäre die Kundschaft nicht mehr der Witterung ausgesetzt. Bei der momentanen städtischen Finanzlage konnte das aber noch ein paar Jahrhunderte dauern. „Vielleicht hat sich was im Dienstplan geändert, ohne daß die uns benachrichtigt haben."

„Ich ruf mal die Zentrale an", sagte Jürgen, „kann ja auch sein, der Ebbel-Ex steht woanders." Er wählte die gespeicherte Nummer.

Bernie schüttelte den Kopf. Mysteriös, dachte er, aber auf die Idee, die Straßenbahn könnte geklaut worden sein, kam er nicht, sie war einfach zu absurd, zumal man die ja auch nicht einfach in eine Garage fahren, umlackieren und nach Polen verkaufen konnte.

In der Zentrale war man ratlos. Laut Plan hatte der Ebbelwei-Expreß am Südbahnhof zu stehen. Die diensthabende Dame versprach, mal telefonisch in den anderen Depots nachzufragen, vielleicht habe sich da kurzfristig was geändert. Mit dem Versprechen, Jürgen binnen kurzem zurückzurufen, beendete sie das Gespräch.

„Und was jetzt?" fragte Bernie, der so etwas noch nie erlebt hatte.

„Laß uns bei McWürg einen Kaffee trinken gehen."

„Solange ich da nichts essen muß ..."

Der Kaffee war getrunken und die Zentrale hatte immer noch nicht zurückgerufen, als der Ebbelwei-Expreß plötzlich am Fenster des im östlichen Teil des Südbahnhofs untergebrachten Schnellrestaurants vorüberglitt. Bernie und Jürgen erblickten ihn gleichzeitig. Und wie es sich gehörte, wurde er von einem Kollegen gefahren, so jedenfalls der äußere Anschein.

„Ich glaube, die in der Zentrale haben einen Knall", sagte

Jürgen. „Beordern uns hier her, obwohl der Ebbel-Ex schon längst mit Gästen unterwegs ist. Die kriegen von mir jetzt aber was zu hören. Wirst sehen, gleich können wir uns wieder aufs Ohr hauen."

Auch das Zentralenmädel glaubte, irgendwer habe einen Knall, nachdem sie Jürgens Bericht vernommen hatte. Sie klingelte den Fahrdienstleiter aus dem Bett, doch dieser meinte, vielleicht erlaube sich hier jemand einen Scherz und habe den Ebbel-Ex für eine Spritztour entwendet, man solle wohl mal besser die Polizei verständigen. Das Zentralenmädel erwiderte zwar, der Ebbel-Ex würde aber offensichtlich von einem Kollegen gesteuert, doch der Fahrdienstleiter wollte auf Nummer Sicher gehen.

Kurz darauf erhielt ein in Dribbdebach Streife fahrendes Polizeiauto den nicht ganz alltäglichen Befehl, nach einem in östlicher Richtung unterwegs seienden Ebbelwei-Expreß zu suchen, dieser könne eventuell von Unbekannten gestohlen worden sein. Man solle aber behutsam vorgehen, da stark davon auszugehen sei, daß es sich hierbei bloß um ein grobes innerbetriebliches Mißverständnis seitens der Kollegen von den Verkehrsbetrieben handelte.

Polizistin und Polizist der Streifenwagenbesatzung sahen sich an und tippten sich an die Stirn. Trotzdem wendeten sie das Fahrzeug am Museumsufer und rauschten mit eingeschaltetem Martinshorn erst die Schweizer, dann die Textorstraße entlang.

So hatte sich mit dem Ebbelwei-Expreß erstmalig in der deutschen Kriminalhistorie eine Straßenbahn auf die Fahndungsliste gefahren.

Wer je schon mal im Ebbelwei-Expreß mitgefahren ist, weiß, wie die Sitze angeordnet sind, zwei Parteien à drei Personen konnten sich nicht einfach so gegenübersitzen, ohne sich auf der Pelle zu hängen. Auf der einen Seite befanden sich die Einzel- und auf der anderen die Doppelsitzreihen. Die Russen, welche ja zuerst eingestiegen waren, hockten zu dritt in Fahrtrichtung rechts auf zwei hölzernen Doppelbänken. Auf diese Weise wirkte die Gruppe in sich kompakter als die Italiener, von denen einer zwangsläufig etwas abseits sitzen mußte.

Schon kurz nachdem Bertha die Gäste an Bord willkommen geheißen hatte, war klar, daß Russen und Italiener sich im Kriegszustand befanden. Selbst beim besten Willen konnte die

Frage, welche der beiden Gruppierungen am furchterregensten dreinschaute, nicht oder nur unzureichend beantwortet werden. Alle drei Osteuropäer warfen mannhafte Bürstenhaarschnitte und Muskelberge in die Waagschale, indes die Italiener mit den obligatorischen Sonnenbrillen, Pomadenhaar und teuren Zweireihern glänzten. Rein martialisch betrachtet lagen die Vorteile sicherlich auf russischer Seite, gab es dort ja in letzter Zeit noch reichlich kleine Scharmützel, Aufstände und Kriege, in denen man sein Mütchen kühlen konnte, die Kenntnisse auf dem Abschlachtungssektor waren also noch recht frisch. Andererseits sprach die Tradition eindeutig für die Italiener. Was Organisation und grenzüberschreitende Logistik anging, konnten sie auf reichlich Erfahrungswerte zurückgreifen. Hätte man auf eine der beiden Mafias wetten müssen, man stünde vor einem veritablen Problem. Die Luft knisterte vor Elektrizität. Es war genau die Art von Spannung, wie sie sich René und Herr Schweitzer gewünscht hatten. Der Ebbelwei-Expreß war das reinste Pulverfaß.

Gleich zu Beginn hatte Bertha mit ein paar einleitenden Worten darauf hingewiesen, daß dies hier ein friedliches Tête-à-tête sei und man doch wie erwachsene Menschen darüber reden könne, wie man das mit den Schutzgeldzahlungen denn künftig handhaben wolle. Bestimmt würden sie auch einsehen, hatte sie zu verstehen gegeben, daß der augenblickliche Zustand nicht länger tragbar sei. Solch eine finanzielle Belastung wie momentan könne die Vereinigung Sachsenhäuser Wirte, als deren Sprecherin sie hier auftrete, auf Dauer nicht verkraften, man stoße da unweigerlich an seine Grenzen.

Das Problem bei der Sache war, und das hatte vorher keiner so recht bedacht, daß Berthas Schulbildung betreffs des Englischen alles andere als gründlich war, und die beiden Chefunterhändler sich in ebendieser Sprache verständigten. Außer Yes und No verstand sie kein einziges Wort. Besonders heikel wurde die Angelegenheit, als zwischen den Stationen Südbahnhof und Textorstraße die Stimmen dergestalt laut, schrill und agressiv wurden, daß ein verfrühtes Feuergefecht nicht mehr ausgeschlossen werden konnte – einer der Italiener hatte sich sogar schon erhoben. Hier war Bertha mit einem teils begütigenden, teils energischen „Pscht, pscht, pscht" zur Entschärfung der Situation eingeschritten. An der letzten Station vor der Ignatz-Bubis-Brücke, dem geplanten Tatort, stand Maria von der Heide und drückte Herrn

Schweitzer links die Daumen und mit rechts formte sie das international anerkannte Victory-Piktogramm. Herrn Schweitzers Herz hüpfte bei ihrem Anblick. Er revanchierte sich mit einem angedeuteten Kuß. Alles wird gut, Schatz.

Hätte die Streifenwagenbesatzung auch nur eine Sekunde nachgedacht, hätte sie den flüchtigen Ebbelwei-Expreß exakt an dieser Station gestellt, und der Handlungsablauf wäre ein völlig anderer gewesen. Die Schienenwege trennten sich nämlich am Lokalbahnhof, eine Strecke führte nach Hibbdebach, die andere nach Offenbach. Was sollte ein auch nur im Ansatz vernünftiger Ebbelwei-Expreß in Offenbach wollen können? Kein bei Sinnen seiender Frankfurter fährt freiwillig dorthin, es sei denn, er ist ein hartgesottener Missionar, der wirklich vor überhaupt nichts mehr zurückschreckt. Die einzige halbwegs nachvollziehbare Erklärung wäre gewesen, ein Offenbacher habe den Ebbelwei-Expreß entführt und wolle nun in diese triste Ansiedlung endlich mal einen Farbtupfer setzen. Oder Kultur verbreiten. Oder einfach nur Apfelwein trinken. Doch selbst dann wäre an der Stadtgrenze Schluß gewesen. In Offenbach hat's nämlich nicht mal Gleise. Und ohne Gleise ist selbst ein waschechter Frankfurter Ebbelwei-Expreß aufgeschmissen. Das Polizeiauto fuhr also Richtung Offenbach, warum auch immer. Einzig und allein der Streifenwagenbesatzung völligen Weltfremdheit war es also zu verdanken, daß geschah, was geschah.

Die Ignatz-Bubis-Brücke war frei von Fußvolk. Herr Schweitzer bremste. Der Ebbelwei-Expreß kam auf dem höchsten Punkt zum Stehen. Herrn Schweitzers Auftrag war beendet, er hatte sein Scherflein beigetragen. Bedächtig zog er sich die Dienstjacke über und schnappte sich seinen Pullover. Ihm blieb nichts anderes als zu warten, bis Bertha ihre letzte Aufgabe würde erledigt haben.

Doch die Wirtin hatte ihren Text vergessen. „Ich geh mal kurz nach vorne, ein paar Getränke holen. Ihr seid doch sicher alle durstig? Ist ja auch verdammt heiß heute, gelle?" hatte sie vor nunmehr dreißig Sekunden gesagt. An den Rest aber konnte sie sich nicht mehr erinnern, dabei wäre es so wichtig gewesen. Die Idee stammte von Herrn Schweitzer. Der Satz hätte an die Italiener gerichtet und auch von den Russen gehört werden sollen: „Why did you kill Fjodor Alenichev?" Das wäre das Sahnehäubchen gewesen, damit hätte man sozusagen auf das Pulverfaß noch etwas Nitroglyzerin gegossen. Fieberhaft suchte Bertha nach den verlorenen Worten. Die Zeit drängte. Bald würden die Mafiosi Verdacht schöpfen. Sie konzentrierte sich wie es nur irgend ging. Aber es war nichts zu machen, der Satz war endgültig verloren. Als einzige Alternative blieb das Hochdeutsche. Bertha riß sich zusammen und schleuderte es den Italienern entgegen: „Warum habt ihr eischen ... eischen ... eigentlich Fjodor Alenichev erschossen?" Dabei war der Russe letzte Nacht mit Drogen und besagter Liste in den Taschen hilflos aber lebendig von der Polizei aufgefunden worden.

Als der Satz raus war, entfernte sich Bertha majestätischen Schrittes und entstieg dem Ebbelwei-Expreß. Das war das Zeichen für einen von René gedungenen Scharfschützen, der sich in einem präparierten VW-Bus am Ufer vor der Jugendherberge verborgen hielt, einen Schuß abzufeuern. Die Vorgabe lautete, niemanden zu töten, lediglich eine Fensterscheibe der Straßenbahn sollte zu Bruch gehen, der Rest ergebe sich dann von ganz alleine.

Keiner der anwesenden Italiener konnte mit dem Namen Fjodor Alenichev etwas anfangen. Klar, man hatte in seiner Karriere schon so manchen um die Ecke gebracht, da war es schier unmöglich, sich alle zu merken, aber Fjodor Alenichev, an einen solch außergewöhnlichen Namen hätte man sich doch bestimmt erinnert. Ratlos schauten die Italiener zu den Russen, die nun jedoch alles andere als ratlos wirkten. Ihnen ging sogar ein Licht auf. Unser guter alter Fjodor, sososo, von den scheiß Itakern abgeschlachtet, na so was aber auch. Für einen kurzen Moment stand die Erde still.

Es hätte des Scharfschützen gar nicht bedurft, denn noch während dessen Kugel durch die Luft zischte, hatten die Russen ihre Waffen bereits gezückt. Wer sich im Fußball ein klein wenig auskennt, der weiß von der italienischen Taktik namens Catenaccio – italienisch: Riegel; der argentinische Trainer Helenio Herrera gilt als Vater dieser Spielweise, mit der er als Coach von Inter Mailand drei Meistertitel, zwei Europa- sowie zwei Weltpokale einheimste – aus einer gesicherten Defensive heraus blitzschnell und tödlich kontern. Diese Methode wurde nun im Ebbelwei-Expreß angewandt, bloß daß statt mit Füßen mit Pistolen geschossen wurde. Viele Kugeln wurden abgefeuert. Blut der Blutgruppen A, AB und 0 spritzte durch die Gegend. Glas splitterte. Das Ende vom Lied waren zwei Tote, je einer auf beiden Seiten, ein zerschmettertes Kniegelenk und ein russisches Auge, das nie mehr sehen sollte, sowie ein Hoden- als auch ein nicht ganz tödlicher Kopfschuß, bei dem die Kugel erst nach Wochen stabilisierender Begleitmaßnahmen operativ entfernt werden konnte, auf italienischer Seite. Kraft dieser zielgerichteten, wirkungsvollen Herangehensweise herrschte im Waggon alsbald eine friedliche, friedhöfische Ruhe. Doof nur, daß der Ebbelwei-Expreß nun abermals den Weg zum Restaurator antreten mußte.

Noch während hinter ihm das kurze aber effektive Rumgeballere im Gange war, eine entgegenkommende Radlerin erschrocken ihr Bike herumriß, in seinem Rücken das erste Auto anhielt und unter der Brücke ein paar Gänse schnatternd das Weite suchten, manifestierte sich in Herrn Schweitzer der Gedanke, daß heute der erste Tag seines restlichen Lebens sei. Den 2. Mai, nebenbei der Todestag von Leonardo da Vinci, wolle er fürderhin wie einen Nationalfeiertag huldigen. Nach knapp dreißig Metern ging ihm die Puste aus. Mit puterrotem Gesicht japste er nach Sauerstoff. Herr Schweitzer merkte, wie sein Oberkörper schneller als die Beine wurde, er stolperte und fiel hin. Doch er kam durch. Sofort war nämlich Bertha bei ihm und zerrte ihn hoch. Dabei verlor er die Browning. Er wollte sie aufheben, doch Berthas starker Arm zog ihn weiter.

Als sie das Ende der Brücke auf der Dribbdebachseite erreichten, schrie Bertha: „Auf, rechts jetzt." Herr Schweitzer dachte noch, daß eigentlich ausgemacht war, Ferdi würde sie links am Deutschherrnufer erwarten. Die mangelnde Versorgung seines Gehirns mit Sauerstoff ließ ihn Berthas Anweisung folgend nach rechts ausscheren. Sofort wurde er mit einem heftigen und schmerzvollen Ruck nach links herumgerissen, so daß er sich fast den Arm auskugelte. Hey, was soll das, durchfuhr es ihn, können Frauen nicht mal das tun, was sie sagen. Doch dann fiel Herrn Schweitzer ein, daß viele Frauen immerfort rechts und links verwechselten. Er hatte mal gelesen, es habe etwas mit ihrem anders tickenden Hirn zu tun. Fälschlicherweise denken viele Männer heute noch, Frauen seien deswegen dümmer. Dabei ist gerade dieses scheinbare Manko dafür verantwortlich, daß es die Menschheit überhaupt so weit gebracht hat. Dazu müssen wir in die Zeit zurückgehen, als ganz Europa gerade mal von sechzigtausend Homo sapiens besiedelt war, die in kleinen Familienverbänden in

Höhlen lebten, und Inzucht an der Tagesordnung war. Was für Auswirkungen Inzucht haben kann, ist noch heute in einigen abgelegenen Bergdörfern wie Offenbach zu beobachten, wo allenthalben Debilität herrscht. Wegen der beengten Platzverhältnisse in Höhlen waren die Partner damals gezwungen, sich lauschige Plätzchen außerhalb zu suchen. „Schatz, ich hätte heute Lust, laß uns doch, wenn die Sonne am höchsten steht, auf dem großen freien Platz fünf Steinwürfe links von der kahlen Eiche am Forellenbach miteinander Spaß haben." So oder so ähnlich könnte einst eine Anmache seitens einer Homo-sapiens-Dame gelautet haben. Doch der frühe Mann war mit seinem Wissen noch nicht so weit, wie wir es heute sind, und ist tatsächlich an der kahlen Eiche am Forellenbach nach links abgebogen, während die Dame ihrer eigenen Logik folgend ihn rechts von der kahlen Eiche am Forellenbach sehnsüchtig erwartete. Das war aber nicht weiter tragisch, denn links von der kahlen Eiche am Forellenbach wartete auf den Homo-sapiens-Mann bereits eine Homo-sapiens-Dame vom Nachbarstamm, die mit ihrem Wunschpartner dasselbe Problem hatte. Da man aber schon mal da war, und fünf Steinwürfe aufgrund des unwegsamen Geländes – Straßen gab's noch nicht – auch nicht gerade ein Pappenstiel waren, fiel man halt stammesübergreifend übereinander her. Das ergab oft Kinder, die nicht dem Inzest entsprangen und dementsprechend klüger waren. Weil Männer oft etwas länger brauchen bis sie etwas schnallen, sollten noch zig Jahrtausende ins Land gehen, bis sie sich das Rechts-Links-Verständnis der Mädels angeeignet hatten. Doch war es dann auch schon egal, denn die Ansiedlungen waren groß und größer geworden, und die Inzestgefahr dementsprechend geringer. Nur dank dieses größten Mißverständnisses aller Zeiten müssen wir heute nicht mehr in Höhlen leben und dürfen uns im Fortschritt suhlen.

Doch, wie gesagt, Herrn Schweitzers Sauerstoffzufuhr war mangelhaft, sonst hätte er die Frauen- automatisch in die Männersprache übersetzt, so wie es der kluge Mann von heute quasi mit dem Aufsaugen der Muttermilch verinnerlicht hat.

Sie erreichten Ferdis Taxi. Die Seitentüren waren geöffnet. Mehr tot als lebendig hechtete respektive plumpste Herr Schweitzer ins Fahrzeug. Ferdi gab sofort Gas.

Nachdem Herr Schweitzer sich aus ihrem Schoß aufgerappelt hatte, fragte Maria: „Und? Erzähl doch mal. Wie war's?"

Erzähl doch mal, wie war's? Als ob er gerade von einem Theaterbesuch nach Hause gekommen war. Maria hat vielleicht Nerven, dachte er, doch sprechen konnte er noch nicht. Seine Lungen pfiffen und rasselten, was das Zeug hielt.

Doch Bertha sprach für ihn: „War ein Kinderspiel. Hoffentlich sind die jetzt alle tot."

Maria: „Das werden wir bald wissen."

Am Eisernen Steg bog Ferdi links ab. Links, nicht rechts – nur mal so nebenbei. Niemand folgte ihnen.

Schwer atmend zog Herr Schweitzer seine Uniform aus und die von Maria mitgebrachte Zivilkleidung an. Wegen seiner Korpulenz und der Enge im Taxi zog sich die Aktion in die Länge und war erst am Oberforsthaus abgeschlossen. Bis dahin hatte er geschwiegen. Allmählich beruhigte sich sein Puls. Seinen Kopf hatte Herr Schweitzer nun auf Marias Schulter gebettet, die Augen geschlossen.

„Was ist denn mit dem los? Soll ich dich mal beim Frankford-Marathon anmelden?" kam es gewohnt burschikos vom Beifahrersitz.

Oh nein, dachte Herr Schweitzer, Bertha lernt wohl nie, wann man einfach mal die Klappe zu halten hat. Er wünschte sich, es wäre Zeit für ein dringend zu erledigendes Mittagsschläfchen. Doch daraus würde vorerst nichts werden. An der Universitätsklinik stieg er aus und wechselte in ein anderes Taxi. Maria und Bertha sollten an der Stresemannallee die Straßenbahn nehmen, während Ferdi als sei nichts gewesen zum Flughafen weiterfuhr, um auf Fahrgäste zu warten. Diese Vorsichtsmaßnahmen waren nötig, falls doch irgendein Zeuge genauer hingesehen hatte.

Dem neuen Taxifahrer, dem Dialekt nach ein Sochse, nannte er das Fahrtziel. Bevor er in den Frühzecher ging, wo sich alle versammeln sollten, mußte er noch einen Umschlag beim Sachsehäuser Käsblättche in den Briefkasten werfen. Am Städel kamen ihnen zwei mit Blaulicht fahrende Krankenwagen entgegen. Herr Schweitzer erinnerte sich wieder an den einzigen Lapsus, der ihm unterlaufen war – die verlorene Browning. Scheiße, dachte er, hoffentlich wird uns das nicht zum Verhängnis.

„Hobn Se schon gehört, was auf der Obermainbrücke los ist?" fragte der Sochse aus Sochsen.

„Nein, was denn?"

„Im Ebbelwei-Expreß gaab's ne Schießeroi."

„Sie machen Witze ...“

„Nö, kam graade ne Dorchsage von der Zentraale. Wir sollen nach einem grünen BMW suchen. Damit sind die wohl geflüchtet.“

Um es mit Jorge Luis Borges zu sagen: Über die Zukunft wissen wir nur, daß sie sich von der Gegenwart unterscheidet. So gesehen machte sich auch keiner Gedanken darüber, was der morgige Tag bringen würde.

Als Herr Schweitzer den heute für den Publikumsverkehr gesperrten Frühzecher durch den Hintereingang betrat, waren bereits alle da. René, Albert, Earthquake-Werner, Buddha Semmler, Weizenwetter, der bei Karins Anblick weiterhin in hormonelle Entzückung geriet, Karin, Bertha und Maria saßen an zwei zusammengeschobenen Tischen und hatten schon Erfrischungsgetränke vor sich stehen. Tatjana bediente. Ein Kopfende hatten sie für Herrn Schweitzer reserviert, wo er sich auch niederließ. Er stemmte den Bembel und füllte ein Apfelweinglas. Niemand brauchte ihn dazu aufzufordern, Herr Schweitzer wußte auch so, was allgemein von ihm erwartet wurde. Es folgte ein skizzenhafter Bericht der Geschehnisse, soweit sie ihn betrafen. Er vergaß auch die verlorene Browning nicht und wie er es bedauerte, damit eine zusätzliche Gefahr geschaffen zu haben, was aber von René sofort dahingehend umgedeutet wurde, das dies doch ganz prima sei, die Waffe stammte schließlich von den Russen und wenn die Bullen halbwegs so clever waren, wie sie immer taten, müßten sie doch den Werdegang der Waffe ans Licht zerren können. Daraus folgte, daß sie dann ganz zwingend davon ausgehen mußten, der Ebbelwei-Expreß sei von einem vom Tatort geflüchteten Mafiarussen gesteuert worden, das sei gar nicht mal so abwegig, wurden im Westen ausgediente Straßenbahnen doch heute noch in den Osten verkauft und die Suche nach dem Schaffner, der einen Ebbelwei-Expreß fahren konnte, würde sich ausschließlich auf alle osteuropäischen Gemeinden konzentrieren, wo diese Art von Triebwagen jemals zum Einsatz gekommen waren. Herr Schweitzer war also voll aus dem Schneider, was ihn, Herrn Schweitzer, ungemein erleichterte.

Es folgte Berthas Zusammenfassung der Ereignisse. Da das Spiel mit dem Feuer den gewünschten Ausgang genommen hatte, verschwieg die alte Wirtin tunlichst ihren im Gefechtseifer verschollengegangenen Satz „Why did you kill Fjodor Alenichev?" Ganz tief in ihrem Inneren war nämlich selbst Bertha auf ihren Ruf bedacht. Abschließend meinte sie noch, alles sei nur deswegen so ein Pipifax gewesen, weil die Blender von der Mafia „vorne getrommelt un hinne kaa Soldate" gehabt hätten, woraufhin alle schmunzelten, einem jeden war dieser historische Satz über die alte Frankfurter Stadtpolizei hinlänglich bekannt.

Herr Schweitzer gähnte. Er hatte genug für heute und dachte an sein Mittagsschläfchen. Er wollte von René gar nicht mehr hören, wie heute im Laufe des Vormittags bei verschiedenen Razzien in und um Frankfurt mehrere hochrangige Mafiabosse Bekanntschaften mit Handschellen machten, wie Fjodor Alenichev wie ein Wasserfall redete und auspackte und die Polizei fieberhaft nach einem grünen BMW fahndete. Was blieb, war die Erinnerung an das, woran Herr Schweitzer unmittelbar beteiligt war.

Und die Erinnerung ist der einzige Ort, aus dem der Mensch nicht vertrieben werden kann. Selbst die Mafia konnte vertrieben werden, wie die nahe Zukunft alsbald zeigte.

In blindem Einvernehmen standen Maria und Herr Schweitzer auf, verabschiedeten sich, was einen lautstarken Protest auslöste, versprachen, die nächsten Tage mal im Weinfaß vorbeizuschauen und verließen die Runde, deren Trinkvermögen an diesem Abend noch auf eine harte Probe gestellt wurde.

Am heruntergelassenen Rolladen der Vordertür blieb Herr Schweitzer stehen und wies seine Maria auf den handgeschriebenen Zettel hin, der dort in liebliches Sonnenlicht getaucht hing:

Wegen Todesfall heute geschlossen

Aus der Simon-Schweitzer-Krimireihe bisher im Röschen-Verlag erschienen:

„Simon Schweitzer – immer horche, immer gugge" (2003)
„Geiseldrama in Dribbdebach" (2004)
„Tod im Ebbelwei-Expreß" (2005)
„Die Leiche am Eisernen Steg"(2006)
„Opium bei Frau Rauscher" (2007)

Vom selben Autor:
„Tagesgeschäfte" (Erstausgabe 2002 in einem anderen Verlag, seit 2005 im Röschen-Verlag). Ein Frankfurter Wirtschaftskrimi, basierend auf einer wahren Begebenheit.

Röschen-Verlag

Autor: Frank Demant

ISBN-13: 978-3-9809915-0-6
Preis: 9,30 Euro / SFr. 17,70

Simon Schweitzer - immer horche, immer gugge

Eines Tages wird Simon Schweitzer, ohne daß er es merkt, mit einer Leiche konfrontiert. Und außerdem sind da noch die zwei bis dato ungeklärten Polizistenmorde an der Startbahn West und Maria von der Heide. Die mit der atemberaubenden Figur.

Autor: Frank Demant

ISBN-13: 978-3-9809915-1-3
Preis 9,30 Euro / SFr. 17,70

Simon Schweitzer - Geiseldrama in Dribbebach

Eines tristen Tages betritt Simon Schweitzer die Filiale der Teutonischen Staatsbank, um sich über deren widerlichen Gebührenpolitik zu beschweren. Doch dann gerät er unversehens in einen Überfall, der von Anfang an etwas seltsam anmutet und sich gar arg in die Länge zieht.

Autor: Frank Demant

ISBN-13. 978-3-9809915-2-0
Preis 9,30 Euro / SFr. 17,70

Simon Schweitzer - Tod im Ebbelwei - Expreß

Schurkische Kräfte aus Rußland und Italien versuchen, im Apfelweinland Sachsenhausen Fuß zu fassen. Doch haben sie nicht mit dem Widerstand der einheimischen Bevölkerung und dem Ebbelwei-Expreß gerechnet.

Röschen-Verlag

Autor: Frank Demant

ISBN-13: 978-3-9809915-4-4
Preis 9,30 Euro / SFr. 17,70

Simon Schweitzer - die Leiche am Eisernen Steg

Alles fängt ganz harmlos mit einer Leiche am Eisernen Steg an. Dann bekommt Laura Roth, seine Untermieterin, Besuch aus Berlin, und Herr Schweitzer wird in einen Fall verwickelt, dessen Wurzeln im Dritten Reich liegen.

Autor: Frank Demant

ISBN-13: 978-3-9809915-6-8
Preis 9,30 Euro / SFr. 17,70

Simon Schweitzer - Opium bei Frau Rauscher

Herr Schweitzer, Privatier aus Leidenschaft, lebt gerne in den Tag hinein. Die Nacht widmet er intensiv der Sachsenhäuser Kneipenszene. Um diese Ausschweifungen zu finanzieren, spielt er mit dem Gedanken, eine Detektei zu gründen.
Von einer Urlaubsbekanntschaft aus Laos erhält Herr Schweitzer seinen ersten Auftrag und wird versehentlich Zeuge eines Mordes aus Eifersucht. Doch je mehr Details die Frankfurter Kripo ans Tageslicht zerrt, desto weniger glaubt er an das, was er mit eigenen Augen gesehen hat.

Röschen-Verlag

Frank Demant
+++Tagesgeschäfte+++
ISBN-13: 978-3-9809915-3-7
Preis 10,00 Euro / SFr. 18,50

Das vorliegende Buch beruht auf einer wahren Begebenheit, die sich im Umfeld des Autors zugetragen hat. Das couragierte Verhalten eines unbedeutenden Sachbearbeiters entwickelte sich zum wohl teuersten Mobbing-Fall in der Geschichte der Bundesrepublik Deutschland.

Es ist eine Hommage an all diejenigen, die trotz größter Repressalien den Blick für Recht und Unrecht nie aus den Augen verlieren.

Autorin: Anke Behrend
ISBN-13: 978-3-9809915-5-1
Preis 9,40 Euro / SFr. 17,30
190 Seiten

Fake Off!

Alex, vorzeigbare Single Anfang vierzig, träumt wie so viele von einem Leben zu zweit. Via Internet macht sie sich auf die Suche nach einem passenden Partner. Das Angebot scheint groß und verlockend. Doch halten die Kandidaten auch das, was sie virtuell versprechen? Die ersten Treffen sind ernüchternd, bis Listen2Me auftaucht. Und Alex wunderbar witzige Geschichten erlebt, die das Leben nicht besser schreiben könnte.

Röschen-Verlag

Wolfgang Fienhold
Die flambierte Frau
ISBN-13: 978-3-9809915-8-2
Preis 9,80 Euro / SFr. 20,30

Ein Callgirl und ein Callboy werfen ihre Klamotten zusammen und betreiben ihre Jobs von der gemeinsamen Wohnung aus, welche auch Arbeitsplatz ist. Alles läuft perfekt an, doch als Liebe ins Spiel kommt, werden die Dinge komplizierter und immer schwerer, und es ist Schluss mit der scheinbaren Leichtigkeit des Seins. Die flambierte Frau ist ein Roman über Leidenschaft und Obsession, der in all den Jahren nach der Erstveröffentlichung nichts von seiner Originalität und suchterzeugenden Wirkung verloren hat. Ein zeitloser Klassiker, der buchstäblich unter die Haut geht.

Mike Brutscher
Die Anschafferin
ISBN-13: 978-3-9809915-7-5
Preis 9,80 Euro / SFr. 20,30

Was treibt Männer ins Bordell? Welche Sexualpraktiken werden dort ausgeübt und was kosten sie?

Mike Brutscher hat auf jede Frage eine Antwort gefunden. In eindrucksvoller Art und Weise ist es dem Autor gelungen, aus mehreren Interviews, die er mit Prostituierten aus dem Frankfurter Rotlichtmilieu führte, eine Erzählung zu konstruieren, die den neugierig gewordenen Leser veranlaßt, Kapitel für Kapitel hastig zu verschlingen.

„Die Anschafferin“ ist erotisch, widerwärtig und lustig zugleich.

Führungen in Frankfurt am Main

A wie Altstadt, B wie Börse, G wie Goethehaus ...
In Frankfurt gibt es jede Menge zu besichtigen. Möchten Sie mit der ganzen Familie die Stadt erkunden? Planen Sie einen Betriebsausflug? Oder suchen Sie ein ausgefallenes Geschenk für einen besonderen Anlass? Wenn Sie sich oder Freunden Frankfurt von seiner schönsten Seite zeigen lassen wollen, sind Sie bei mir genau richtig! Ob mit Velo-Taxi, zu Fuß oder im Bus – unterhaltsam und kurzweilig geht es durch die Stadt. Sie werden sehen, die Zeit vergeht wie im Flug!